1HI und Herzbruch! Ich machte soeben meine Augen auf!!! ich blickte noch nicht so richtig durch, da fiel es mir ein ,mir wurden gerade Löcher in mein Herz gebrannt ,und ich hatte sofort wieder vor Augen ,was vor 4 Stunden war ,sie haben mich nackend auf den OP Tisch gelegt 5 OP Schwestern so zwischen 30-35 haben an mir rumgefummelt ,und ich war völlig nackt ,für einen prüden Menschen wie mich nicht gerade angenehm ,ich merkte einen schmerzhaften Druckverband an meiner Leiste ,und ich wusste das ich jetzt 12Std nicht aufstehen darf, und mein Bett verlassen kann ,davor hatte ich schon eine ganze weile Angst ,denn ich bin starker Raucher ,obwohl ich es jetzt endlich mal sein lassen sollte ,wie sich dann rausstellte ,war das kein Problem ,es kam dann gerade ein Pfleger und schob mich zurück in mein Zimmer ,ich war noch völlig benommen und merkte wie ich wieder sanft zurück in den Schlaf fiel! Nun die Frage was war passiert??????? Hi ,hi ist sowieso mein Lieblingswort, ich sage immer hi egal zu wem, guten Tag kommt für mich nicht in frage ,ich kenne eine Frau die sagt dann immer Fisch ,beim ersten mal ,ich was,sie Fisch ,ich was ,sie Fisch ,dann hat es geklickt in meinem Kopf, Haifisch war doch klar ! Etwas später war sie meine Frau so kann es gehen !sie sagte immer so komische Dinge ,Bullerie ,zum Polizeirevier sagte man in den siebzigern ,aber wir hatten 2003 ! Aber so im nachhinein war das meine Frau ,die die ich liebte, wie ich so lange dachte ! Es gab noch mehr ,aber 2nur diese 4 , waren für mein Leben von Bedeutung und hatten Einfluss darauf ! Nur soviel allen vieren geht es sehr gut und mir nicht ,alle vier haben noch ein schönes Leben ich nicht ,alle vier genießen noch ihr Leben und freuen sich auf das was kommt, und ich nicht ,ich hasse das Leben ,es kotzt mich an ,ich will nicht mehr !!!! Ich wurde genau in der Mitte vom Herbst Anfang der 60ziger gebohren und sollte niemals sein ,das habe ich dann in meiner Kindheit spüren müssen ! Meine Mutter hat mich vom ersten Moment an gehasst ,sie war für mich der schlechteste Mensch den ich je kennengelernt habe ,ist leicht gesagt aber ich kannte sie natürlich sehr gut , sie war die Hölle ! In ihrer Schwangerschaft mit mir schnürte sie sich den Bauch ab ,bis kurz vor der Geburt ,als ich dann entlich raus kam aus dem von mir verhassten Körper sah sie mich an und sagte ,mein Gott ist der hässlich ,bringt ihn sofort weg sonst muss ich kotzen ! Das war nun meine erste Begegnung ,mit der Frau die man eigentlich lieben und ehren sollte ! Wäre es nicht meine Mutter gewesen und ich hätte sie nicht so gut gekannt, hätte ich nicht geglaubt das es so einen Menschen überhaupt gibt! Für sie gab es nur eines ,sie, sie , sie ,und dann lange nichts und dann wieder sie ,an Egoismus war sie nicht zu übertreffen! Sie interessierte sich nur für sich selbst ,alle anderen Menschen waren ihr egal ! Ich habe noch einen Bruder ,der war geplant und der Liebling ,er wurde natürlich bevorzugt ,und für vieles was er angestellt hatte sollte ich büssen ,aber er war echt immer korrekt zu 3mir ,und stand zu dem was er getan hat ,und gab es offen zu ,aber meist war es meiner Mutter egal ,und ich bekam die Strafe ,mein Bruder nicht aber er konnte nicht dafür ,und er versuchte mir auch immer zu helfen ,er war ok ich mochte ihn sehr gerne ein Bruder wie man ihn haben möchte ! Man kann sich ja in meinem Alter nicht mehr an das erinnern was so passiert ist als man noch sehr klein war ,aber es gibt bei mir einige Dinge ,die weiß ich noch als wäre es Gestern passiert ,meine Mutter war der Meinung es wird gegessen was auf den Tisch kommt ,und wenn man was nicht mochte war ihr das doch sehr egal,da wurden brutale Methoden angewandt ,ich war ca 2Jahre alt und es gab Sauerkraut mit Blutwurst ich mochte das nicht ,und es dauerte ihr zu lange ,und sie konnte es nicht ertragen mein rumgestocher im Essen ,da nahm sie den Teller zertrümmerte ihn auf mein Schädel ,ich blutete stark und hatte eine riesen Platzwunde um die sie sich nicht kümmerte,sie holte Müllschippe und Handfeger machte den Boden sauber fegte das Essen da rauf und stellte mir die Müllschippe auf den Tisch, sie zwang mich das Essen von der Schippe zu essen was ich dann auch angewiedert tat ,und ihr Kommentar war ,hier wird gegessen was auf den Tisch kommt du Pissjöhre ,das war ihr Lieblings Kosename für mich Pissjöhre hat sie mich immer genannt,das gegessen wird was auf den Tisch kommt habe ich schon im zarten Alter von 2 Jahren gelernt ,ich hatte es kappiert,aber ich habe einmal gewonnen 4,dazu später mehr, meine Eltern sind öfter weggegangen ,sie waren noch sehr jung ,und hatten sich noch nicht ausgetobt,das zwei kleine Kinder zu hause waren störte sie nicht ,sie bedienten sich eines Tricks ,sie gaben mir und mein Bruder wohldosiert Schlaftabletten ,aber was solls wir haben überlebt ,davon hatte sie wohl Ahnung ! Mein Vater war eigentlich ein netter unterhaltsamer Mann ,er war nur ein Waschlappen der seiner Frau hörig war ,alles was sie wollte musste er auch machen und tat das auch ,sie haben sich immer gestritten er konnte ihr nichts recht machen sie wollte alle ihre Wünsche erfüllt haben und wenn das nicht so richtig hinhaute benahm sie sich wie ein kleines bockiges Kind ! Besonders klasse bei uns zuhause waren immer ihre Geburtstage und auch Weihnachten war der Hit ,da kam ihre ganz spezielle art immer zu 100 Prozent zum tragen ,sie versaute jedes Weinachtfest ,das war ihr spezial Gebiet darin war sie Weltklasse ! Jedes Jahr über die Feiertage kam meine Oma die Mutter meiner Mutter zu uns nach hause um Weihnachten zu feiern ,sie war eine beinharte Frau ,die ihren Mann im Krieg verloren hatte ,und musste daher ihre Tochter alleine durchbringen , sie ist einmal mit gebrochenen Unterschenkel,und einen Zentner Kohlen den sie gestohlen hatte 4 km weit gelaufen damit die Bude warm war ,sie hat sehr viel gearbeitet ,was man ihr auch ansah ,sie hatte völlig krumme Finger, aber sie konnte ihrer Tochter alles ermöglichen, und hat sie verwöhnt ohne Ende, als ich sie bewust kennen lernte als

5kleiner Junge, war sie schon sehr alt, und ihre tiefen Falten haben mich sehr fasziniert und ihr zerknautschtes Dekollete ebenso, ich saß oft auf ihren Schoß und spielte an den tiefen Falten im Gesicht und Dekollete herum ich nannte sie Knautschlack Oma , sie hatte eine Witwenrente ihre eigene Rente und sie ging jeden Tag noch putzen in einen Möbelgeschäft was sie auch noch im Alter von 82 Jahren tat ,also sie hatte gutes Geld jeden Monat und sie war auch sehr großzügig ,besonders bei ihrer Tochter ,ich mochte sie sehr gerne ,sie war echt hart aber gerecht und fair ,und sie hörte sehr schlecht und was sie manchmal so verstand war mega lustig und zum totlachen ! Weihnachten kam immer der Moment wo Oma mein Bruder und ich uns ins Kinderzimmer zurück zogen weil meine Mutter mein Vater fertig machte ,denn sie war immer unzufrieden mit dem Geschenk kann mich gut daran erinnern ,ein Jahr wünschte sie sich eine Perlenkette war damals inn ,sie öffnete die Schachtel und schon ging es loss wir ins Kinderzimmer die beiden grossen Streit und dann flog die Perlenkette ins Klo kein Witz ins Klo! Danach das ganze Weihnachten schlechte Stimmung ! Super waren auch die Geburtstage meiner Mutter sie hatte im Februar, und meine Oma ging mit mir und meinen Bruder zu grünen Woche ,da stehen alte Frauen drauf ,wir besorgten gleich ein Geschenk für sie in der Blumenhalle ,ich und Bruderherz legten unser Taschengeld zusammen ,was wir jeden Monat natürlich von Knautschlack Oma bekamen ,und kauften eine

Blume die in ein 6sehr schönes Glasvase voll mit Wasser war ,sah echt gut aus eine super Optik fanden wir ,es hat 40 dm gekostet ,für uns eine menge Geld ,wir hatten auch schon ein Platz dafür ausgesucht im schneeweißen Wohnzimmerschrank ! Der Tag kam sie hatte Geburtstag ,und Oma brachte das Geschenk von uns mit ,sie packte es aus ! Dann schrie sie los, was soll ich den mit diesen Scheißdreck ,sie schaute mich mit ihren widerlich aggressiven Blick an und sagte das hast du doch ausgesucht du dämliche Pissjöhre dann öffnete sie die Balkontür und schmiss das Blumenglass runter wo es dann in 1000 Einzelteile zerbrach ! Da gab es da noch einen Geburtstag da wollte sie unbedingt statt Rosen eine Orchidee ,die ihr untergebener Ehemann natürlich auch besorgte ,eine schöne Blume in einer durchsichtigen Plastikschachtel ,traf aber leider nicht den Geschmack meiner Mutter sie wollte eine andere Orchidee und somit landete die damals sehr teure Blume im Mülleimer und sie schreite wieder den ganzen Abend nur rum ! Sie wollte immer nur vom feinsten ,und sie träumte immer davon sehr reich zu sein ,obwohl mein Vater sehr gut verdiente und den Rest gab es immer von Knautschlackoma ,sie wollte einmal einen sehr teuren Diamantring der es ihr angetan hatte ,aber das Geld war dafür nicht da ,sie legte sich auf den Fußboden schrie weinte und trampelte mit den Füssen auf den Boden wie ein kleines Kind ,sie hatte einen Bock ,komisch bei kleinen Kindern hat sie das gehasst ,das Geld für den Ring musste mein 7Vater dann zusammenbetteln ,bei Knautschlackoma bei seinem Vater und bei der megaalten Uroma ,und na klar sie bekam ihn ! Dann war es einmal ein Nerzmantel ,der musste es sein, sie lief schreiend durch die Wohnung und als letztes Mittel hielt sie sich die geladene Gaspistole die mein Vater im Nachtisch hatte in den Mund und wollte abdrücken ,schade sie hat es nicht getan,da mein Vater ihr den Pelzmantel versprach ! Für sie war der äußere Schein sehr wichtig in unserer Wohnsiedlung ,alle sollten denken das wir viel Geld hatten ,man musste es am Auto und an der Kleidung ,und natürlich am Schmuck erkennen ,aber das Geld dafür bekam sie fast immer von Knautschlackoma ,wir machten auch immer Urlaub ,wir waren immer die ersten Gran Canaria ,oder Tunesien ,in unserer Siedlung waren wir die ersten die in Afrika waren und alle dachten toll dabei ist Tunesien der billigste Scheiß ,Knautschlackoma war meist dabei ,weil sie die Reisen bezahlte ,und die Leute in der Siedlung sagten das ihr noch eure Oma mitnehmt finden wir toll ,sie haben nie erfahren ,das sie alles bezahlte ! Winterurlaub in den Dolomiten war geplant ,Mutter kaufte sich eine volle Skiausrüstung natürlich vom feinsten ,alles rein in den Opel Diplomat ,und auch Knautschlackoma ,es war dort eine sehr schöne Gegend und seit dem liebe ich die Berge ,Morgens nach dem Frühstück ,alle die Ski geschultert und ab zum Lift hoch zur Piste ,mein Bruder,mein Vater, und ich fuhren Ski der eine mit mehr der andere mit weniger Erfolg ,und Mutter 8mit der besten

Ausrüstung fuhr nur mit dem Lift hoch setzte sich auf die Terrasse der Skihütte und sonnte sich den ganzen Tag mit Tiroler Nussöl im Gesicht, braun aus dem Urlaub zu kommen war das a und o für sie ,und wenn zu hause die Leute sie ansprachen ,na wo waren sie dann , dann war sie glücklich und konnte rumpralen !Knautschlackoma versuchte ihr alles zu ermöglichen ,aber einen Dank habe ich nie vernommen ,und sie war auch immer eklig zu ihr ,der Dank an ihrer Mutter kam aber später ,als sie alt war und sich manchmal selbst was können wollte ,sie ging dann immer Mittag essen und auch Kaffee und Kuchen Nachmittags gönnte sie sich ,das konnte meine Mutter nicht mit ansehen ,jedes Essen und der Kuchen gingen ab von ihrem Erbe und sie musste handeln ,sie gab alles und schaffte es ihre Mutter zu entmündigen ,nahm ihr das Geld weg ,nahm ihr auch den geliebten Strebergarten weg ,und teilte ihrer Mutter das Geld ein ,aber nicht großzügig ,nur das nötigste ! Und als es dann später zu Ende ging mit meiner Oma und sie im Krankenhaus lag ,da hat sie ihre Mutter nie besucht ,ich war oft da und habe mich gekümmert bis sie das Zeitliche segnete !Knautschlackoma war tot und ich sehr traurig !!!!!!!!!!!!!!!!!!!! So nun wie versprochen ,das Thema es wird gegessen was auf den Tisch kommt ,mein Sieg ,ich hasse Fisch ich kann ihn nicht einmal riechen ,bekomme ich auch nur das kleinste bischen Fisch in den Mund ,muss ich mich sofort übergeben ,für mich das ekligste auf der Welt ,ich war noch 9sehr klein und es gab Fisch ,ich wurde von ihr gezwungen ihn zu essen und musste mich sofort übergeben ,sie schrie und schlug mich ohne Ende und ich musste das Erbrochene wieder essen und brach auch das aus ,es ging über Stunden brechen ,essen,schlagen ,brechen, essen ,schlagen ,bis sie schließlich nach Stunden einsah he der kann kein Fisch essen ,und ab dann musste ich das nicht mehr ! Danke Mutti ! Meine Mutter hatte einen Bernsteinring an ihren rechten Mittelfinger ,ich würde gerne mal wissen wie oft ich ihn in meinem Gesicht gespürt habe ,bei jeder Kleinigkeit holte sie aus und schlug mit dem Ring zu und immer mitten ins Gesicht ,ich hatte oft eine aufgeplatzte Lippe ,und ich habe den Ring gehasst ,obwohl ich ihn eigentlich sehr schön fand ! Es war mal wieder soweit Adventszeit Anfang Dezember ich und mein Bruder hatten jeder einen Adventskalender die kleinen billigen ,ich kam in mein Zimmer, das ich mir mit meinen Bruder teilte und sah wie mein Bruder den Kalender in der Hand hielt ich wusste gleich was Sache ist ,ich kenne ihn und seine Schokoladensucht ,er liebt Schokolade das tut er heute noch ,er ißt jeden Tag 2 Tafeln und Sonntags sogar 3 schogetten Nougat muss es sein seit Jahren ,er hat extra einen Schrank wo der Vorrat drin liegt Minimum 50 Tafeln ,aber denken sie nicht das er dick ist ,nein er ist schlank Topfigur heute noch und er ist über 50 ! Ich frage Atze was machst du da ,er ich zähle wie viel Farben auf dem Kalender sind ,ach ja OK ! Den nächsten Tag kam meine Mutter schreiend in unser Zimmer 10in den einen

Kalender fehlt die Schokolade he du Pissjöhre konntest du nicht abwarten na warte dir werde ich das schon beibringen ,nein Mutti sagte mein Bruder ich habe die Schokolade aufgegessen ,nein nein du machst so etwas nicht das war die Pissjöhre ,nein ich war es ,nein es war die Pissjöhre ,sie schickte mein Bruder aus dem Zimmer ,und ich lernte ihren Bernsteinring noch besser kennen ,und danach sperrte sie mich 7 Tage in dem Zimmer ein, und ich bekam 7 Tage nur Wasser und Brot ,ich durfte nur raus wenn ich mal mußte ,und wenn niemand da war stellte sie mir einen Eimer rein ! Kurz vor Heiligabend durfte ich wieder raus und sie sagte zu mir ,und du Pissjöhre hast du jetzt gelernt das man abwarten muß und nicht alles auf einmal in sich reinstopft ! Aber dieses Weihnachten bekam ich eine Ritterburg ,ich liebte sie habe oft damit gespielt und sie ließ mich die grauenhafte Woche fast vergessen fast! Ich war in der 5ten oder 6ten Klasse ,es war die zeit wo es mit den Haaren bei den Jungs anfing, wer in war trug sie über die Ohren ,ich natürlich auch ,meine Mutter achtete darauf das ich und Atze in waren ,ihr wisst schon der Schein nach aussen mußte gewahrt werden ,ich ging mal wieder schwimmen, das was ich am liebsten tat ,in meiner Lieblings Schwimmhalle ,beim Schulschwimmen in genau dieser Halle ,schwamm ich immer um Streuselschnecken ,mein Sportlehrer versprach mir immer 2 Schnecken wenn ich 2 Bahnen unter 50 sec schwamm ,ich gab immer alles ,da essen mein zweites Hobby 10war ,und kurz vor der Pause kam er ins Klassenzimmer und reichte mir die heißgeliebten Schnecken, ich war der beste Schwimmer in der Schule kein Wunder ,ich war im Schwimmverein und sehr gut ,ging zu der Zeit 4 mal die Woche zum Training und in meiner Freizeit auch in die Schwimmhalle danach duschte ich ausgiebig und an dem Tag als ich nachhause kam und meine Mutter die Sachen aus meiner Sporttasche holte ,merkte sie das ich meine Seife mit Box vergessen hatte ,wert des Luxus Güter ca 1 dm ,sie rastete total aus sie kriegte sich nicht wieder ein ,und dann die Bestrafung ,sie holte den Küchenstuhl nach vorne, ich sollte mich draufsetzen ,und dann ihre Schere ,und es hieß Verstand freischneiden ,in mir kam die Panik auf meine heißgeliebten langen Haare sollten dran glauben wegen ein Stück Seife ,ich zog mich an und rannte weg trieb mich mehrere Stunden rum fuhr auch mit dem Bus hin und her ich war völlig fertig es ging bis mitten in die Nacht und ich dachte sie würden sich Sorgen machen meinetwegen ,und wenn ich nach hause komme ist das vergessen und sie freuen sich das ich wieder da bin ,ich war sehr lange weg wusste aber nicht wohin ,so lief ich wieder nach hause ,als meine Mutter die Tür öffnete war da nichts mit Freude ich bekam wie immer ihren Bernsteinring in meinem Gesicht zu spüren ,und dann wurde ich auf den Stuhl gesetzt und gefesselt ,und bekam einen super Topfschnitt ,echt radikal das Teil ,am nächsten Tag musste ich in die Schule und habe mich geschämt wie noch nie in meinen 11Leben ,ich weinte die ganze Nacht und dann in der Klasse versuchte ich hart zubleiben ,ich kam rein und die ganze Klasse fing an zu lachen ich schämte mich wie verrückt ,nur ein unscheinbarer Junge einer der nie Beachtung fand kam zu mir und sagte sei nicht traurig ,ich habe mal gehört wenn man immer an seinen Haaren zieht werden sie schnell wieder länger und dann gab er mir einen Schokoriegel, he du wird schon wieder die wachsen doch schnell und dann lacht keiner mehr ,ich werde diesen Jungen nie vergessen ,denn es tat mir gut was er sagte ,und ab diesen Tag stand er unter mein persönlichen Schutz, denn ich war auch der stärkste in meiner Klasse aber diesen Schutz hat er nie gebraucht denn er war ein sehr lieber Mensch wie ich dann merkte ! Als ich nach der Schule nachhause kam empfing mich meine Mutter mit den Worten ,und haben alle gelacht ich hoffe ja, denn das hast du verdient du Pissjöhre, du wirst wohl keine Seife mehr liegenlassen hoffe das hast du daraus gelernt ! Aber meine Liebe zum Schwimmen tat das keinen Abbruch ,ich schwamm immer mehr und musste schon vor der Schule im Schwimmbecken sein ,und danach auch noch mal ,das tat ich bis 1980, und qualifizierte mich für die Olympiade in der 4 mal 200 Meter staffel in Moskau ,aber wie bekannt Deutschland Boykottierte die Olympischenspiele zusammen mit vielen westeuropäischen Ländern und alles war umsonst! Der Grund die udssr war in Afghanistan im Krieg und das kuriose daran ,Heute sind wir in Afghanistan ,das ist doch

13echt bizarr oder? danach war meine Schwimmlaufbahn beendet ,ich schwimme heute noch, aber nur so zum Spaß ! Meine Kindheit schleppte sich so vor mir hin ,ich weiß genau ,das ich oft in mein Bett lag und weinte und oft an Selbstmord gedacht habe ,ich wollte dann immer wissen ,ob meine Mutter um mich getrauert hätte ,habe sie mal gefragt ,aber sie sagte ,man das wäre ein Segen für mich ,dich nicht mehr zuhaben ! Damals sah man im Fernsehen immer Bilder und Berichte von Afrikanischen Babys und Kindern die hungerten ,und davon schon einen Riesen Hungerbauch hatten ,sie taten mir immer leid ,und ich dachte man geht es mir gut ,und wenn ich zu meiner Mutter sagte ,das sie mir leid tun sagte sie nur, was gehen mich diese blöden Negerkinder an ,du musst immer nach oben sehen zu den Reichen das muss dein Ziel seien und nicht dieser abschaum ,hast du verstanden du Pissjöhre ! Als Kind in all meinen Ferien Sommer ,Winter ,Weihnachten ,Herbstferien immer schickte sie mich zu meiner Oma nach Rheinlandpfalz ,die Mutter meines Vaters ,meine Tante hat auch dort gelebt, und mein Opa aber nicht der Vater von meinem Vater ! Ich habe es dort geliebt ,es war klasse bei meiner Oma sie machte alles mit mir und meinem Bruder der auch immer dabei war ,später nicht mehr aber als kleiner Junge auch immer ,wir machten die dollsten Sachen ,ich habe mich immer ausnahmslos sehr wohl dort gefühlt und ich wollte nach den Ferien nie mehr zurück ,aber das ließ meine Mutter nicht zu!!!!

sie wollte in meiner Schulzeit immer 14die absolute Kontrolle über mich haben ,und stand darauf mich bei den Schularbeiten immer zu verprügeln wenn ich was nicht sofort verstand ,das nannte ich immer die Bernsteinstunde ,habe mich jeden Tag davor gefürchtet ,und davon geträumt bei meiner Oma zu leben in Wessiland ! Ich wurde älter begann eine Lehre ,lernte aus mit 17, und bin sofort ausgezogen ,in meine eigene erste Wohnung ,die letzten Jahre waren nicht mehr so schlimm ,sie konnte mir nicht mehr weh tun ich war dann zu groß und zu stark und mein Vater traute sich auch nichts mehr ,er war ein Schisser ,ein untergebutterter Jammerlappen ! Danach sah ich meine Eltern nie wieder ,es war schön ohne diese von mir verhassten Frau zu leben ,und ich frage mich jeden Tag wer hat diesem Scheusal eine Lebensberechtigung erteilt unfassbar ,da lief doch bei Gott auch einiges schief ! So genug von meiner Mutter nennen wir sie doch einfach mal f1.!! Meine erste ernstzunehmende Freundin hatte ich im Alter von 14 Jahren sie war ein ganz kleines zartes Wesen mit einer Stimme von der einige Leute Kopfschmerzen bekamen ,ein Freund von mir sagte mal zu mir das er unser Freizeitzentrum in dem wir jeden Tag abhangen verlassen musste da er ihre Stimme nicht mehr ertragen konnte und sich lieber das gemecker seiner Eltern zuhause anhörte ! Mich hatte diese Quiekstimme nicht so sehr gestört ,was mich mehr gestört hat war das sie oft Schluss machte und mit anderen rumknutschte ,was mir jedes Mal 15einen Stich in mein Herz versetzte ,und ich tierisch gelitten habe ,aber sie kam immer wieder zu mir zurück ich war Happy ,es war für mich die Zeit wo ich anfing Sex haben zu wollen ,aber sie war noch nicht soweit und ich war ungeduldig ,erst lief alles über dem T-Shirt ab dann langsam unter dem T-Shirt ,dann über der Hose und dann so langsam in der Hose ,nein nein vorher sagte sie immer Stopp ,und ich ging dann immer mit einer nassen Unterhose nach hause ,und den Rest könnt ihr euch denken ! Sie machte dann irgendwann mal wieder Schluss mit mir ,und ich brach dann wie immer zusammen ,damals habe ich schon gemerkt das ich ein echtes Problem damit habe wenn ich von einer Frau verlassen werde ,die Schmerzen waren unerträglich ,mein Bruder merkte das immer und tröstete mich so gut er konnte ,er selbst war da etwas besser drauf ,er war der ,der die Frauen verließ ! Aber ich lernte schnell eine andere kennen sie hatte lange schwarze Locken und ich fand sie sehr schön ,nur mit ihrer Art hatte was nicht gestimmt ,aber ich wusste sie war im punkto Sex schon weiter als meine kleine Quieke ,ich war mit ihr in ihrem Zimmer ich weiß noch genau das die Mutter eine sehr nette Frau war ,aber ihr Vater ein saufendes Arschloch ,er war widerlich ,aber an dem Tag als es passierte nicht da , meine Freundin fackelte nicht lange zog mir meine Hose aus dann ihre und setzte sich drauf ,er war schon bereit ,das ist er immer, geht Heute immer noch schnell ,das ganze dauerte vielleicht 3 min und es war passiert ich war ein

Mann ich war der Größte 16Einige Tage später stand Quiekstimme wieder vor mir und ich konnte wie immer nicht nein sagen ,und es ging weiter mit uns zwei ,ich brauchte dann auch nicht mehr lange und ich hatte es geschaft ,wir hatten Sex echt schlechten aber wir hatten es getan und ich fühlte mich wie der allergrößte ,der Sex war echt der Hammer ich obendrauf ohne was vorher und dann losgeackert ,habe sie meist gar nicht bemerkt ,nur dann wenn sie immer sagte und das ganz leise ist gut kannst aufhören ! Irgendwann hat sie mich dann richtig verlassen ,es war vorbei, sie hatte einen anderen sie war echt sehr süß und hatte viele Chancen bei den Jungs die wussten ja nicht was ich wuste ,das sie wie eine Tote beim Sex rum lag ,das ganze mit ihr dauerte so knapp über 4 Jahre ,sie hat mich verlassen wegen einen widerlich hässlichen Mann ,der 10 Jahre älter war als sie und ich ,aber der wusste wie man Sex macht und ich nicht im nachhinein habe ich sie verstanden ,aber er war echt mega hässlich ,und ich habe oft Pläne geschmiedet wie ich mich rächen kann und hatte sehr große Lust verspürt ihn umzubringen ,aber was sollst nach langer Zeit des Leidens kam ich mit meiner Entjumpferrin zusammen und wir zogen beide zusammen ,ich wegen f1 und sie weil ihr Vater scheiße war ,wir hatten beide eine Lehre und das Geld hat gereicht ,im punkto Sex haben wir beide etwas mehr gelernt ,aber war trotzdem nicht der Hit ,und menschlich hat es gar nicht funktioniert ,wir kamen beide nicht miteinander aus und so dauerte es nicht lange und wir trennten uns 17,sie zog aus und ich blieb in der Wohnung ,die gar nicht so klein war aber sehr billig und mit Ofenheizung ,was ich übrings sehr gemütlich fand ,aber nicht lange dann hat mich das Kohlen aus dem Keller holen genervt ,aber war trotzdem eine gute Erfahrung ,das wir uns getrennt hatten ,bereitete mir kein aua ,es war einvernehmlich und kein Problem für mich ,ich hatte diese junge Frau nicht geliebt! Ich arbeitete damals im öffentlichen Dienst in einer großen Werkstatt unter 100 Männern ,und hatte dort auch Kumpels mit denen ich um die Häuser zog wir machten nur Scheiße ,und Blödsinn ,es war die Zeit der aufgemotzten Autos ,da hatten einige Kollegen echt gute Karten da wir ja in einer großen Werkstatt waren und die auch nach Feierabend benutzen durften ,da waren echt gute Karren dabei besonders ein Auto war der Hammer Opel Manta ,man sah es dem Auto nicht an aber er war so schnell auf 100 das wir Nachts Rennen um Geld fuhren und teilweise mit über 200 durch die Stadt rasten ,ich bin froh das ich überlebt habe ,das haben nicht alle meiner Freunde geschafft ,ich selbst hatte kein Auto ich hatte eins aber das hatte ich verkauft um mir meine Wohnung einzurichten ,und wenn ich ein Treffen mit einer Puppe hatte hat mir ein guter Freund seinen Riesen Daimler geliehen ,es war eine geile abgefahrene Zeit ,die aber nur 4 Monate dauerte dann ist es passiert f2 trat in mein Leben!!! Es war Ende Mai und ein Kollege von mir hatte

Polterabend damals haben alle immer ihre 18Hochzeit groß gefeiert es war die Zeit wo alle eine menge Geld hatten und es sich leisten konnten ,an dem Tag war Europapokal Endspiel der Meister heute heißt es Championslig Endspiel ein muss für mich dieses Spiel muss ich sehen heute noch ,ich bin Fußballfan ,ich selbst konnte nie gut Fußballspielen habe mich aber immer dafür interessiert in punkto wm oder em bin ich Gott da weiß ich alles drüber ich steh einfach drauf kann es nicht ändern , nun gut da ich das Spiel sehen wollte ,hatte ich nicht die rechte Lust zum Polterabend zu gehen ,aber ich habe das Spiel geschaut und bin danach hingefahren !! Als ich ankam ,und den Raum betrat ,sah ich sie sofort lange blonde Haare und ein weißes Indianerkleid ,in der Hand einen Plastikbecher ,wie ich bald heraus fand gefüllt mit Wodka Apfelsaft mix sie war schon leicht beschwippst wie alle anwesenden ,ein Freund und Kollege hat gleich bemerkt wie ich sie ansah und sagte zu mir das ist die Ehefrau von .... heiße Frau was ? .... Hat mal bei uns gearbeitet aber vor meiner Zeit er hat dann die Werkstatt gewechselt ,ich kannte ihn nur vom sehen ,er war mir egal ,sie aber nicht so ganz ,ich fand sie wunderschön ,und wie das Leben so spielt kam sie zu mir rüber und sagte ich möchte mit dir tanzen ,ich sagte nein wenn ich zu einer Feier gehe ,muss ich erst mal das Büffet inspizieren ,wo steht es ,dort in der Küche ich zeige es dir ich komme mit lasse dich sowieso nicht mehr in ruhe Heute ,du gefällst mir ! Bei jedem Polterabend oder auch andere Feiern wurde 19für mich immer eine Riesen Schüssel Nudelsalat gemacht und Kollegen sahen zu wie viel ich essen konnte ,essen wie schon erwähnt eine meiner Leidenschaften ,zu der zeit konnte ich wahnsinnige Berge verdrücken ,und freunde luden mich ein in Restaurante um mit mir anzugeben ,einmal war ich mit einem Freund beim Jugoslawen und er bestellte eine Hochzeitsplatte für mich ,es waren 24 Stück Fleisch mit Pommes und Gemüse mir war schon schlecht aber mein Kumpel feuerte mich an du darfst nicht aufgeben los los rein damit ,mir war kotz Übel, habe aber brav aufgegessen ,und als der Ober zum Abräumen kam sagte mein Kumpel ,he mein Freund meint das es sehr lecker war aber etwas wenig Fleisch ,der Ober es tut mir leid ,das Essen geht aufs Haus so etwas habe ich ja noch nie gesehen ,schönen Abend noch !!!! Ach ja hatte eine schlechte Nacht mit Bauchschmerzen !! Aber an den Abend wo ich f2 traf habe ich nix gegessen ,wir haben uns lange unterhalten und sie sagte dauernd heute schlafe ich bei dir OK kein Problem hätte mich gefreut ! Aber dann kam .... in die Küche und sagte zieh dich an wir gehen ,und f2 sagte nein ich schlafe heute bei dem hier ich bleibe noch dann großes Geschrei von beiden Seiten ,ich mischte mich auch noch ein was .... gar nicht gefiel und er zog Wutentbrannt ab und fuhr nachhause ! Es wurde ein sehr schöner Abend ,und irgend wann kam die Braut zu mir , setzte sich auf meinen Schoß ,ich hatte sie schon 2Wochen vorher kennengelernt bei einen anderen Polterabend und habe sie 20nur so weil sie mir als Mensch sympathisch war zum tanzen aufgefordert ,was sie dann auch ohne zu zögern tat ,wir haben uns unterhalten und ich habe nur so zum Spaß zu ihr gesagt ,und willst du wirklich in 2Wochen heiraten ,ich würde mir das noch einmal überlegen ! Das hat sie dann auch wohl getan ,sie setzte sich auf meinen schoß ,es war ihr Polterabend der Bräutigam daneben und f2 saß auf der anderen Seite ,und sie sagte zu mir im Beisein ihres zukünftigen Mannes ,wenn du mit mir zusammen sein möchtest dann sage ich die Hochzeit noch ab überlege es dir ! Sie meinte das völlig ernst unfassbar oder? Und ich sagte nein, nein nicht absagen ich habe mich gerade in die hier verliebt und zeigte auf f2 ,für mich undenkbar sie war eine sehr große Frau sehr nett aber sehr groß, so 190 cm OK ich bin selber ein sehr großer Mann 194cm aber ich mag keine großen Frauen da habe ich eine Abneigung gegen die Riesen Hände und Füße nein, nein nichts für mich kann ich nichts mit anfangen ! Dan habe ich mich wieder um f2 gekümmert, und das beste ist mein Kollege hat die Riesen auch am nächsten Tag geheiratet das hätte ich nicht getan ,aber er sah das sehr locker und hat mich nie verachtet deshalb war jahrelang nett und freundlich zu mir ! Ich und f2 haben uns die ganze Nacht unterhalten und geflirtet ,so Morgens um 4 Uhr kam ein guter Freund von mir der mir immer seinen Daimler geliehen hat ,und sagte f2 komm ich fahre dich nach hause

,das Problem war ,er war auch ein sehr guter Freund von ...und das schon viel länger 21,er hat es ihm versprochen, das er auf f2 aufpasst und sie gut nach hause bringt Riesen Palaber aber dann hat er sie gegriffen und in den Daimler gesetzt ,es war besser so im laufe der Nacht hatte sie auch sehr viel getrunken und war ganz schön blau ,sie gab mir ihre Tel NR Festnetz Handy gab es noch lange nicht sagte mir Uhrzeiten in denen ihr Mann arbeiten war und es nicht mitbekam und flehte mich an bitte, bitte ruf mich an ! Ich habe damals eine Fußballmannschaft trainiert und wir hatten am Wochenende ein Turnier in Wessiland ich habe sie nicht angerufen ,habe mich um Fußball gekümmert ,und als ich nach dem Wochenende Montag arbeiten ging habe ich darüber nachgedacht ,und kam zu dem Entschluss ,sie würde sich bei mir endschuldigen und sagen das sie sehr betrunken war es nicht so gemeint hat das sie doch verheiratet ist und ein kleines Kind hat also sorry das war es ! Als ich nach der Arbeit nach hause kam dachte ich o.k dann hörst du dir das mal an ,ich wusste das ... Spätdienst hatte und nicht da war ,nahm all mein Mut zusammen und griff zum Telefonhörer, holte die Tel NR aus meiner Brieftasche griff den Hörer drehte die Wählscheibe und es machte piep piep piep es war frei voller Spannung hörte ich zu und dann ja hallo wer ist da !! HI ich bin es der große vom Polterabend ,wie geht's?man na endlich ich sitze das ganze Wochenende hier am Telefon, habe mich kaum weg getraut hatte angst dich zu verpassen ,habe dich vermist dachte du meldest dich nie mehr war ganz traurig ,wollen wir uns treffen .... Hat 22Spätdienst ?nichts da mit meiner Befürchtung ,sie war betrunken und meinte das nicht ernst ! OK wir trafen uns sofort im Wald ,ich wusste das sie ein kleines Kind hatte ,knapp 2 Jahre alt ein Mädchen ! Ich fuhr mit dem Bus dort hin hatte zu der Zeit noch kein Auto oder nicht mehr ,ich stieg aus dem Bus aus schaute nach vorn und sah sie mit einem kleinen Buggy ,drin saß ein kleines Mädchen genauso blond wie ihre Mutter und genauso süß ! Hi und schon küssten wir uns heiß und innig und dann liefen wir in den wald ,es kam ein Stück Weg mit sehr viel Sand und sie schaffte es nicht den Buggy durch zuschieben ,und ich übernahm das für sie und der kleine blonde Scheißer im Buggy rief Mama soll! Meine erste Begegnung mit meiner Tochter ,denn das wurde sie , sie wurde meine Tochter ohne wenn und aber ,ich liebe sie heute noch ganz genau so wie ein leibliches Kind und ich weiß es genau denn ich bekam auch mit f2 ein eigenes Kind ! Es begann eine Zeit der Verliebtheit ohne Ende,f2 war 5Jahre älter als ich was mich damals sehr gereizt hat ,aber in punkto Sex war sie auch nicht Erfahrener als ich ,....war ihr erster und wurde auch ihr mann ,aber sie hat schnell gemerkt das er nur saufen im Kopf hat ,und sie hatte schnell die schnauze voll von ihm ,aber sie hatten ein Kind und er einen guten sicheren Job ,sie ekelte sich vor ihm ,und wollte kein Sex ,war ...aber egal ,wenn er Nachts nachhause kam tat sie so als wenn sie schlafen würde, er benutzte dann immer ihren Oberschenkel, er robbte von hinten ran und steckte sein Schwanz 23zwischen ihre Oberschenkel und machte es ,und sie war wach und musste immer bald kotzen ,und wenn er fertig war ,drehte er sich um und schlief sofort in seinem Suff ein ,und sie lag noch lange wach und weinte ! Sie hat eigentlich nur auf mich gewartet ,es ging dann alles sehr schnell sie zog mit dem kleinen Scheißer sofort bei mir ein ,und es begann eine Zeit mit wenig Geld ,ich ein Junggesellen Gehalt, sie eine kleine Halbtagsstelle ,es reichte hinten und vorne nicht ,es gab Zeiten, ende des Monats wo wir nur noch Wasser tranken ,aber scheiß egal wir waren glücklich ,das Leben machte Spaß ! Sexuell haben wir uns schnell weiter entwickelt ,sehr schnell ,wir haben alles ausprobiert ,der Sex mit ihr war immer sehr schön ,und auch nach 17 Jahren war er regelmäßig und prickelnd ,bis zum Schluss! sie war eine sehr eifersüchtige Frau sehr eifersüchtig ,es gab mal zu Anfang eine Situation ,wir stiegen in einen Bus ein und gingen die Treppen hoch im Doppeldecker sie und der kleine Scheißer zuerst und ich hinterher oben angekommen ,bekam ich eine gescheuert im vollen Bus ,du Dreckschwein schrie sie ,ich habe gesehen wie du dem Jungending hinterher gegeifert hast ,war echt nicht war ,wusste gar nicht was sie wollte, das wurde später aber anders ,da waren ihre eifersuchts Attacken nicht mehr grundlos! Viele meiner Freunde sagten immer das sie sich von so einer Frau trennen würden weil es nicht auszuhalten wäre ,diese extreme Eifersucht ,war aber für mich nicht so schlimm ich kam damit relativ gut klar ,ich 24fand das nicht so schlimm eher etwas anregend! Sie war aber auch eifersüchtig es wurde teilweise richtig gefährlich mit ihr ,sogar im Fernsehen fand sie die eine oder andere Schauspielerin um Eifersucht Attacken zu bekommen ,am schlimmsten für sie war Tina plate ,als ich einmal eine Serie mit ihr schaute und es gab Abendbrot ,regte sie sich so auf das sie ein Messer nach mir warf das dann im Türrahmen stecken blieb ,2cm an meinem Kopf vorbei sie holte mal mit einer vollen 1liter Ketchup Flasche aus und wollte sie mir über den Schädel prügeln ,ich bekam gerade noch meinen Arm dazwischen der aber dann sehr lange dick und blau war ! Das war es aber nicht was uns später auseinander brachte, ich kam damit einfach klar! ich war noch sehr jung und zu Anfang mit der ganzen Situation überfordert hatte mich noch nicht ausgetobt wie man so schön sagt von 0 auf 100 gleich eine Familie ,ich war überfordet ,und ich merkte ,das ich dem kleinen Scheißer gegenüber Erziehungsmethoden wie f1 anwenden wollte, habe mich doch sehr darüber erschrocken ,und es sofort bemerkt ,habe danach auf mein Herz und Gefühl bei der Erziehung meiner Kinder gehört und ich wurde ein sehr lieber Vater ,nicht streng im Gegenteil bei uns war f2 die strenge und da sie extremes Temperament hatte musste ich sogar oft dazwischen gehen ! Es dauerte dann auch nicht lange und mein Sohn wurde geboren ,ein aufregender und abgefahrener Tag als er da war rief ich den kleinen Scheißer an und sagte he du hast jetzt ein 25kleines Brüderchen ,und sie schrie damals knapp 5 Jahre alt hurra, hurra mein Brüderchen ist da ,gib ihn mir mal ,musste ich sehr drüber lachen ! Ich und f2 haben dann geheiratet und unsere finanzielle Lage hat sich schlagartig geändert ,ich verdiente dann sehr viel Kindergeld, Sozialzulage, Schichtarbeit und f2 eröffnete dann eine Tagesgroßpflegestelle und verdiente auch sehr gut ,wir standen prima da ! Als ich mit dem Schwimmen aufhörte und f2 kennenlernte habe ich gar kein Sport mehr gemacht ,und da essen ja mein zweites Hobby war ,und ich in dem alter war wo sich der Stoffwechsel etwas ändert ,setzte das viele essen auch so langsam an ,dazu kam noch das f2 sehr gut kochen konnte ,und eines Tages sah ich in den Spiegel und habe mich erschrocken ,igitt ein fettes Schwein, und ich musste sofort handeln ,damals stand ich auf Muskeln ,und begann mit Bodybuilding ,mein Leben hat sich dann nur noch darum gedreht ,ich gab alles, nach der Arbeit sofort Training ,dann nach Hause, essen etwas schlafen ,und spät Abends noch einmal rein in die Folterkammer,f2 fand schnell gefallen daran und trainierte auch sehr kräftig ,sie kochte auch meine spezielle Ernährung ,und dann ging es los rein mit dem Anabolika, es ging sehr schnell bei mir,und 20 Monate später stand ich auf der Bühne ,und wurde Berliner meister ,danach 4. bei der deutschen Meisterschaft ,und ein Jahr später war ich wohl der stärkste Mann in dieser Stadt mit ca 140 kg ! Um bei einer Meisterschaft mitzumachen braucht es eine 26spezielle Diät ,damit nicht ein gramm Fett mehr am Körper ist ,du musst aussehen wie ein abgezogenes Kanickel ! Hungern! mir braucht keiner was von hungern zu erzählen ich weiß was hungern ist ,ich habe 12 Wochen ausschließlich gedünstetes Putenfleisch gegessen ,nur Putenbrust die mich schon nach dem 2. Tag Angekotzt hat 12 Wochen eine Selbst Kastei die sich niemand vorstellen kann ,dein Gehirn ist so tot das du keinen Durchblick mehr hast! Du wirst jede Nacht wach weil du vom essen träumst und wenn du dann wach bist fängst du an zu weinen, weil du realisierst das du das geträumte nicht essen darfst ! Ich habe in den 12 Wochen 30 Kilo abgenommen,trotz riesige mengen von Anabolika, die Gewichtszunahme bewirken das waren umgerechnet ca 40 Kilo Abnehmgewicht in 12 Wochen, da frage ich mich doch wie doof muss man sein! Und dann stehen sie da oben auf der Bühne ,bestehen nur noch aus Muskeln und die Leute denken wenn der will reißt er mir denn Kopf ab , weit gefehlt ,den da oben brauchst du nur anpusten und er fällt um ! Ich habe mir später immer noch diese Veranstaltungen angesehen ,und für mich war das der verhungerten Treff! Danach war mein Magen sehr klein, und 2 Tage später habe ich meinen Trainingspartner zu mir nachhause eingeladen als Dankeschön ,denn der Trainingspartner hat eine wichtige aufgabe ohne den geht es nicht, er muss dir jeden Tag in den Arsch treten, und deine schlechte Laune ertragen ,weil du Hunger hast ,er muss dich anbrüllen fertig machen 27und motivieren ,ein sehr wichtiger Mann ,und bei mir ein guter freund ! F2 hat gekocht mit allem drum und drann ,ich habe soviel in mich hinein gestopft ,ich war im Vollrausch konnte nicht genug kriegen ,wie ein wildes Tier habe ich gefressen ,und lag dann auf den Flurboden ,und dachte ich muss sterben kein Witz ich dachte ich platze, ich konnte mich nicht einen Millimeter mehr bewegen ,nicht nach rechts nicht nach links kein Stück mehr ,wir wollten die Feuerwehr holen haben aber dann entschieden das ich da solange liegen bleibe bis es wieder etwas geht und eine leichte Verdauung angefangen hat ,und Stunden später war es dann soweit ich konnte wieder aufstehen ,ich habe den in 12Wochen klein gewordenen Magen an einen Abend wieder auf riesengroß gebracht ,und nun noch einmal wie , bekloppt, dämlich muss man sein ? Ich habe irgendwie, bis heute weiter mit Hanteln in diversen Fitnessstudios trainiert, mal mehr mal weniger ,aber Wettkämpfe waren passe ,und Anabolika sowieso ,habe bemerkt das die Einnahme davon ,mir nicht so gut tat ,es machte mich agresiv ,arrogant, überheblich, und unausstehlich, ich dachte ich bin der größte ,und da fing es auch an ,die Frauen liefen einem praktisch hinterher und ich konnte nicht immer wiederstehen ,ich war zu dieser Zeit sowieso der volle Macho, und machte f2 das Leben schwer ,ich hatte immerwieder irgendwelche Affären ,ich war das absolute Arschloch ! Wie gesagt ich hörte auf mit diesem Sport und Anabolika und ich wurde wieder ein besserer Mensch ,aber bei 28f2 hat es schon sehr viel zerstört! es begann die zeit wo f2 und ich die große weite Welt erkunden wollten ,wir reisten sehr viel ,das Geld hat gestimmt und wir konnten uns das leisten ,der erste große Urlaub war Kenia ,ich habe unsere urlaube immer geliebt,f2 ich und die Kinder kamen immer gut klar miteinander ! Als wir ankamen im Hotel ,ich war zu der Zeit noch extrem breit und muskulös ,ein richtiges Vieh, wurde ich gleich von dem Mann an der Rezeption angesprochen ,ob ich nicht Lust hätte ,in den nächsten Tagen mal mit im in sein Studio zu trainieren ,ich sagte zu und er war aus dem häuschen! 2Tage später fuhren wir nach Mombasa in einer staubigen kleinen Strasse parkte er sein Auto ,und dann öffneten wir eine unscheinbare Tür und schon standen wir im studio ,der Hammer dreckig kaputte und schlechte Geräte selbstgebastelte hantel und viele einheimische die alles gaben eine Atmosphäre ,die mich beigeisterte ,Schweißgeruch ,ein stöhnen ,und brüllen ,und das Geräusch von klappernden Stahl ,herrlich! Mein Begleiter stellte mich auf Suaheli als deutschen Meister der ich nicht war vor ,und alle kamen und wollten mir die Hand schütteln ,dann fingen wir an zu trainieren und alle sahen zu so einen starken Mann haben sie noch nie gesehen ,ich brach das Training ab und gab ein kleines Seminar über Trainingslehre und Ernährung ,alles auf englisch und die Männer hörten gespannt und aufmerksam zu ,und danach schickte ich einen kleinen Jungen mit Geld los Getränke holen ,ich gab einen aus und es wurde noch 29ca eine nette Stunde ,wieder im Hotel angekommen ,bedankte sich der hotelangestellte bei mir und den Rest der Zeit im urlaub waren wir Freunde !das war auch der urlaub in dem ich den kleinen Scheißer der mittlerweile schon größer war, das Schwimmen beibrachte, sie hat alles was Sport angeht sehr schnell kappiert ,für sie nie ein großes Problem ! Ich habe mich im gemeinsamen Urlaub immer ausschließlich um meine Kinder gekümmert den ganzen Tag haben wir irgendwas angestellt und Abends haben wir immer Karten gespielt ,der kleine Scheißer war ein guter Verlierer, aber junior hat immer Theater gemacht ,er war sowieso ein sehr lebhaftes Kerlchen man könnte auch sagen aggressiv ! Er lag, noch ganz klein konnte noch nicht laufen in seinem Gitterbettchen und wenn er wach wurde, zog er sich mit seinem Fläschchen in der Hand hoch ,nahm die Flasche und schmiss sie gegen die Wand ,und schrie Kakao ,sein erstes Wort !er hat schon im Bauch von f2 solch einen Alarm gemacht ,und so ist er Heute noch ,knapp vor der 30!!der kleine Scheißer war ganz anders drauf ,mit ihr konnte ich alles machen ,sie hat jeden Scheiß ohne zu murren mitgemacht ! Wir waren einmal im Winterkurzurlaub im Harz mit einem Kumpel ich und Kumpel gingen Rodeln ,und natürlich nahmen wir den kleinen Scheißer mit ,und entdeckten eine kleine Skisprunganlage ,wir sind alle drei hoch und wollten runter rodeln ,oben angekommen hatten wir Schiss sehr, sehr steil und ich und der Freund schickten den kleinen Scheißer 30runter ,nein Papa habe Angst komm schaffst du schon OK und dann ist sie runter und hat einen Abgang gemacht unten angekommen sah sie aus wie ein großer Schneeball, wir beide obenstehend hatten ein schlechtes Gewissen und sind dann auch runter ,die Frauen im Apartment haben die Sache aus dem Fenster beobachtet ,und es gab richtig ärger ,aber was soll es dem Scheißer ging es gut nix passiert ,sie war klasse ,ist sie heute noch! Wir haben viele schöne Reisen gemacht ,es waren aber nicht immer die Kinder mit manchmal brachten wir sie zu einem Reiterhof an der Ostsee ,war kein Problem sie haben es dort geliebt und sind gerne dahin gegangen ,so konnten f2 und ich auch mal alleine urlaub machen ,und auch so war der Urlaub immer sehr schön ,wir buchten immer nur Frühstück und sind Abends immer essen gegangen ,haben oft angenehme Menschen kennengelernt und uns abends zum essen mit ihnen verabredet ,und pünktlich kommen mit f2 war sehr, sehr schwer ,sie hat immer ewig gebraucht bis sie fertig war ewig ,wenn wir um 20uhr Verabredet waren sagte ich so um 18uhr bescheid fang mal an dich fertig zu machen ,aber dann sah sie auch perfekt aus ,sie war eine sehr hübsche Frau ,gestylt bis ins letzte ,das war ihr immer wichtig !! Ich habe mal nachgedacht was meine schönste Reise war von allen die ich oder wir so gemacht haben ,ich glaube mit ihr war es

Mexiko ,eine schöne Reise ! Aber da gab es noch eine Reise die habe ich ohne sie gemacht ,diese Reise war der Hit ! Ich hatte auf Arbeit einen 31Kollegen ,der las immer die Zeitschrift tours ,da geht es um reisen ,meist mit dem Auto ,abgefahrene Länder ,Reisen die sonst niemand macht ,er war schon 2Tage vor erscheinen der Zeitschrift nervös ,und träumte davon so etwas mal zu machen ,und ich schlug ihm vor es mit mir zu machen ,wir fingen an eine Reise durch Afrika mit einem Fahrzeug zu plannen ,die Route sollte quer durch die Sahara gehen ,aber am Anfang der Planung sagte er mir das er doch Schiss hat so etwas zu unternehmen ,es war ihm zu gefährlich er konnte sich nicht dazu durchringen ! Aber in meinem Kopf war sie drin und ging nicht mehr raus ,nichts zumachen das war ein Traum von mir ,ein Abenteuer das ich unbedingt haben wollte !und ich bekam es! Beim Training im Fitnessstudio gab es zwei coole Typen mit denen ich oft gute Gespräche führte ,einer war ganz klein mit Glatze und sehr hager ein völlig Durchgeknallter Typ ,passte zu mir ,der andere normal groß mit super Figur ,genau die richtige Mischung zwischen Muskeln und Drahtigkeit ,wir nannten ihn Heman ,nach den Actionfiguren die zu der Zeit in waren und mit denen mein junior immer spielte ,wir drei ,Glatze ,Heman, und ich planten gemeinsam die Reise weiter denn sie waren begeistert ,von der Idee, wir haben uns 18 Monate Zeit gelassen ,und jeder hat in dieser zeit 200 dm jeden Monat in eine Kasse gezahlt ,zum Schluss hatten wir ca 10000dm im Pott ,wir kauften davon eine komplette Ausrüstung mit allem was man dafür brauchte ,und ein alten VW Bus unser treues 32gefährt ,Glatze und ich wir hatten beide Ahnung von Autos haben den Bus ,bei mir auf Arbeit in stundenlanger arbeit General überholt ,und zusammen mit Heman haben wir ihn auch innen umgebaut ,wir haben ihn Sahara tauglich gemacht ,unsere arbeiten gemeinsam am Bus waren immer sehr lustig ,weil wir uns ständig die Birne zu kifften ,ich habe zu der Zeit ab und zu mal einen gekifft ,aber die beide waren Profis, und so wurde es in dieser zeit bei mir auch mehr ! Jeder hatte so seine aufgabe Heman hat sich um medizinische Dinge gekümmert medi Impfungen Malaria Tabletten ,Glatze um die Ausrüstung was man braucht ,und ich um die Routenplanung ! Und bei f2 kam die Eifersucht zum tragen ein Jahr vorher hat sie mir das Leben schon zur Hölle gemacht ,sie hat mir die Reise verboten aber zu dieser Zeit habe ich mir nichts verbieten lassen ,musste sie mit klar kommen ,aber ihre Eifersucht ,war dann doch nicht unbegründet ,ich war halt ein Arschloch ! Und dann ging es los ,die Reise dauerte 7 Wochen ,wir fuhren auf dem Parkplatz von Glatze los ,einmal links abgebogen und schon war die Tüte an ,das Pensum der beiden schaffte ich nicht zu Anfang rauchte ich nur jeden zweiten mit ,aber auch das hat sich dann irgendwann geändert ,die route führte durch Deutschland,Frankreich in Frankreich, genau in Leon suchten wir den weg nach Nancy es hat Stunden gedauert ,wir fuhren immer im kreis und sind fast blöde geworden ,aber dann haben wir unseren Fehler erkannt und kamen weiter ,wir haben uns so gefreut das 33wir unseren Bus förmlich auf den Namen Nancy getauft haben , dann weiter bis Marseille und dann mit der Autofähre rüber übers Mittelmeer nach Algerien ,Niger ,Nigeria, Burkinafaso ,Togo, Ghana, Benin ! Algerien ist das siebentgrößte Land der Erde und besteht fast nur aus Sahara ! Diese reise war nicht zu toppen, sie war der Hit, Knaller ,ein Abenteuer ,und mega schön! Auf der Autofähre hatten wir sehr starken Seegang und ich sah zu wie die Menschen zu hunderten von der Reling kotzten ,einige verkehrt und sich selbst in die Fresse, aber auch bei dem wind und Wellengang schafften es Heman und Glatze eine Tüte zu bauen kein Problem sie waren die besten darin ! Was mich so fasziniert hat an dieser Reise, ist das von Kilometer zu Kilometer sich die Hautfarbe der Menschen änderte ,von weiß bis tief schwarz in Togo, Benin und Ghana , die Vegetation ,von grün im Atlasgebirge, bis nur noch Sand in der Sahara und dann wieder immergrüner bis zum tropischen Regenwald in Togo ! Heman und ich kannten solche Länder im norden von Afrika schon und wussten was uns erwartet ,in Algerien angekommen ,genau in der Hauptstadt Algier ,drehte Glatze durch ,hier stinkt alles nach Pisse ,überall Pisse ,er wollte zurück ,Algier ist eine extrem dreckige Stadt ,der Müll stapelte sich am Straßenrand Meter hoch ,und Glatze konnte sich nicht beruhigen ,er hatte noch sehr lange den Geruch von Pisse, Scheiße und jeglichen Unrat in der

Nase ,aber dann irgendwann hat er sich wieder beruhigt ! Wir quälten dann Nancy völlig überladen 34,über das Atlasgebirge ,ein sehr schön grünes Gebirge ,wo wir schon überall Affen sahen ! Hinter dem atlasgebirge fuhren wir durch wunderschöne Oasen ,ein traumhafter Anblick und so langsam näherten wir uns der Sahara ,und es regnete und war sehr , sehr kalt ,Glatze meckerte rum und konnte es kaum glauben ,er wollte doch Sonne und nun Regen ,und kalt ! Er bekam noch seine Sonne und seine Hitze kein Problem wir waren ja schließlich in der Sahara der größten wüste der Erde ,wie Einheimische uns berichteten regnete es dort im norden und am Eingang der Sahara das erste mal seit 3 Jahren ,und überall waren große regenwasserseen ,und Glatze packte seine Angel aus und wollte Fische fangen im Regenwasser ,ich und Heman haben tränen gelacht he im Regenwasser ! Zuerst gab es noch Strassen und dann nur noch Pisten .die Wege Verhältnisse wurden immer schlimmer ,es waren extreme Pisten dabei ,wo die Durchschnittsgeschwindigkeit ,so bei 15 Kmh lag ,einmal haben wir eine Welle erwischt ,Nancy flog durch die Luft und knallte auf ,wir flogen im Bus durch die Gegend ,keiner saß mehr auf seinem Platz und im Bus war nichts mehr an seinem Platz alles durcheinander ,und die Kofferbrücke ,riss von der Dachkante ab ,sehr lange Zwangspause war das Ergebnis, denn wir mussten wieder Ordnung schaffen und die Kofferbrücke reparieren ! Wir fuhren durch extrem schöne Landschaften ,das die Sahara nur aus Sand besteht ist ein weit verbreiteter Irrtum ,sie hat weit mehr zu bieten ,wir sind ein 35Hochplataue hinauf gefahren ,und es dauerte 2 Tage bis wir wieder abwärts mussten ! Dort oben dachte man he so stelle ich mir den Mond vor ,wir haben draußen übernachtet und man hat dort eine Sternen Optik unbeschreiblich, du denkst das du unter einen Sternenzelt liegst der Wahnsinn! Irgendwann kamen wir in Tamanraset an eine größere Stadt in der Sahara ,mitten im Hoggar Gebirge ,es gab dort sogar ein Hotel in dem wir uns für eine Nacht Einquartierten, und dort sprach uns ein Schweizer und eine Schweizerin an ob wir Lust hätten mit ihnen eine Tour mit einem Touareg, in einen großen Jeep zu machen hinauf in die Berge die dort bis zu 2800 Meter hoch sind ,wir willigten ein ! Und ein Fahrer ein Touareg holte uns 2 Stunden später ab ! Ich setzte mich nach vorne Heman ,Glatze ,und die Schweizer nach hinten ,und schon fegte er los ,ich bin ein sehr guter Autofahrer eine Sache die ich gut kann ,aber er war Weltklasse ,er fuhr die Pisten ,Steilhänge, Steinklippen mit einer Sicherheit ,die ihre gleichen suchte er hatte es drauf ohne jeden Zweifel! Die Tiefstehende Sonne blendete uns wir konnten kaum was sehen ,auch mit Sonnenbrillen auf und Glatze Fragte mich was hat der für eine Brille auf, das er das alles sehen kann ich schaute genau hin ,und sagte zu Glatze ,gar keine ,er hatte seine Vermummung um und es schauten nur die schwarzen Augen raus ,er sah alles unglaublich ! Wir übernachteten oben in einem Dorf und stiegen kurz vor Sonnenuntergang einen Berg hoch es war sehr mühselig, und von dort oben 36schauten wir uns das Schauspiel an ! Und im dunkeln mussten wir runter ,haben dann in einer Lehmhütte übernachtet zusammen mit 100000 Kakerlaken ! Dann am Morgen fuhren wir zurück nach Tamanraset, dort füllten wir sämtliche Wasserkanister auf ,hatten noch ein schönen Abend mit den Schweizern im Hotel ,und am nächsten Morgen ging es los ,von Tamanraset nach Arlit,600km nur Sand keine Piste nur Sand ,reines durch Sand fahren nur nach Kompass, in dem abschnitt verfahren sich sehr viele und einige davon verdursten dann, die Schweizer waren schon weg als wir so endlich bereit zur Abfahrt waren ! Es ging dann los und so nach 10 km kommt ein Polizeirevier, und wenn man das vor hat was wir vorhatten nämlich nach Arlit zu fahren muss man sich dort abmelden ,unser Problem war wir alle drei sprachen kein Wort Französisch ,was uns bis hierher die Reise erschwerte, wir gaben in einen kleinen Raum ,mit drei Polizisten drin unsere Papiere ab ,und nach kurzer Zeit sagten sie zu uns Bon Voyage, und immer wieder wiederholten sie es und wir wurden nervös und die Polizisten auch es war sehr angespannt ,wir hatten schon etwas angst aber sie auch ,das haben wir bemerkt ,ich und Heman waren ja auch sehr breit ,es wurde immer aggressiver, und dann haben wir es gewagt und sind einfach aufgestanden und gegangen ,aber es folgte uns niemand , und uns viel ein Riesen Stein vom Herzen ! Später haben wir dann mal erfahren was Bon Voyage heißt, es heißt gute Reise ! Dann ging es los ca 600km nur nach 37Kompass und nur Sand, Sand, Sand, eine Hitze die man kaum beschreiben kann ,und ständiges festfahren ,wir waren nur ,und ständig dabei Nancy aus dem Sand zu buddeln ,es gab Passagen da brauchten wir für 100meter 1-2 Stunden ,es waren riesige Sandfelder die wir durchfahren mussten ,und überall standen alte Autowracks rum von Leuten die abbrechen mussten und nicht mehr weiter kamen ,wir entwickelten eine Technik ,Glatze ist gefahren ,weil er der kleinste und schmächtigste von uns war ,und Heman und ich saßen an der Schiebetür ,wenn ein riesiges Sandfeld kam ,gab Glatze richtig gas und wenn wir dreinfuhren ,merkten wir wie Nancy immer langsamer wurde und dann kurz vor dem steckenbleiben sprangen Heman und ich raus und schoben von hinten an solange bis wir nicht mehr konnten ,so schafften wir es mehrere Sandfelder zu durchqueren ohne stecken zu bleiben ,und wenn Glatze durch war ,rannten wir beide hinterher und Glatze stand immer mit 2 Wasserflaschen da und hat auf uns gewartet ,völlig fertig haben wir das Wasser in uns reingeschüttet ,es war so heiß ,und diese Aktionen so anstrengend ,wenn wir Abends nach Sonnenuntergang vor Nancy saßen genossen wir das es Nachts in der Sahara echt kühl wird ,und waren völlig fertig ,wir haben zu dritt 40 Liter Wasser am Tag getrunken ! Doch dann ist es passiert wir merkten das wir so nicht mehr weiter kommen ,wir beschlossen

Nancy viel , viel leichter zu machen ,und schmissen viele Dinge weg ,wir bauten die hintere Sitzbank 38aus ,schmissen Ersatzkanister weg ,Ersatzreifen ,viele Dinge von unserer Ausrüstung ,wir behielten nur das nötigste ,und dann waren wir wieder zur Weiterfahrt bereit ,und es sollte los gehen ,wir haben vor unserem anhalten eine riesige Sanddüne umfahren und jetzt als es weiter gehen sollte haben wir die Orientierung verloren ,ein böser Fehler ,der den Tot bedeuten kann ,kommt man nur 20-30 km vom Kurs ab ,wird man nie gefunden ,und muss qualvoll verdursten ,ich sagte wir müssen da lang ,Glatze zeigte genau die Entgegengesetzte Richtung an und Heman ,war da ganz anderer Meinung ,was nun tun ? Glatze und ich waren uns nicht sicher aber Heman meinte er ist sich sehr, sehr sicher ,und wir vertrauten ihm ,wie sich dann rausstellte war das kein Fehler, es ging jetzt besser voran und nach 5-6 Stunden fanden wir die Piste Richtung Arlit, und genau dort wollten wir hin ,danke Heman danke! 50 km vor Arlit trafen wir die Schweizer wieder, und beschlossen mit ihnen gemeinsam die Reise fort zusetzen ,die letzten Sandfelder halfen wir uns gegenseitig ! Jetzt kam die Grenze zwischen Algerien und dem Niger, es gab Papiere ohne Ende auszufüllen ,und alles auf französisch ,ohne die Schweizer die perfekt französisch konnten hätten wir das nicht geschafft ,als der Zollbeamte unser Auto kontrollierte ,hatte er schlechte Laune und wir mussten unser Auto komplett ausräumen bis auf die letzte Schraube sehr mühselig ,aber er machte uns klar das wenn er Lust hat ,uns zurückschicken könnte und dann wollte er 39ein Präsent er suchte in unseren Sachen rum und wurde fündig mein Überlebensmesser hat es ihm angetan das war sehr teuer ,und Hemam und ich zeigten ihm Heman sein Messer und erklärten ihm das ,es viel besser ist und das uns viel daran liegt das er das bessere bekommt ,er willigte ein ! Mein Messer ca 250dm,Hemans Messer 39 dm !so nach langen einräumen hatten wir es geschaft wir konnten in den Niger einreisen doch kurz vor Einfahrt machten sie die Grenze zu ! Feierabend ,geht erst Morgen weiter wir mussten im Grenzstreifen übernachten ,aber egal wir hatten Zeit und es wurde eine lustige Nacht mit den Schweizern! den nächsten Morgen ging es weiter ,es waren noch wenige km bis Arlit ein paar Sandfelder noch mit viel Mühe und dann waren wir da ,und freuten uns und schrien im Auto ja wir haben die Sahara durchquert! Wir wussten auch das es dort kalte Getränke gab und so einige Dinge ,wir fuhren in ein Hotel das uns die Schweizer beschrieben haben und wollten uns dort treffen ! Vor dem Hotel angekommen ,konnten wir Nancy nicht verlassen ,so 50zig Einheimische ließen uns nicht raus ,sie wollten alles kaufen was wir so bei hatten ,natürlich für wenig Geld ,wir befanden uns im Niger dem größten Schwarzmarkt der Welt !es war Ostern und wir kamen die nächsten 2 Tage dort nicht weg ,wir haben dann alle in einem Hotelzimmer gewohnt und hatten sehr interessante und lustige 2 Tage ,der Schweizer ist mit einem Peugeot durch die Sahara gefahren um ihn dann im Niger 40zuverkaufen ,das war schon das dritte mal das er das gemacht hat ,und er bekam auch nach zähen handeln den Preis den er sich vorgestellt hatte ,und damit hat er seine Reise finanziert ,die Schweizer beschlossen wie wir ,nach Togo zu gelangen und den Rest der Reise nahmen wir die beiden mit ! Der Schweizer hat unsere Zollpapiere gefälscht damit wir auch Niamey sehen konnten ,die Hauptstadt vom Niger ,man bekommt an der Grenze eine festgeschriebene Route die man nicht verlassen darf ! Wir fuhren ins Sahelgebiet, das heißeste Gebiet der Erde wir hatten 53 grad im Schatten ,das ist unvorstellbar heiß! Niger ist ein korruptes Land alle 10 km wird man angehalten ,Schiebetür aufgerissen Maschinengewehr reingehalten angebrüllt und nach Papieren verlangt ,es war immer ein scheiß Gefühl in einen Maschinengewehrlauf zu blicken ,alles gesehen dann wollten sie noch Zigaretten und dann durften wir weiter bis zur nächsten Kontrolle die nicht lange auf sich warten ließ ! Durch das Papiere fälschen des Schweizers konnten wir nach Niamey ,da war er dann der größte Schwarzmarkt der Welt ,es war so interessant kaum vorstellbar was es dort alles gab ,dagegen ist ein Flohmarkt in Deutschland ein kleines Kioskhäuschen ! Es gab dort ein Schwimmbad auf das wir uns freuten ,mit einem Hotel dran in das wir uns auch 2 Tage einquartierten ,es gab dort alles was unser Herz begehrte ,nach der Sahara waren wir jetzt im Paradies! nach zwei schönen Tagen ,fuhren wir weiter zur Grenze nach Burkinafaso, ein unkomplizierter 41Grenzübertritt ,ein ganz anderes Land Leute nett an der Grenze die Genzer auch nett,einfach nette Menschen in einem armen aber schönen Land das so seine Reize hatte ,man fuhr tagelang durch riesige Affenbrot Baumfelder ,ein sehr schöner Anblick ! Wir fuhren dann Richtung Togo und da auf einer Landstraße ,fuhren wir durch einen Heuschreckenschwarm ,wir konnten nichts mehr sehen es war plötzlich wie mitten in der Nacht der Scheibenwischer musste Höchstleistungen verrichten ,es waren Milliarden die Strasse bestand nicht mehr aus Asphalt sondern aus Heuschrecken ,es war gespenstig und unheimlich ,das ganze dauerte so ca 3stunden und dann waren wir durch ,eine sehr beängstigende ,Erinnerung ! Wir kamen dann zur Grenze nach Togo ,und wir kamen auch dort ohne Mühe rüber ,im norden von Togo kannten wir einen Entwicklungshelfer der uns für ein paar Tage in seinem Haus übernachten ließ ,wir machten uns ein paar schöne Tage bevor es weiter ging ,und wir freuten uns alle auf den tropischen Regenwald der bald kommen würde ! Aber vorher machten wir Safari ,abseits der Strassen fuhren wir langsam stundenlang durch die Steppe und beobachteten Tiere ,Zebras, Gazellen, Gnus, und dann entdeckten wir an einem Wasserloch ,drei Elefanten zwei Kühe und einen Bullen ,die

Kühe konnten wir gut sehen wir stiegen alle aus dem Auto und näherten uns an ,der Bulle stand mit dem Rücken zu uns ,Glatze wollte ihn von vorne sehen ,und machte sehr laut muuuuh, der Bulle drehte 42sich um und rannte sofort auf uns zu ,wir umgedreht und volle tüte zum Auto gerannt ,Heman hat seine Schuhe weggefeuert damit er schneller rennen konnte wir hatten Todesangst ,rein in Nancy gestartet und wollten los ,da haben wir bemerkt das der Bulle nicht hinterher gerannt kam und wir haben bemerkt das die Schweizerin immer noch da stand wo sie war ,sie kam dann langsam zu uns ins Auto und sagte man der wollte euch doch nur erschrecken mehr nicht ! Sie war erst 19 aber sie war sehr schlau hatte schon 2000 Bücher gelesen ! Wir haben noch sehr lange darüber gelacht ,obwohl uns in diesem Moment nicht zum lachen war ! Wir fuhren weiter in Richtung Regenwald ,die Landschaft wurde immer grüner und schöner, im dunkeln sind wir von der Piste abgefahren und haben irgendwo angehalten um zu nächtigen ,und am nächsten Morgen ,machte ich meine Augen auf ,als erster wie fast immer und habe mich erschrocken ,ich weckte sofort die anderen ,wir lagen so verteilt rum im Bus und auch außerhalb ,um uns herum stand ein komplettes Dorf und hat drauf gewartet das wir aufwachen ,wir standen auf und wenn wir ein Schritt nach vorne machten dann gingen sie alle einen zurück ,wie ein riesiger Fischschwarm im Ozean ,Heman lag draußen auf einer Luftmatratze ,er ließ sich nicht stören und rollte diese fein auf ,plötzlich sprang er beiseite, er entdeckte ein Scorpion ,auf dem er geschlafen hatte ,genau in diesem Moment sprang ein sehr alter Dorfbewohner hervor und trat Barfuss den 43Scorpion Tot und schmiss ihn einfach weg ,er war echt Barfuss ,wir machten in aller ruhe unsere Morgen Toilette ,Glatze hat versucht einige Frauen mit kleinen Spiegel anzulocken was im auch irgendwann gelang ,sie schauten rein und fingen an zu lachen ,rannten zurück ins Dorf und wir hörten sehr laut das Gelächter ,als alles erledigt war fuhren wir in aller Ruhe weiter ,jetzt war der Regenwald zum greifen nahe ,am Straßenrand entdeckten wir riesige Termitenhügel ca 5 Meterhoch ,es wurde von Meter zu Meter immer schöner ,wir fuhren einen Berg hoch und von Oben konnten wir einen riesigen grünen Teppich sehen soweit das Auge reicht ,ein unglaublicher Anblick ,am Abend haben wir ein kleines Gasthaus entdeckt wo wir nächtigten ,ich und Glatze haben uns so unsere Nancy angeschaut ,die völlig verdreckt war man konnte alle Spuren der Reise sehen Dreck ,Schlamm, Wüstensand, alles dabei und wir waren stolz darauf ,wir beschlossen am nächsten Morgen ein Foto davon zu machen ,Abends gut gegessen und getrunken gingen wir ins Bett, Morgens früh raus ,wir kamen um die Ecke zum Parkplatz und was sahen wir ,eine blitz blanke Nancy ,daneben ein Angestellter der uns breit angrinste und sich freute ,ich und Glatze waren am Boden Zerstört ,aber was soll es er hat es lieb gemeint und so gaben wir ihm auch das Trinkgeld was er erwartet hatte! Na gut rein in Nancy und weiter ging die Fahrt ,wir fuhren durch den Regenwald ,und sahen wie der Nebel vom Boden aufstieg ,von oben gesehen ,war es ein traumhafter 44Anblick der grüne Teppich durchsetzt vom aufsteigenden Nebel, und wir hörten Reaggee Music, und die Tüte machte die Runde ,in mir war ein Gefühl kaum zu beschreiben es war Traumhaft, ich war glücklich! Wir hielten ab und zu an ,nur um die Geräusche des Dschungels zu hören ,es war genau wie bei irgendwelchen Dokumentarfilmen oder einer folge von Tarzan ! Abends kehrten wir in ein Gästehaus ein ,wo wir Einheimische kennen lernten ,die uns ein Angebot machten, sie wollten uns durch den Regenwald zu Fuß, nach Ghana zu einem Wasserfall bringen ,wir verabredeten uns mit ihnen für den nächsten Morgen ! Es war Vatertag ,punkt acht standen die Führer vor unserem Hotel, und es ging los! Es waren zwei Führer die mit uns durch den Regenwald taperten ,es war so dicht das wir den Himmel nicht sehen konnten ,es war mühselig es ging immer Bergauf ,einer der Führer stoppte uns und zeigte uns vorsichtig eine schwarze Mamba die über einen Ast eines Baumriesen hang, und nach ca 3Stunden kam ein Bach der neben unserem Weg verlief ,und wir kühlten uns alle darin ab, fast alle! es war sehr heiß und natürlich schwül wir waren alle schon nach den ersten Metern total naß ,im Hintergrund hörten wir das rauschen eines Wasserfalles und wussten es kann nicht mehr weit sein ,das Geräusch wurde immer lauter ,und eine halbe

Stunde später tat sich ein riesiges Loch in diesem grünen Teppich auf und wir standen vor ihm ,der Wasserfall ca 40 Meter hoch donnerte er runter in einen kleinen See der so ca 30 Meter Durchmesser 45hatte ,wir rissen uns die Klamotten vom Leib und sprangen rein in diesen traumhaften See, das Wasser war nicht so kalt wie ich dachte ,es war angenehm, wir schickten die Führer zurück ins Dorf da wir der Meinung waren das wir wieder zurück finden ,da waren wir uns alle sicher ! Wir alle vergnügten uns im Wasser, fast alle! Kletterten auf die Felsen sprangen von oben runter, stellten uns genau unter den donnernden Wasserstrahl ,und genossen das Leben ,und draußen kreiste die Tüte, es waren tausende von bunten tropischen Schmetterlingen dort ,wenn man die Arme ausbreitete setzten sie sich darauf in allen Farben! und dann ging es los ein tropischer Regen der auf uns eingoss, extrem kräftig und wir konnten nichts mehr sehen ,doch er dauerte nur so 15 Minuten und schon kam wieder die Sonne raus ,und auch die Schmetterlinge kamen raus um ihre Flügel zu trocknen ,es wurden immer mehr und die ganze Luft war mit bunten Punkten durchsetzt und ringsum der grüne Teppich und im Hintergrund der traumhafte Wasserfall ,und bei uns kreiste die Tüte, es war der perfekte Moment ! Stunden später machten wir uns auf den Weg zurück ins Dorf und schwärmten alle von dem Wasser in dem wir den ganzen Tag geplanscht hatten ,fast alle ! Es gab da eine Ausnahme Glatze, er hat dieses Wasser nicht berührt, es ist mir, Heman

,und den zwei Schweizern natürlich nicht entgangen und wir fragten dann beim Rückweg warum ? Glatze war Aquarianer ,er hatte ein riesiges Aquarium zu Hause ,und 46er sagte ne, ne wer weiß was da alles so rum geschwommen ist ,das war mir nix ! Es war glasklar und wir haben nichts gesehen ,aber vielleicht hatte er ja recht ,nun gut es ist alles ohne Probleme abgelaufen ,und wir fanden auch das Dorf wieder ohne jegliche Probleme und Abends haben wir auch noch gut gegessen und es kreiste die Tüte ,es war der perfekte Tag ,Vatertag 1990 ! Den nächsten Morgen setzten wir die dann unsere Fahrt fort ,wir genossen den Anblick und die stille des Regenwaldes solange es ging ,doch irgendwann haben wir ihn verlassen und die Küste von Westafrika war nicht mehr weit ,wir fuhren Wege lang wo wir abends die Frauen beobachteten ,wie sie von ihren Feldern kamen und alles mögliche auf dem Kopf transportierten ,alle haben uns zu gewunken und kleine Kinder rannten hinter Nancy her solange es ging ,und wenn wir in einem Dorf anhielten ,bekamen wir was zu essen aus einer Kokosnussschale das etwa 15 Cent kostete und das ganze Dorf stand um uns rum und sahen zu wie wir aßen ,erst war es komisch aber irgendwann hatten wir uns daran gewöhnt und alle waren freundlich und nett zu uns, einen Tag später war vor uns ein riesiges Kokospalmen Feld ,und wir sahen dahinter den Atlantischen Ozean ,in Nancy drin kam riesiger Jubel auf wir freuten uns alle und hatten super Laune ,wir hatten es geschaft wir waren angekommen ,noch 10 km bis Lome der Hauptstadt von Togo unserem Ziel!!!!!!!!!!!!!! Wir hatten vor hier ein paar Tage zu bleiben bevor wir nachhause fliegen wollten ,wir suchten uns ein 47kleines Gästehaus am Strand wo wir erst einmal bleiben wollten ,sehr einfach, geduscht wurde an einem Brunnen mit Kokosnussschale und Eimer, und Abends sind wir nach Lome rein und versuchten Nancy zu verkaufen ,was wir auch geschafft haben ,ein deutscher den wir in einer Bar wo sich fast nur Nichteinheimische rum trieben hat Nancy gekauft und wollte mit ihr zurückfahren nach Stuttgart wir zogen um nach Lome in ein kleines Hotel direkt am Strand und Abends haben wir uns mit dem deutschen vor einem chinesischen Restaurante getroffen und haben Nancy übergeben ,wir waren alle sehr traurig kein Witz sie brachte uns von Berlin bis nach Togo ohne Probleme das beste Auto was ich je hatte VW Bus Baujahr 1973 traurig kehrten wir beim Chinesen ein und haben gefeiert und uns den Bauch voll geschlagen ,wir blieben noch einige Tage in Lome in dem kleinen Hotel am Strand Übernachtung mit Frühstück kostete ca 5 Euro und es war sehr familiär ,Abends kehrten wir immer in diese Bar ein ,und aßen davor immer so was ähnliches wie hier in Deutschland Döner ,einer hat für mich natürlich nicht gereicht und ich habe immer 2 gegessen und wenn ich mir einen dritten bestellt habe wurde der Geschmack dann immer eklig ,das hieß Rattertan ,und später haben wir erfahren was das für Fleisch war ,na könnt ihr euch doch denken richtig es war Ratte aber egal hat geschmeckt ! Wir kümmerten uns dann um die Rückreise ! Wir waren 10 Tage in Lome und die Rückreise sah dann so aus ,mit dem Bus nach Benin, von Cotanu der 48Hauptstadt Benins ,flogen wir nach Malta, von dort nach Moskau ,und von dort nach Berlin Schönefeld was kein Problem mehr darstellte da es die Mauer nicht mehr gab! So nun noch eines die Schweizerin war 19 und ich 29 und als ich ihr in der Sahara begegnete war sie noch Jungfrau und als wir Afrika verließen war sie es nicht mehr ,ich war halt ein Arsch aber das hatten wir ja schon ! F2 hat mich stürmisch empfangen ,es war sehr, sehr schön ,aber irgendwann kam die Eifersucht durch als sie den Videofilm gesehen hat wo ja auch die Schweizerin mal zu sehen war und sie wusste gleich bescheid ,sie hatte immer den richtigen ahnimus ,aber sie konnte mir nie was beweisen ! 1990 mein schönstes Jahr ,denn kurz nach unserer Reise wurde Deutschland auch noch Fußballweltmeister ,1990 das beste Jahr in meinem Leben ! Ich hatte nach der langen Reise echt Probleme mich hier wieder zurecht zu finden alles war komisch man kommt total verändert nach 9 Wochen Afrika zurück und findet einige Dinge hier in Mitteleuropa sehr merkwürdig und unnütz, man kommt nicht so richtig klar, aber mit der Zeit relativiert sich das dann und man lebt weiter wie bisher, aber trotzdem war ich nicht mehr der Alte ,ich hatte mich verändert ! F2 hat sehr lange stress gemacht ,sie hat genervt was war da mit der Schweizerin ,vergebene Liebesmüh ich hätte im Leben nicht irgendwas zu gegeben ,war doch sowieso belanglos ,sie hätte mal ruhe geben sollen ,aber das tat sie nie so was dauerte Jahre immer wieder hat sie einem das vorgeworfen ,immer und 49immer wieder fing sie mit solchen Themen an ,absolut nervig ! Aber dann ein Jahr später ,machten wir die angesprochene reise nach Mexiko, die Kinder brachten wir zu ihren Reiterhof ,dort fühlten sie sich extrem wohl ,sie waren nicht böse das wir alleine reisten ! Mexiko 3 Wochen f2 und ich machten dort tolle Dinge ,wir haben uns in allen belangen super gut verstanden ,haben die Romantischsten Dinge getan,3 traumhafte Wochen waren das ,und nun das beste daran ,ich habe mich in diesem Urlaub komplett und wieder völlig neu in f2 verliebt ,ich fing an sie neu zu begehren und zu lieben und in meinem Kopf ,fing alles an sich ihr gegenüber zu verändern ,ich habe da gemerkt das ich alt mit ihr werden wollte, ich habe nach dieser Reise mein Macho gehabe abgelegt habe ihr im Haushalt geholfen habe gekocht sauber gemacht und an fremdgehen habe ich kein Gedanken mehr verschwendet ,OK ich bin bis dahin oft fremdgegangen ,öfter als sie gemerkt hat ,aber nach diesem Urlaub war das Thema für mich durch ,ich hatte mich wohl ausgetobt wie man ja sagt und ich wusste wo ich hingehöre ,und im punkto Sex habe ich bei ihr nichts vermisst ,das war immer schön bis zum Schluss ! Das Leben mit ihr ging weiter ,ihre Eifersucht konnte sie nicht ändern nur jetzt hat es noch mehr genervt da es keinen Grund mehr gab ,ich wusste dann immer das da nichts dran war seid Mexiko war es immer unbegründet, aber bei ihr war schon zuviel zerstörrt ,das kann ich verstehen ,meine Schuld ! Es gab noch so viele Eifersucht Szenen ,für einen Zuschauer 50ein wahrer Hochgenuss ,sie stand manchmal vor mir und hat auf mich eingeprügelt ,sie wollte einmal eine volle Ketchup Flasche auf meinen Kopf zertrümmern ich bekam gerade noch meinen arm hoch und konnte sie abwehren ,hatte aber tagelang einen dicken blauen Ellenbogen ,sie war so impulsiv und auch aggressiv sie hatte ein Temperament die ihre gleichen suchte, aber sie war so klein und zart und ich so groß und stark sie konnte mir kaum weh tun ,es hat mich nicht so gestört ich fand es eher niedlich und süß ! Ich wurde einmal mitten in der Nacht wach ,weil sie auf meinen Penis einschlug ich hatte Nachts eine Erektion warum auch immer ich wusste nicht warum eher normal würde ich sagen ,aber sie schlug drauf ein und brüllte von wem träumst du gerade ,mit wem vögelst du gerade rum du Drecksau ,ja so war sie der kleine Giftzwerg! Auf Arbeit gab es einen sehr, sehr guten Freund ,er war Pole und er war wohl der ehrlichste und netteste Mensch der Welt, er war und ist noch immer ein super Freund und er war lange mein Trainings Partner wir machten Triathlon zusammen wir Verbrachten echt viel Zeit zusammen ,nur mit meinen Geburtstagsgeschenken hat das nie so geklappt irgendwie machten sie immer ärger ,ich habe zu der zeit Klavier spielen gelernt ,und ein

Geschenk von ihm waren zwei Klavierkonzertkarten ,ich freute mich ich steh auf klassische Musik unter vielen anderen ,ich und f2 war doch klar ,aber sie sagte zu diesem Scheiß kannst du jemanden anderen mitnehmen ,na gut gesagt getan ,bei 51uns im Sportstudio gab es eine Frau in meinem Alter ,ich kannte sie und f2 kannte sie auch sie spielte auch Klavier ,und sie war eine echte Granate ,ich habe sie dazu eingeladen und sie hat dankend angenommen und sich darauf gefreut ,es waren noch zwei Wochen Zeit bis dahin und f2 machte mir das Leben zur Hölle von Tag zu Tag immer schlimmer ,ich war froh als der Tag endlich gekommen war ! Ich holte die Granate von zuhause ab ! Wir fuhren in die Philharmonie wo uns ein Klavierkonzert erwartete ,die Granate gab ihren Mantel ab und ich viel beinahe nach hinten um ,ein Tigerkleid hinten ausgeschnitten so das man den Ansatz ihres doch sehr schönen und erotischen Popos sehen konnte alle Leute haben geschaut und erst war es mir Peinlich aber dann egal ,nach dem Konzert sind wir noch Chinesisch essen gegangen und haben uns sehr lange und ausführlich unterhalten ,sie sah bezaubernd aus und ihre Art fand ich super nett ,und vor ihrer Haustür haben wir uns noch ewig weiter unterhalten ,es war ein sehr schöner Abend ,und hat mir und ihr auch eine menge gebracht, sie ist Heute noch wunderschön und wir sind bis Heute sehr gute Freunde geblieben schon über Jahre mit ihr rede ich über alles über absolut alles ,und was uns betrifft es ist nie etwas gewesen nicht das geringste ,sie hat einen Hund und ich hatte auch Hunde ich liebe Hunde und so sind wir oft im Wald gewesen und haben beim spazieren gehen geplauscht ,sie ist eine Bereicherung in meinen Leben aber es ist nie auch nur das geringste passiert! Ich finde sie 52Heute noch extrem schön ,und ich glaube sie findet mich auch ganz nett aber wir haben wohl zuviel Respekt voreinander und das ist auch gut so ! als ich nach dem schönen Abend nachhause kam hat f2 schon geschlafen ,und Morgens wurde ich unsanft geweckt ,f2 stand mit einem Aschenbecher vor mir und holte weit aus und sie schrie wenn ihr schon in unserem Auto rumvögeln musstest dann hättest du wenigstens den Aschenbecher leeren können ihre Zigaretten mit ihrem Lippenstift lagen dort noch drin ,kein wunder wir haben ja stundenlang gequatscht ! Ein Riesen Theater ,Zoff ohne Ende ,Streit ,Schläge ,Prügel ,ja so sah das immer aus sie konnte sich den ganzen Tag nicht mehr beruhigen ,aber dann ist es wie immer im Sand verlaufen bis zum nächsten mal dann ! sie war sogar auf Schauspielerinnen eifersüchtig ,Tina Plate ,ich habe erwähnt das ich die gut finde ,ein großer Fehler ,einmal habe ich ferngesehen und f2 rief Abendbrot ist fertig ,wir haben immer als Familie zusammen gegessen was ich als sehr schön empfand ,aber ich rief gleich noch 2 Minuten ,sie kam rüber und hat Tina Plate gesehen ,ging zurück in die Küche ,als ich nachkam und mich hinsetzte sah ich schon ihr Gesicht und den Blick das verhieß nichts gutes ,sie holte aus mit einem Messer in der Hand rief du Schwein und feuerte es ab ,knapp an meinen Kopf vorbei wo es dann in einem Türrahmen stecken blieb ,die Kinder haben erschrocken geschaut und gebrüllt Mama was machst du den ,bist du verrückt , ja das war sie aber wie schon einmal 53geschrieben damit kam ich eigentlich gut klar ich wusste es ,nur jetzt war es immer unbegründet, das hat mich dann manchmal genervt aber nicht so sehr das ich mich getrennt hätte, das waren dann andere gründe ,ja das Leben mit ihr ging weiter schöne und schlechte Momente ,aber irgendwie gehörten wir zusammen ,das haben auch viele Freunde von uns gedacht und auch gesagt ,keiner konnte sich vorstellen das wir uns einmal trennen würden ! Aber es kam dann doch anders ,wir haben uns auseinander entwickelt ,gelebt jeder hatte andere Interessen ,sie hatte nur noch Kontakt zu farbigen meist Afrikanern ,das sie auf farbige Männer steht habe ich in einen Urlaub in der Dominikanischen Republik mitbekommen , sie und der kleine Scheißer der da schon recht groß war sind tanzen gegangen ,ich und Junior sind im Hotel geblieben da Junior noch zu klein war für Disco und als die beiden Nachts zurück waren dachten sie ich schlafe schon und haben sich sehr laut im Bad unterhalten und ich war hell wach und habe jedes Wort mit bekommen und seid dem weiß ich das f2 auf farbige stand das war ab dieser Nacht Sonnenklar ! Ich habe dem nicht soviel Bedeutung geschenkt und das Leben ging weiter ,aber ihr Interesse ging immer mehr zu farbigen ,sie hatte jetzt jede

Menge farbige Freundinnen und besuchte oft afrikanische Partys ,sie fing an mit Reiki und ließ sich Chaneln danach wusste sie was sie im ersten Leben war, ich kam manchmal nachhause und sie machte im Wohnzimmer 54die fünf Tibeter , sie glaubte an jeden scheiß ,an Geister und Schamanen und vielen, vielen anderen Dingen ,sie lag manchmal auf dem Bett damit ihre Seele den Körper verlässt und erzählte mir dann sie hat sich von oben gesehen ,logisch denken war nicht ihr Ding ,sie sagte mir in Indien gibt es eine Palmenblatt Bibliothek wo von jedem Menschen ein Blatt existierte in dem das ganze Leben steht von Geburt bis zum Tot ,und sie wolle dort hin um ihr Blatt zu lesen, ich hatte bei ihr das Gefühl sie kann nicht denken ,es gibt 7 Milliarden Menschen auf der Welt für jeden ein Blatt und man kann sich vorstellen wie groß diese Bibliothek sein müsste ,man könnte sie locker vom Mond aus sehen ,ich habe mich im laufe der Jahre im Kopf weiter entwickelt und bei ihr hatte ich das Gefühl sie wird immer bekloppter, es gab da einmal eine Tagesschau Uhr im Fernsehen da leuchteten pro Sekunde 3 Lampen auf eine Minute lang und ich fragte und wie viele Lampen sind das ,ich glaube sie rechnet Heute noch! In den letzten zwei Jahren hat jeder sein Ding gemacht ,unsere Interessen lagen völlig auseinander ,wir haben uns kaum noch gesehen und haben auch nichts mehr miteinander gemacht ,wir hatten uns auseinander gelebt ! Sie kaufte sich irgend welche Steine ,weil sie ihr Energie und

Gesundheit brachten, sie glaubte wirklich ,das Steine ,Menschen heilen könnten ,sie glaubte wirklich jeden nicht Wissenschaftlich Erwiesenen Scheiß, sogar an Wasserquellen die Blinde wieder sehend machten, und ich bin so der Evolution Typ ,alles was 55Wissenschaftlich erwiesen ist mit Hokuspokus kommst du nicht weit bei mir ich weiß das es diesen Blödsinn nicht gibt das ist doch sonnenklar ,Steine die heilen ,Hände die heilen nur vom auflegen, Wasser das Krebs heilt ,ja klar und der erste Mensch war Adam, die Evolution und die Neandertaler hat es nie gegeben ist schon klar, es konnte nicht mehr gut gehen ,sie wurde mir zu dumm! Und genau in diesem Moment trat die Pankowerin in mein Leben ,10 Jahre jünger als ich ,dunkle Haare hellbraune Augen ,schöne üppige Figur und Riesen Möpse, und sie war sehr Intelligent und schlau wie schlau bekam ich erst später mit ,und das beste sie stand voll auf mich ,sie fand das ich der schönste Mann der Welt sei !f2 hatte einen privaten Kinderladen und die Pankowerin hatte ihre kleine süße Tochter dort drin und f2 hat Abends immer im Kinderladen Aerobic mit den Müttern die Lust dazu hatten gemacht und die Pankowerin war immer dabei ,am Tage im Sommer ging f2 mit ihrer Partnerin mit den kleinen immer in einen Freizeitpark ,und ich wenn ich frei hatte oder erst später zur Arbeit musste habe mich dann am Tage dort in die sonne gelegt ,ich kannte alle Kinder und auch die dazu gehörigen Mütter, eines Tages holte die Pankowerin die kleine ab und brachte Eis für alle mit, auch für mich und wir haben uns unterhalten sehr, sehr lange ,alle Kinder waren schon weg f2 ist schon nachhause gegangen aber ich und sie haben uns nicht stören lassen ,es hat gefunkt ,das war klar! Als ich nach hause kam gab es natürlich Stress, und f2 erklärte mir das die 56Pankowerin auf mich stand ,und das sie eine blöde Kuh ist ,war klar so hat f2 über jede Frau gesprochen war so ihre Art ,sie hat nie ein gutes haar an Frauen Gelassen und sie konnte nie zugeben wenn eine Frau gut aussah ,sie fand immer einen punkt zum Meckern !da ich die Telnummer von der Pankowerin hatte habe ich sie heimlich angerufen und wir haben uns getroffen ,es war ein schöner sonniger Nachmittag ,aber passiert ist nix ,sie verheiratet mit Kind und ich auch mit zwei Kindern, die Vernunft hat gesiegt, wir haben dann öfter telefoniert ,und ein Familien urlaub stand an ,nach Griechenland ,die Pankowerin hat mir erzählt was so alles geredet wurde bei den Aerobicabenden ,hat mich schockiert was meine Frau da so abgelassen hat ,sie ist nur noch mit mir zusammen weil ich später mal eine gute Rente bekomme ,und mit mir nach Griechenland zu fliegen dazu hat sie keine Lust, worauf die Pankowerin sagte dann fliege ich , ich habe Lust! Das ende vom Lied wir verreisten als Familie, und im Hotel rief ich heimlich die Pankowerin an um ihr zu berichten was war ,aber f2 hat an der Rezeption nachgefragt und hat rausbekommen das ich telefoniert habe ,dann hat es geknallt ,sie unterstellte mir natürlich ein Verhältnis mit der Pankowerin, was nicht an dem war ! Wir haben beschlossen uns nach 17 Jahren zu trennen und ich flog 1 Woche vorher nachhause, als die Familie in Berlin ankam hatte ich schon eine eigene Wohnung,f2 und ich haben jetzt beschlossen das es erst einmal eine nur räumliche 57Trennung wird und wir haben uns noch getroffen und hatten auch Sex ,es war fast soweit das wir unsere Ehe gemeinsam fortgeführt hätten aber dann traf ich die pankowerin ,und es hat Richtig gerappelt ,wir beschlossen uns beide scheiden zu lassen und zogen zusammen ,es begann eine wilde Zeit ,mit ihr ! Und ich lernte f2 nach 17 Jahren neu kennen es begann ein Rosenkrieg vom allerfeinsten ,bei der Pankowerin ging das alles besser ab ihr Mann hatte was im kopf und machte kein Alarm ,f2 hat nur gelogen und wollte mich finanziell ruinieren was in diesem Land bei einer Scheidung ein leichtes für die Ehefrau ist und das Ende war ich sollte alles bezahlen plus 1800 dm Unterhalt und ich hätte selbst nur vom Existenzminimum leben müssen obwohl meine Kinder schon sehr groß waren ,jedes Wort von f2 war gelogen ,sie hatte nur Geld im Kopf sie hatte nicht das geringste Interesse mich Leben zu lassen ,sie gab alles und mein Leben war finanziell ruiniert ! F2 ist der einzige Mensch den ich kenne und den ich je kennengelernt habe, den ich abgrundtief hasse ,ich empfinde nur noch Hass für diesen Menschen ,sonst nichts! Und abschließend zu f2 sie war danach nur noch mit farbigen zusammen ,und später hat sie sich einen auf Kuba gekauft und ihn hier in Deutschland geheiratet ! Und da ich Ungerechtigkeit hasse wie die Pest ,habe ich meinen super Job gekündigt ,und eine große Abfindung genommen, habe nur noch so viel verdient das ich am Existenzminimum war und f2...!! hat 58nicht ein Pfennig von mir gesehen ,sie hat zwar laufend geklagt ,aber es war nichts mehr zu holen bei mir , im nachhinein der größte Fehler meines Lebens ,wie sich jetzt rausstellt ,aber die Pankowerin und ich hatten andere Pläne ,wir haben erst einmal von meiner Abfindung gelebt ,Wohnung eingerichtet, Auto gekauft, und das Geld mit vollen Händen rausgeworfen ,zu ihrem 27. Geburtstag wurde sie Morgens wach und ich sagte ihr so zieh dich mal langsam an wir fliegen heute nach New York zum Christmas Shopping , das Leben war spitze und wir hatten Sex ohne Ende ,wie die Tiere vielen wir teilweise übereinander her, sie war sehr unerfahren ,aber sie lernte schnell blitzschnell in Windesseile ,sekündlich, sie schien wie geboren dafür, es war eine wilde Zeit und in unserem Haus wusste auch jetzt jeder absolut jeder wie ich mit dem Vornamen hieß! nur die ständigen Briefe von f2 s Rechtsanwälte haben genervt und meinen Kopf durcheinander gebracht ,ich verspürte immer mehr das Gefühl sie umzubringen ich merkte das ich sie so sehr hasste das ich sie glatt Umbringen könnte wenn sie mir gegenüberstehen würde, und das ganz langsam mit Hochgenuss! Die Pankowerin sagte zu mir wenn dein Geld alle ist schaffe ich neues ran ,sie war schlau und ein Genie in der Gastronomie ,ihr konnte niemand das Wasser reichen alles hatte Hand und Fuß ,sie hatte große Pläne! Sie konnte kochen das war nicht zu glauben, in Windeseile mit Telefonhörer in der Hand hat sie ein Brunch in 30 Minuten auf den Tisch 59gezaubert ,ich lernte viele Menschen kennen darunter spitzen Köche, Banker ,Berater alles mögliche ,wir waren nur auf Achse und sie konnte sich den Job aussuchen alle wollten mit ihr arbeiten, sie quatschte jeden ein Knopf an die Backe, sie war klasse und das merkte man auch sehr schnell ,und zum Schluss ,hat sie sich entschieden für einen Job ,es war ein Amerikanisches Restaurante mit Sports Bar am neu eröffneten Potsdamerplatz, das unternehmen wollte eine Kette daraus machen und sie sollte helfen ,das ging dann auch alles sehr schnell und in Berlin gab es bald mehrere davon ,und später auch in anderen deutschen Städten ,und sie war am Schluss die Geschäftsführerin aller Läden ,sie verdiente sehr gut und sie war nur unterwegs ,ein 18 Stunden Tag war keine Seltenheit bei ihr ,sie war ein Wahres Arbeitstier, ich musste an f2 denken ,sie sagte einmal das die Pankowerin nur zuhause sitzt und sich von ihrem Mann aushalten läst weil sie faul und dumm ist ,f2 hat nicht einmal 1% im Gehirn von dem was die Pankowerin da drin hat ! Wir zogen in eine große Luxuswohnung ,und ich spielte dann den Hausmann, was mir sehr gut gelang und mir

Spaß machte es war ein bequemes Leben ,ach und da war ja noch ein kleines süßes Mädchen ,das ihre Mutter nie sah ,die Pankowerin war eine sehr gute Mutter nur jetzt in der Zeit nicht ,denn sie sah ihre Tochter sehr selten ,ich ihre Eltern und der Vater haben das übernommen und sich um die kleine süße gekümmert, meist der Vater ,er war ein Vater wie er im Buche 60steht ,ein netter hoch intelligenter Mann, den ich richtig gut leiden konnte ,wir hatten viel miteinander zu tun ,wir mussten uns absprechen wie wir das alles handhaben ,es hat immer gut geklappt ,wir hatten nie Differenzen wir kamen gut klar miteinander ! Ich hatte mit mehreren Kindern in meinem Leben zu tun wie man bald lesen wird ,aber die kleine Süße war sehr lieb und pflegeleicht,ich mochte sie sehr gerne ja ich habe sie echt sehr lieb gehabt! Wie so oft lagen aber bei der Pankowerin Genie und Wahnsinn dicht beieinander, und sie trank sehr viel und auch Kokain war ihr nicht fremd ,nüchtern war sie sehr nett und lieb , den anderen Leuten gegenüber sehr arrogant und bestimmend aber bei mir hat das nicht geklappt, das wusste sie ,aber betrunken oder unter Drogen war sie für mich nicht mehr zu ertragen und sie hat bei mir immer mehr zerstört meine Liebe ging immer mehr fort sie wurde betrunken immer sehr eklig das kann ich nicht leiden und da sie immer häufiger betrunken war oder unter Drogen stand ,war meine liebe tot ! Aber das Leben ging erstmal weiter mit ihr ! Sie hat sich dann entschlossen sich Selbständig zu machen und kaufte eine

Sportsbar von dem unternehmen ,in unserem Bezirk in dem wir wohnten ! Und nun gab sie richtig gas sie tat alles um Erfolgreich zu sein ,und dann ist es passiert sie ging mit einem reichen einflussreichen Mann, der sie weiter bringen sollte ins Bett ,ich bekam das raus und es war aus, da ist nichts mehr zu machen bei mir ,ich bin nicht mehr fähig eine Frau 61anzufassenn die fremd gegangen ist ,es ist vorbei ohne wenn und aber es ist aus da kann die Frau machen was sie will vorbei! Wir blieben erst einmal zusammen in unserer Wohnung ,da sie groß genug war ,ich zog dann nach oben ,und richtete mich ein ,sie hat schnell gemerkt das es ein Fehler war ,und sie hat nicht damit gerechnet das ich das raus bekomme ,aber sie kannte meine Einstellung dazu ,wenn sie Abends mal zuhause war, haben wir im Wohnzimmer gesessen und manchmal die ganze Nacht geredet, sie wollte alles tun um das wieder gerade zu bügeln ,aber sie biss auf Granit ,und sie konnte machen was sie wollte ich bin hart geblieben ,sie hat alles gegeben ,es kamen ständig Pakete von Beate Uhse bei uns an, und wenn ich vor dem Fernseher saß, kam sie ins Wohnzimmer in Reizwäsche und High Heels ,sie schlenderte immer vor mir hin und her ,setzte sich auf meinen Schoß und wollte mich verführen ,nach allen Regeln der Kunst, doch ich schubste sie runter und sagte immer nur he du ich fasse dich nie wieder an versprochen, sie wurde dann immer sehr aggressiv und schmiss sich auf den Boden trampelte mit den Füßen wie ein bockiges Kind und brüllte aus voller Kehle ! Fick mich jetzt los fick mich ! Sie war echt völlig verrückt ,so schlau sie auch war so verrückt war sie auch ,wenn sie dann mal zuhause war ,wollte sie die volle Aufmerksamkeit ,ich musste mich nur um sie kümmern ,das hat sie verlangt, ich habe einmal Fußball gesehen Uefa Cup Endspiel ,mein Lieblingsclub im Finale ich wollte nur dieses Spiel sehen, habe 62es aber nicht geschafft bis zum Ende mit zu fiebern, denn sie wurde so böse und der Fernseher flog aus dem Fenster ! Und lügen war ihr Hobby sie konnte lügen das sich die Balken bogen ,sie erzählte Geschichten bei denen ich dabei gewesen sein soll aber ich wusste nichts davon ,es war mir teilweise Peinlich aber ich habe sie nicht verraten ,um sich mit dem einflussreichen Mann zu treffen ,hat sie mir erzählt das sie Krebskrank ist und zur Bestrahlung ins Krankenhaus müsse ,sie wollte nicht das ich sie begleite ,sie steht das alleine durch sagte sie, und wenn sie Stunden später wieder da war ging es ihr nicht gerade schlecht ,sondern immer sehr gut und sie trank dann auch Alkohol ,ich machte mir natürlich sorgen obwohl ich ihr das alles nicht geglaubt habe ,ich bekam es natürlich raus ich bekam die ganze Geschichte raus und die Liebe die fast nicht mehr vorhanden war ,ist dann endgültig gestorben ,da war nichts mehr absolut tot !ich habe mir dann eine Wohnung besorgt, und an dem Tag als ich auszog ,wollte sie mich umbringen ,es gab einen riesigen streit und sie schlug ständig auf mich ein ,ich saß auf der Treppe die hoch führte in die zweite Etage in der ich mich ja eingerichtet hatte, und sie griff nach einem Motorrad das auf einem Regal im Flur stand ,es war aus Eisen ,ein Freund hatte es mir einmal geschenkt er baute sie selbst ,es war sehr, sehr schwer und sie wollte es mir über den Schädel prügeln ,ich saß nur da sie stand über mich und zitterte am ganzen Körper und schrie ,ich bring dich um ich bring dich um ,63wenn du gehst! Ich sagte nur ganz ruhig und gelassen, mach doch ,mach es einfach , aber ich habe mich innerlich voll darauf konzentriert dem schlag mit dem Motorrad aus zu weichen wenn er kommt ,und er kam ich konnte blitzschnell Ausweischen ,und ich sprang von der Treppe ,ich sagte zu ihr du bist doch völlig verrückt, By, zog die Tür hinter mir zu und war weg ! Das war nicht das Ende bei uns ,mit der Liebe und der Beziehung schon ,aber nicht mit unserer Bekanntschaft ,wir haben Heute noch Kontakte und sind Freunde geblieben ,aber sie wohnt sehr weit weg jetzt ,sehr weit ! Aber dazu später mehr ! Bei f2 im Kinderladen hatte einmal eine kleine zierliche Frau ihr Mädchen ,so eine kleine kräftige ,kam gar nicht nach der Mutter ,ich habe der Frau keine Beachtung geschenkt, hatte anderes zu tun ,f2 hat sich sogar mit ihr angefreundet ,und wir waren bei ihr zur Hochzeit eingeladen ,ihr zukünftiger Mann war ein Musiker sehr nett und sie war auch sehr nett ,ich hatte aber weiter nichts mit ihr zu tun ,habe ihr immer noch nicht meine Beachtung geschenkt ,irgendwann einmal kam ich von Arbeit nach hause und f2 fragte ob ich unsere Kinder bei der kleinen zierlichen Frau abholen könnte ,sie waren dort zum spielen ,ich bin dann hin ,die kleine Tochter öffnete die Tür meine waren auch gleich da nur die zierliche Frau nicht ,sie saß im Wohnzimmer ,mit den Beinen auf dem Sofa und rührte sich kaum ,wir haben ein zwei Belanglose Worte Gewechselt mehr nicht ,aber sie hatte sehr kurze Jeans an und 64ich habe ihre Beine gesehen ,denen schenkte ich meine Beachtung ,es waren die schönsten Beine die ich je gesehen habe ,aber das war es erst einmal,! Jahre später habe ich sie wieder gesehen ,als ich die kleine süße zur Schule brachte und auch abholte ,sah ich die kleine zarte Frau wieder, ich wusste das ihre zwei Kinder schon größer waren und konnte mir nicht erklären warum ich sie hier in der Grundschule öfters sah ,mir ist nur aufgefallen das sie wohl in den letzten 12-14 Jahren nicht gealtert ist ,sie war immer noch so zart und aus der Entfernung sah sie immer noch so jung aus wie früher ,eines Tages stand ich durch Zufall neben ihr und wir haben kurz geredet ganz kurz ,aber ich habe erfahren das sie eine kleine Nachzüglerin bekommen hat ,aber ich schenkte ihr wieder keine Beachtung ! Trotz meines Auszugs und der Trennung von der Pankowerin ,rief diese mich an ,und wollte geschäftlich mit mir reden ,es ging um ihr Restaurante ,sie wollte mehr Zeit für sich und noch andere ziele verfolgen und Fragte ob ich als Geschäftsführer für sie arbeiten würde , da ich keine Empfindungen für sie hatte ,und auch keinen Job war ich einverstanden ,durch meine langjährige Beziehung zu ihr hatte ich auch etwas Ahnung von Gastronomie ,aber das war nicht der Grund ,die Pankowerin wusste das ich sehr gut mit zahlen konnte ,es gibt freunde die sagen das es schon autistische Züge hat ,und sie Wuste das ich gut mit Personal kann , die Menschen haben sofort Respekt vor mir ,merken aber sehr schnell das ich immer sachlich und nie 65arrogant oder ungerecht bin ,auch nie von oben erhab, und für den Rest gab es eine Restaurante Leiterin und einen Barchef und den Chefkoch ,und die brachten mir den Rest bei ,und ich habe schnell begriffen und habe den Laden nach kürzester Zeit in den Griff gehabt ,die Pankowerin hat es schnell gemerkt und sich immer weiter rausgezogen ,sie begann ein neues Projekt und gab wieder alles , ich war damit nicht einverstanden ,aber erst einmal egal ! Ich hatte viel zu tun und Vormittags ging ich oft in einen bekannten Supermarkt um große Mengen von Käse zu kaufen das Preis Leistungs- Verhältnis hat perfekt gestimmt ,und dort hat sie an der Kasse gesessen die kleine zarte ,beim zahlen haben wir drei nette Worte Gewechselt ,und jetzt nach langer Zeit fand sie meine Beachtung aber gleich extrem ,ich hatte nur noch im Kopf, sie jetzt kennen zu lernen ! Ich wusste ja das sie ihre Tochter Morgens zur Schule fährt und so bin ich am frühen Morgen hin ,aber ein zweimal umsonst ,aber dann stand ihr Auto vor der Schule und ich habe gewartet bis sie raus kam ,tat dann so als wenn es Zufall war und schon haben wir uns sehr lange Unterhalten, ich habe gemerkt das sie mich ganz gut fand ,und mir ging es genauso ,wir haben uns für den nächsten Tag im Wald verabredet ,ich und die Pankowerin hatten einen Hund ,und wenn sie keine Zeit hatte habe ich die deutsche Doggendame abgeholt und für ihren Auslauf gesorgt, und die Pankowerin hatte nie Zeit !es war der schönste Spaziergang meines Lebens !!!!!!!!!!!!!!!!!!!!!!!!!!!!!!!! und wir 66haben uns für den Valentinstag verabredet ,aber bis dahin auch noch stundenlang telefoniert! Ich holte sie am Valentinstag bei ihr zuhause ab ,sie bat mich rein und ich habe mir ihre Wohnung angesehen ,völlig mit möbeln übersäht ,es war niemand da obwohl sie einen Freund hatte der bei ihr wohnte und zwei Töchter wohnten auch dort, die Wohnung war sehr groß und hat mir vom schnitt sehr gut gefallen, sie zog sich braune Wildlederstiefel an und dann einen braunen Wildledermantel ,ihre Haare waren total abgefahren in der Farbe Dark tulep gefärbt ,und dazu grüne Kulleraugen ,sie sah fantastisch aus ich konnte meine Blicke nicht von ihr abwenden ,es war ein magischer Moment ,sie hatte einen völlig anderen Stil als die meisten Frauen sie war völlig anders als alle Frauen die ich je kennengelernt habe ,ich bin mit ihr zu einem sehr guten Italiener gefahren genau gegenüber von einem großen Schloss ,wir haben stundenlang geredet ,und ich habe ihr stundenlang in ihre grünen Kulleraugen gesehen ,was sie nervös machte ,es ist mir natürlich schon aufgefallen aber jetzt habe ich genau hingesehen ,sonst hatte sie immer blau

Lackierte Fingernägel ,was ich absolut nicht leiden kann ,aber Heute waren sie nicht lackiert, und ich sah die schönsten Hände der Welt ,ich mag Frauenhände ,es ist komisch bei mir ,es kann eine Traumfrau sein ,aber wenn ich ihre Hände eklig finde geht nichts bei mir sie dürfte mich nicht anfassen, ihr Hände waren traumhaft ,habe noch nie so schöne Hände gesehen ,es waren mit großem ,ja sehr, sehr großen Abstand die schönsten 67Frauenhände der ganzen großen weiten schönen Welt da war ich mir sicher, ich wollte sie anfassen am liebsten bis ich Tot umfalle sie nie wieder loslassen !dort beim Italiener habe ich mich unsterblich in f3 verliebt ,ich wollte sie ich wollte sie so sehr ich hätte alles getan, ich wollte sie nicht ins Bett kriegen ,nein, nein ich wollte sie für immer ich wollte nur noch sie alles andere war mir in diesem Moment unwichtig und weit weg, als wir das Restaurante verließen mussten wir um zu meinem Auto zu gelangen eine Strasse überqueren ,und in diesem Moment griff ich ihre Hand, dieses Gefühl habe ich bis Heute nicht vergessen irgendwie das perfekte romantische Gefühl, sie zog nicht weg sie ließ es zu was mir natürlich eine menge sagte ! Vor ihrer Haustür im Auto haben wir noch lange geredet und dann haben wir uns heiß und innig geküsst ,wow ich war verzaubert ,wir haben uns für den nächsten Tag zum Flohmarkt verabredet ,und nach diesem wunderschönen Tag haben wir beschlossen zusammen zu bleiben! Sie hatte ein Problem sie hatte noch einen Freund der dort wohnte ,sie hat ihn dann gebeten auszuziehen ,hat ihm erklärt das sie sich in jemand anderen verliebt hat ,aber der Freund wollte nicht er sagte das er in dieser Wohnung polizeilich gemeldet sei und sie ihn nicht einfach so auf die Strasse setzten kann, er blieb erst einmal, aber gut ich hatte eine Wohnung sie war das letzte und sollte nur eine Übergangslösung sein ,sie kam oft Morgens wenn sie frei hatte, und sie holte mich oft von Arbeit ab spät Abends wenn sie 68den nächsten Tag frei hatte ,wir haben uns dann geliebt ,von ihren Beinen und Händen habe ich schon geschrieben und der Rest war genauso schön ,für mich war sie die schönste Frau die ich je im Arm halten durfte ,es war ein Gefühl ,kaum zu beschreiben sie in den Armen zu halten und das auch noch nackt ,und ihre Haut zu spüren ,war einfach nur perfekt ,es war der Himmel auf Erden! eines Tages lag sie nach dem Sex nackend auf mich drauf, das kleine zarte wunderschöne Wesen ,und sie schlief ein sie machte einen Mittagsschlaf auf mich drauf ,ich rührte mich nicht wie gelähmt lag ich da und genoss einfach nur diesen Moment ,dieser Moment hat mich und mein Leben verändert , in diesem Moment ist was passiert in meinem Kopf ,und in meinem Unterbewusstsein ! Ich wusste auf dem Weg zur Arbeit gleich was ich zu tun hatte das war mir Sonnenklar ,ich ging zu einem Juwelier und kaufte einen Brilliantring ,Abends hat mich f3 von der Arbeit abgeholt wir sind mit dem Auto zu mir gefahren ,aber ich hielt es nicht mehr aus, ich stoppte den Wagen

,und ich fragte sie ob sie meine Frau werden möchte ich machte ihr einen Heiratsantrag ,sie sagte sofort ja und ich strich ihr den Ring über ,ich war glücklich und ich freute mich auf alles was jetzt kommen sollte, so und nun wurde es Zeit ihr Freund der keine anstallten machte auszuziehen musste weg ,ich wollte bei ihr einziehen ,war doch klar ,aber er wollte nicht und wusste nicht wohin ,aber er musste weg !! Ich habe nach einem Meeting mit der Pankowerin ,ihr davon erzählt, bei uns war 69alles geklärt sie hatte auch einen neuen Freund ,ich kannte ihn und mochte ihn ! Sie war genau die richtige ,sie holte ihr Handy raus fragte mich wie der Freund heißt und die genaue Adresse ,sie rief irgend wen an das Gespräch dauerte 5 Minuten ,sie legte dann auf kam zu mir rüber und sagte erledigt in spätestens 2-3 Tagen ist er ausgezogen, sie kannte jeden und war Einflussreich sie hatte Macht was sie auch genoss !2 Tage später fuhren f3 und ich um die Ecke in ihre Strasse hinein und sahen einen kleinen Laster er war am ausziehen ,wir drehten um gaben ihm noch 3 Stunden Zeit ,und als wir wiederkamen war er weg ,in der Wohnung nur noch ein Brief ,das war es ! 2 Tage später bin ich bei f3 eingezogen ,wir haben uns Valentinstag das erste Mal geküsst, am 31 März habe ich ihr einen Heiratsantrag gemacht und Ostern bin ich bei ihr eingezogen ,das ging aber alles schnell ! Ich habe die Pankowerin oft gefragt was sie da gemacht hat ,sie hat meist nur gelächelt, aber später hat sie mir erzählt ,das f3s Exfreund besuch von 2 Russen bekommen hat, die ihm in ihrer doch so freundlichen Art erklärt haben das es Zeit ist zugehen ,und er hat verstanden ! OK als ich bei ihr einzog habe ich sie natürlich besser kennengelernt ,aber es war alles erst einmal super gut ,es wohnten ja noch 2 Mädchen dort ,und ich gebe offen zu das habe ich völlig unterschätzt , sie waren Witzig alle beide mit ihre Art haben sie mich oft zum lachen gebracht ,und es waren sehr hübsche Kinder die beiden ,aber ich merkte schnell das sie 70nicht gut erzogen waren machten was sie wollten und man niemals seine Ruhe hatte ! Ich merkte schnell nach meinem Einzug ein paar Besonderheiten an ihr ,die haben mich aber nicht gestört ,meine Liebe zu ihr war einfach zu stark ,ich hatte so etwas zuvor noch nicht erlebt , wir taumelten verliebt durchs Leben ,und haben dann auch sehr bald geheiratet, die Hochzeit fand in einer großen burgartigen Festung in einem alten Hochzeitszimmer statt, ich habe ihr ein rotes Hochzeitskleid gekauft, sie sah traumhaft da drin aus ,wir hatten eine kleine Feier in einem guten Restaurante und noch eine schöne Nacht ,das war es ! Da ich einen super Job hatte bei der Pankowerin ging es uns sehr gut ich habe ihr jeden Wunsch von den Augen abgelesen, ich habe die ganze Wohnung renoviert und neue Wohnzimmer Möbel gekauft, zu ihrem 40zigsten Geburtstag bin ich mit ihr nach Rom geflogen ,es war so heiß dort und f3 ist immer mit kurzen Hosen durch die Stadt gelaufen ,und ich war den ganzen Tag erregt ,ich liebte diesen Anblick ,wir haben uns diese wunderschöne Stadt 3Tage angeschaut und hatten viel Spaß ,aber dort habe ich das erste mal gemerkt das Romantik nicht ihr Ding war ,wir haben Abends auf der Terrasse eines schönen Restaurante gesessen und gespeist, dann kam ein Mann mit einer Gitarre und hat für uns ein Romantisches Lied gespielt ,aber sie hat ihn weg geschickt ,ich will das geklimper nicht hören ich möchte in Ruhe essen ,wow ich habe mich echt erschrocken ,aber später haben wir darüber herzlich 71gelacht, es war traumhaft mit ihr in Rom ,aber seitdem weiß ich auch das Münzen in den Trevi Brunnen werfen und sich was wünschen nicht hinhaut mein Wunsch hat sich nicht erfüllt ! An unserer Wohnung war ein ganz kleiner Garten mit dran, das war ihr Ding ,wenn der Frühling kam hat sie ihn auf Vordermann gebracht ,wir haben dann immer Pflanzen gekauft und ich habe zugesehen wie sie die Gartenarbeiten verrichtete ,und ich durfte nie helfen ,du machst alles verkehrt ,aber war mir recht so, habe sowieso lieber dagesessen und ihr zugeschaut ,ich habe es geliebt ihr auf den Hintern dabei zu sehen ! Es kam immer mehr zu Tage das unsere Interessen nichts gemeinsames hatten ,unser Humor war völlig verschieden ,sie konnte nie über das lachen was ich lustig fand und ich nicht über das was ihr gefiel ,das Fernsehprogramm war völlig verschieden ,sie sagte nie nette Dinge über mich ,nie liebe Worte ,nie Komplimente, und überhaupt war sie eine sehr harte und ernste Frau, es gab da immer so Tage da hat sie nicht gesprochen sie hat einfach nichts gesagt ,manchmal bis zu drei Tagen nicht ,das war aber nicht böse gemeint sie war halt so, und meine Begeisterung für Sport konnte sie sowieso nicht teilen ,ihre Kochkünste waren unter aller Sau und mit ihrer Kindererziehung war ich nicht einverstanden ,aber sie sagte die Kinder gehen dich nichts an ,was ich nicht für Richtig hielt ,aber da war sie beinhart ,es war klar sie war der absolute Chef bei uns da gab es nichts zu deuteln ,es war Sonnenklar ohne wenn und aber, und Sex ?? gab es nur, 72wenn sie Lust hatte ,es war immer total scharf sie kam um die Ecke ging an mir vorbei und sagte nur komm, ich ließ alles fallen und kam! Sie war eine Frau die nirgendwo rasiert war ,nirgendwo ,es war ihr egal sie sagte Zeitverschwendung ,für 99% aller Frauen unvorstellbar bei ihr nicht ,sie war anders ,sie war echt anders ,sie saß oft am Esstisch und nach dem essen hat sie so richtig laut gerülpst Richtig laut und nach dem trinken auch oft ,wenn ich mal was sagte ,kam von ihr immer der selbe Satz ,ich bin hier zuhause und mache was ich will! Und ihre Ordnung und Sauberkeit im Haushalt ließ auch stark zu wünschen übrig, als ich das erste mal bei ihr am Esstisch saß und mich so umschaute ,sagte ich zu ihr ,und der Staubsauger kaputt? Das mit dem putzen habe ich meist übernommen! und eine Eigenart von ihr machte mich manchmal aber nur manchmal verrückt sie hat jeden aber auch jeden Gottverdammten Tag Mittagsschlaf gemacht ! nicht so kurz auf dem Sofa sondern richtig mit tschüss sagen und ab ins Schlafzimmer ,1,5-2 Stunden später kam sie dann wieder raus aus dem Schlafzimmer und gähnte so doll das man ihre Mandeln sehen konnte! sie war so komisch und merkwürdig ,aber es war mir scheiß egal wenn sie an mir vorbei ging und mich dann in den Armen nahm und sich an mir rankuschelte ,dann habe ich sowieso alles vergessen ,und ich konnte ihr auch nie böse sein für 1Minute vielleicht länger nicht ,ich habe sie einfach nur geliebt meine kleine süße Prinzessin ,egal wie sie war ,wir haben 73uns fast nie gestritten ,richtig dollen Streit gab es vielleicht in 6 Jahren 2 mal das war es ,und trotz ihrer Art habe ich gemerkt das sie mich auch liebt ! wenn ich zur Arbeit ging ,kam sie mit zur Tür und das immer ,sie bekam einen Kuss und auf der Treppe habe ich mich immer umgedreht und gesagt ick liebe dir und sie sagte dann immer ick dir och ! Im Job lief alles prima ,das Restaurante lief wie verrückt ,es gab Morgens Frühstücksbüffet das in sehr bekannt war Sonntags immer einen Brunch der berühmt war und Freitags und Samstags gab es Abends Happy Houer mit Disco ,dazu Samstag und Sonntag Bundesliga der Laden war immer gerappelt voll und im Dezember schmissen sie uns das Geld nur so hinterher ! Also wurde es Zeit für die Pankowerin was neues auf die Beine zu stellen ,sie war sowieso kaum noch da ,ihr Plan war gut ,ein Restaurante mit Speisen aus allen fünf Kontinenten ,das gab es noch nicht ,es sollte fünf Zonen haben fünf verschiedene Einrichtungen ,die Idee war gut wie alles was sie machte ,und sie fand das passende Objekt

,meine Rechnungen und Prognosen waren Top mit der passenden Finanzierung müsste sie dann auch reich werden ,aber als sie mir zeigte wo es sein soll und ich das Objekt gesehen habe ,sagte ich Stopp bitte , bitte nicht ich war mit dem Standort nicht einverstanden es gibt Bezirke in dieser Stadt da wäre es gut gelaufen aber nicht dort ,das Objekt war super der Standort nicht ,aber betteln half nix sie hatte ihren eigenen Kopf und sie war die Chefin !! Mit der zusage von 74einer bekannten Brauerei und einer Bank fing sie ohne deren Geld nur mit der zusage an zu bauen ,das Geld dafür zog sie aus dem Amerikanischen Restaurante raus ,sie kam jeden Abend und sagte mach mal den Safe auf ich brauche Geld ,sie nahm uns alles weg und sagte nur die Finanzierung kommt bald ,es wurde zuviel ,sie zog langsam das gute Restaurante runter ,aber die Finanzierung ließ immer noch auf sich warten! Aber sie hat es geschafft ,das Five Kontinents wurde eröffnet mit einem Riesen Bramborium die große Schau wie es so ihre Art war ! Aber unser Restaurante stand 5 Minuten vor der Pleite ,und aufgrund ihre so hochnäsigen und arroganten Art gegenüber ihrer Geschäftspartner ,beschlossen diese nicht mehr zu finanzieren und mit dem Standort des Five Kontinents hatten sie auch Probleme ,sie haben die mündlichen Vereinbarungen zurück gezogen, und die Pankowerin stand da mit Schulden ohne Ende ,jetzt musste der Laden laufen ,aber das geht nicht von Heute auf Morgen ,du brauchst immer eine Anlaufzeit, aber wir hatten keine Zeit und so konnte man zusehen wie das ganze Kartenhaus einstürzte, der Laden lief nicht es war eben der schlechteste Standort das war mir vorher klar , so sehr wir uns auch reckten und streckten ,der Laden musste jetzt Geld einbringen ,aber das passierte nicht ,es wurden Löhne nicht bezahlt, Lieferanten bekamen ihr Geld nicht Mietrückstände bauten sich auf ,Krankenkassen bekamen ihr Geld nicht ,und zu guter letzt wurden Steuern nicht bezahlt und dann wurde es 75unangenehm ,ich habe schon Monate vorher gesagt ,sie soll das Five Kontinents schließen ,es hätte uns retten können ,aber nur vielleicht ,wir hätten lange gebraucht um wieder in schwarze Zahlen zu kommen ,aber sie hat das brutal durchgezogen bis es zu spät war ! ich werde nie den Tag vergessen ,als das Amerikanische Restaurante geschlossen wurde ,ich und die Pankowerin standen mit etwas Abstand und sahen zu wie die Einrichtung abgebaut wurde und wir hatten Tränen in den Augen ,und sie sagte hätte ich bloß auf dich gehört ,ihre Steuerschulden waren jetzt extrem und noch einige andere Leute bekamen Geld von ihr ,sie musste Flüchten, das war nicht schwer da ihr neuer Freund Us Amerikaner war ,sie hat im Garten ihre Eltern noch eine kleine Abschiedsparty gegeben einen Tag vor ihrer Flucht ,der Moment als wir uns verabschiedeten war sehr traurig ,wir waren immerhin 6 Jahre ein Paar und haben 3 Jahre zusammengearbeitet ,es war traurig und irgendwie wussten wir das wir uns wahrscheinlich nie wieder sehen werden , sie hat sogar die kleine süße hier gelassen ,sie lebt jetzt bei ihren Vater dort geht es ihr sehr gut ,die Pankowerin ruft mich immer noch sehr, sehr regelmäßig an und ich merke und weiß das sie nicht Glücklich ist ,sie hat sogar noch einen Sohn bekommen der auch schon 3 Jahre ist ,aber Glücklich ist sie nicht ! sie war das beste Beispiel ,ja sogar schulmäßig ,für den Spruch ,Hochmut kommt vor dem Fall!!! aber trotzdem tat sie mir sehr leid ,eigentlich war sie ein guter Mensch der immer ein 76offenes Ohr für Probleme anderer Menschen hatte und ihnen auch so weit es geht geholfen hat ,ich vermisse die Gespräche mit ihr ,alles gute für sie ! Für f3 und mich hatte das auch große Folgen ich stand jetzt ohne Job da ,und ich möchte jetzt nicht politisch werden das ist ein ganz anderes Thema ,aber wenn man in meinem Alter in diesem Land besonders in dieser Stadt seinen Job verliert ist es aus ,und da ich noch einen Rückenschaden habe ,wurde ich Untersucht und für nicht mehr vermittelbar erklärt ,und so rutscht man in das berühmte Harz4 ,dazu hatte ich aber keine Lust ,und weil ich gerne Auto fahre ,kam ich auf die grandiose Idee einen Taxischein zu machen ,keine gute Idee ,Arbeit zu finden in meinem Alter ist unmöglich und wenn dann für 5 Euro brutto die Stunde, ein Hungerlohn ,in diesem Land ist so einiges nicht mehr in Ordnung ! Von Harz 4 zu Leben ist fast unmöglich ,und schon fing ich an meinen Taxischein zu machen ,am ersten Tag in der Taxischule ,erklärte der Lehrer was du wissen musst und lernen musst um diesen Taxischein zu bekommen und die Prüfung dann irgendwann mal zu bestehen ,und du denkst nein das ist nicht möglich ,ich bin ja nicht Albert Einstein ,unmöglich ,und dann stehen die ersten 50-60% auf ,sagen ihr seid ja bekloppt und gehen ! Und von denen die dort bleiben ,werden im laufe der Zeit auch noch einige gehen ,und vom Rest werden einige nie die Prüfung bestehen ,und dann irgendwann aufgeben, es gibt eine Wissenschaftliche 77Studie ,wo bewiesen ist das der Taxischein in London und hier in der größten deutschen Stadt einem Hochschulstudium gleicht ,aber es gibt einen Unterschied für den Taxischein hast du nur ein Jahr Zeit ! Nun die Frage was soll man denn wissen und lernen ,kann doch wohl nicht so schwer sein oder? Du musst von ca 1000 Objekten die genaue Adresse wissen,Hotels,Krankenhäser,Sehenwürdigkeiten,Botschaften,Ministerien,Plätzen,Bahnhöfe und noch vieles mehr, von ca 600 Strassen die dort hinführende und die weiterführende Strasse wissen ,von allen noch so kleinen Plätzen in dieser Stadt alle Abgangsstrassen im Kopf haben ,von allen Stadtteilen und Bezirken ,auch die kleinsten Ortsteile kennen, und wenn du das alles in dein Kopf gehämmert hast und eine Schriftliche Prüfung abgelegt hast und diese auch bestehst, na dann geht es erst richtig los das davor war nur um dein Gehirn warm zu machen ,damit gibt sich der Taxiverband nicht annähernd zu frieden ! Jetzt fängt es erst an! Es kommt die Mündliche Prüfung ,du musst drei Zielfahrten machen ,alle Objekte und Plätze die du gelernt hast musst du miteinander kombinieren können ,du musst den Weg von jedem Objekt zum anderen kennen jede einzelne Strasse die du fahren musst ,das heißt es sitzt rechts und links von dir ein Prüfer, sie sagen fahren sie mich bitte vom Flughafen zum Hilton Hotel west ,oder vom Botanischen Garten in das Restaurante, und du antwortest dann ,links in diese Strasse rechts in diese Strasse verlängert diese Strasse ,verlängert diese Strasse links 78in diese Strasse rechts in diese Strasse verlängert diese Strasse rechts in diese Strasse Objekt links ! eine Strasse vergessen und du kannst wieder nachhause gehen, das heißt du musst dir einen neuen Prüfungs- Termin holen ,und 53 Euro bezahlen, also alle Objekte miteinander Kombiniert ,ein undurchdringliches Netzt auf dem Stadtplan und dann zum Schluss kommen wie viel Zielfahrten raus die du wissen und lernen musst? es ist nicht zu glauben aber es ist die Wahrheit, es sind 1 Million ! Jetzt fragt man sich wie kann man das lernen ,zuerst merkst du das das nicht geht ,aber je länger du das auswendig lernst desto mehr fängt dein Gehirn an zu arbeiten es geht immer schneller ,ich habe 9 Monate jeden einzelnen Tag 18 Stunden gelernt ,du bist kurz davor verrückt zu werden ,jedes Geräusch ,und überhaupt alles nervt dich ,du bist gereizt ohne Ende man ist dem Wahnsinn sehr nahe ,du bist ganz kurz davor in der Irrenanstalt zu landen ,es gibt Leute die sind dort gelandet ,es ist eine echt schwere Zeit ,du machst nichts mehr außer auswendig lernen

Tag für Tag ,es gehen Ehen und Beziehungen dabei drauf ,es macht sehr viel kaputt, du bist danach ein anderer Mensch ,alle Taxifahrer die ich kenne schildern das gleiche es ist der Horror ,für f3 und den Mädchen war es nicht leicht und ich glaube im nachhinein war das nicht gut, aber wir haben es geschafft und f3 hat sich doch alles in allem sehr gut verhalten ,und das beste ist all das steht auch nicht nur im geringsten ,kein bisschen ,überhaupt nicht, nada, nothing 79njente ,in einem Verhältnis zu dem was du dann verdienst ! Ich werde den Tag nie vergessen an dem ich meine Prüfung bestanden habe ,es war einer der schönsten in meinem Leben ,f3 hat sich so gefreut und konnte es nicht glauben das der Spuk vorbei ist ,wir lagen uns in den Armen und haben beide geweint ,wir haben zusammengehalten bis zum Schluss ! Nach den ersten 2-3 Tagen in meinem neuen Job dachte ich das kann doch nicht war sein, war alles umsonst, ich konnte mir nicht vorstellen das weiter zu machen ,aber ich habe weiter gemacht und irgendwann habe ich mich daran gewöhnt, jetzt mache ich es eigentlich ganz gerne! Ich bin Nachtfahrer in dieser Stadt geworden ,schon das alleine ist ein Buch wert ! Irgendwie hat das gut gepasst, denn f3 ist immer sehr früh ins Bett gegangen sie hat überhaupt immer sehr viel geschlafen, sie war der Meinung das sie deshalb so Jung aussah ,davon war sie überzeugt ,das das was mit Genen zu tun hat ,dafür gab es einen Beweiß denn ihre Mutter sah für ihr Alter sehr, sehr jung aus ,eine nette Frau ,die sich genau wie ich für Sport interessiert hat ,und wir haben oft Sport im Fernsehen zusammen geschaut ,im Gegensatz zu ihrer Tochter ,es gab nicht eine einzige Sportart für die sie sich interessiert hätte ,und da war sie wieder mit ihren alten Sprüchen ,sie sagte immer Sport ist Mord ha, ha ! Einmal ist sie mitgekommen in den Wald und wollte mit mir walken ,sie sagte ich muss jetzt was für mich tun ,sie war sofort gut und sie sagte es hat Spaß gemacht, aber beim nächsten mal, 80hatte sie schon wieder keine Lust mehr sie war einfach zu faul , ,sie hat nur Schrott gegessen ,und getrunken ,nie Sport und irgend welche Cremes kamen ihr nicht auf die Haut ,und trotzdem sah sie mit über 40 aus wie 20 besonders am Körper nicht eine Delle nicht eine Falte sie ist irgendwie ein Genetisches Wunder unglaublich ! Sie war so schön ,aber auf Sex hatte sie nicht gerade viel Lust ,ich ständig und es gab da immer gewisse Spannungen bei uns ,die Mädels f3 und ich waren in Kroatien in Urlaub ,ein schöner Urlaub den ganzen Tag musste ich mit ansehen wie f3 im Bikini umher gelaufen ist und ich hatte nur einen gedanken ,aber Abends ist sie dann immer eingeschlafen und im Ehebett war meist tote Hose auch im Urlaub ,und die Mädels und ich sind Abends dann runter und haben uns das Animationsprogramm angesehen und Madame hat schon geschlafen! Auch ihr besonderer Hang zur Romantik ist wieder durch gekommen ,wir hatten ein Hotel ,von dem man das Meer und die Berge sehen konnte ich stand Abends an einem Geländer und sah wie die Sonne zwischen Meer und den Bergen unterging ein herrlicher Anblick in Purpur ,und ich habe sie gerufen ,wollte sie in den Armen halten und küssen ,sie kam und ich sagte ist das nicht wunderschön und sie sagte ja, ja und bevor ich sie in den Armen nehmen konnte und küssen war sie schon wieder weg ! Sie war wirklich eine sehr harte Frau die kleine zarte Prinzessin und ließ nie einen Zweifel daran wer bei uns der Chef ist, und beeindrucken ging auch nicht, 81immer wenn ich eine Frau neu kennenlernte und das erste mal Schwimmen mit ihr war ,habe ich meine übliche Show im Wasser abgezogen ,ich habe erst einmal gezeigt wie ein Mensch schwimmen kann , in feinster Technik und sehr schnell habe ich meine Bahnen gezogen Delphin und Delphin einarmig ,Rücken und dabei habe ich Wasser nach oben in einen Kerzen geraden Strahl ,wie einst der große Roland Mathews gespuckt ,bin hin und her getaucht ,ich kann mich in diesem Element so was von schön und elegant bewegen ,es ist einfach mein Element,f2 hat im Urlaub immer zu mir gesagt los geh schwimmen sie hat sich an den Beckenrand gesetzt und ewig zugeschaut ,die Pankowerin konnte nicht glauben was sie da sieht und war begeistert ,nur f3 sie hat mich nicht eines Blickes gewürdigt meine Live Show war völlig umsonst ,sie hat nie ein Wort darüber verloren ,auch sonst hat sie mich nie gelobt ,nie ein anerkennendes Wort für mich gehabt! Nur ein einziges mal ,als ich den Taxischein bestanden habe sagte sie ich bin stolz auf dich ! Und trotzdem hatte sie ihre eigene Art mir klarzumachen he ich liebe dich! Sie war eben anders sie war wirklich ,ehrlich ,auf jeden fall ,komplett ,irgendwie ,im großen maße anders als alle anderen Frauen ,sie war was besonders !!!! Es war eben so ! mein Lieblingsfest ist Weihnachten nicht das ganze Fest aber ich liebe Heiligabend schon immer ich liebe diesen Tag einfach ,ich mag die Stille draußen vor der Bescherung und ich mag die Lichter ich mag es wenn die Kinderaugen blinken vor Freude 82wenn sie ihre Geschenke auspacken ich mag es gemeinsam mit der Familie zu essen und zu reden , ich mag das naschen danach ,ich mag den geschmückten Weihnachtbaum ich mag Weihnachtmänner, ich mag um 18uhr das läuten der Kirchenglocken und ich mag sogar an diesem Abend die Weihnachtlieder! Und das Weihnachten bei f3 und mir habe ich besonders gemocht, es kam dann immer die ganze Familie ,es war total voll bei uns zu hause ihr drei Mädchen meine Kinder, ihre Enkelkinder Mutter ihr Bruder es war einfach nur voll und ich habe es geliebt , f3 und ich haben am frühen Morgen am Tisch gesessen und immer bei einer Tasse Kaffee einen Plan geschmiedet was wer zu tun hat ,es wurde genau aufgeteilt wir hatten immer einen Arschvoll zu tun vorher ,als der Plan fertig war gaben wir uns einen Kuss und haben gemeinsam losgelegt ,und zu Kaffee und Kuchen haben wir es immer genau hinbekommen ,und dann hat es geklingelt und nach und nach ist die Horde eingetroffen, ich habe immer am 1.12 den Garten geschmückt aber so was von übertrieben ,es hat geblinkt und geleuchtet und die Leute in unserer Siedlung sind bei uns vorbei gegangen um das Spektakel zu sehen ,völlig übertrieben genau wie in einem Weihnachtfilm in den USA ,man musste schon Angst haben das die Flugzeuge in unserem Garten landen ,weil sie dachten das ist die Landebahn ,nach Kaffee und Kuchen hat sich um 17 Uhr die Familie vor dem Garten versammelt und ich habe von innen einen Schalter betätigt und es hat geleuchtet ,sie 83standen da und alle sagten aaaaaaah, völlig bekloppt aber schön ! Es gab Grünkohl mit Pinkel und Knacker, und Kassler ,und Rotkohl und Klöße ,und Kartoffeln, und zwei Enten das war das Essen ,beim ersten Weihnachten mit f3 ,habe ich mich vor dem Krünkohl mit Pinkel gefürchtet ,ich kannte ja ihre Kochkünste ,beim 2.Weihnachten habe ich mich dran gewöhnt und beim 3. Weihnachten habe ich mich auf Grünkohl mit Pinkel schon gefreut ,ja so kann es gehen ! Ich bin im Dezember sehr viel Taxi gefahren ,da läuft es und ich habe das Geld auch für Weinachten gebraucht ,die Prinzessin bekam immer was schönes und teures ,ich habe immer Nougat und Marzipan vom feinsten gekauft nur vom besten vom block es gab Heiligabend den teuersten Kaffee ,Blue Mountain aus Jamaika, ich habe dann Teller gemacht mit Nougat und Marzipan Stückchen wir haben Kaffee getrunken und uns alle von den Tellern bedient ,und wenn dann spät Abends die Familie weg war sind f3 und ich ins Bett und lagen dann immer völlig fertig da ,und am nächsten Morgen bin ich aufgestanden ,f3 hat noch geschlafen und wenn sie dann raus kam aus ihrem geliebten Bett waren meist alle Spuren beseitigt und es war schon aufgeräumt ,und sauber ! Ich habe nicht eine Sekunde oder einen Cent von dem was ich investiert habe bereut ich habe alles sehr gerne gemacht ,es war einfach nur schön und ich habe mich schon auf nächstes Jahr gefreut ! Wir lebten weiter vor uns hin ,mit unseren weit von einander laufenden Interessen ,aber wir gingen immer 84liebevoll und respektvoll miteinander um ,und für mich bestand nie ein Zweifel daran das ich mit f3 Alt werden möchte ,eine andere Frau nein für mich undenkbar, und nach langer, langer Zeit kam dann auch einmal was sehr romantisches von ihr ,ich und der Pole mein Freund haben 1000sende von Stunden zusammen trainiert ,wir machten Triathlon zusammen und zu der Zeit mit f3 hatten wir die Macke und wollten hohe Berge besteigen ,wir haben sehr gut trainiert und sind für eine Woche nach Sölden gefahren um zu klettern und diverse Berge zu besteigen , was wir dann auch taten ,ich habe jeden Abend mit f3 telefoniert, wir waren das erste mal für eine Woche voneinander getrennt, und ich habe sie sehr vermisst und sie mich auch das habe ich am Telefon gemerkt ,an dem Tag als der Pole und ich nachhause fuhren ,kam mitten auf der Autobahn eine sms von f3(hi mein Süßer, wie viele Stunden bist du noch von mir entfernt ?mach mal Hinne, ick liebe dir und schenk dir Milliarden Knutschas) so kannte ich sie gar nicht ,als ich zuhause war , war die Freude groß, sie hatte gekocht und überall standen Kerzen und die Mädels hatte sie weg geschickt ,sie haben woanders geschlafen ,sie war lieb und romantisch und wir hatten eine wundervolle Nacht, es war Sept. 2008 ! Ich und die Pankowerin hatten einen Hund eine deutsche Doggendame, sie hieß Kira, es war ihr Hund sie hat bezahlt gekümmert habe ich mich aber ausschließlich um sie ,es war mein Hund das war so ,bei unserer Trennung hat sie mir nicht erlaubt 85sie mit zu nehmen ,das tat mir sehr weh meine Kira dort zulassen ,aber nach 4 Wochen hat sie gemerkt das es keinen Sinn hat ,Kira hat nicht mehr gefressen und war traurig ,sie war auf mich fixiert das war klar, die Pankowerin hat mich dann gefragt ob es eine Möglichkeit gibt ,das ich sie zu mir und f3 hole, ich habe f3 gefragt und sie war einverstanden ,ich weiß noch wie die Mädels sich gefreut haben ,Kira hatte ein schönes Leben bei uns ,ich glaube und hoffe das ich mich gut um sie gekümmert habe ,sie war oft beim Training mit dem Polen dabei ,ich bin fast täglich mit ihr in den Wald gefahren damit sie genügend Auslauf hatte , der Pole und ich haben immer da gestanden und haben sie bewundert ,wenn sie Gas gab und durch den Wald oder über die Felder und Berge gerannt ist ,wir haben uns gewünscht auch so laufen zu können ,sie war so wahnsinnig schnell und es war so Ästhetisch ihr dabei zuzusehen es war eine Augenweide ,sie war ein lieber ,toller ,wunderbarer Hund , f3 hat immer gesagt das sie Kira sehr lieb hat und das hat man auch gemerkt, aber wenn sie mal nicht mehr ist kommt auch kein Hund mehr ins Haus ,ich war uneingeschränkt einverstanden ,den Kira war es einfach der Hund mein Hund! Ich kam dann irgendwann morgens vom Gassi gehen mit ihr rein und sie ging auf ihren Platz ,sie drehte sich um und sah mich an und in diesem Moment viel sie um und war Tot ,ich konnte es nicht fassen ich lag gleich auf ihr drauf und habe geweint ich habe mich nicht mehr ein gekriegt ,sie war Tot ! als f3 nachhause kam 86war Kira schon weg sie wurde vom Tierarzt abgeholt, und ich musste ihr erzählen das Kira Tot ist ,sie ist völlig ausgerastet ,sie hat geschrien und geweint ,auch sie war völlig fertig ! Nach ein paar Tagen kam f3 zu mir und sagte ,ich will einen Hund egal was ich immer gesagt habe ,ich will einen Hund ! Ich war nicht einverstanden damit ,weil ich die ganze Arbeit hätte ,aber f3 hat auf mich eingeredet und versprochen ,das sie sich kümmert und Gassi geht ,und die Mädels auch ,ich wollte nicht Kira war für mich was besonderes und ich wusste das ich nie wieder einen Hund so lieb haben könnte ,aber egal sie haben nicht aufgehört mich zu bearbeiten ,wie besessen haben sie versucht mich zu überreden und sie haben es geschafft ,mein Prinzessin bekam ihren Hund ,einen Leonberger Rüden ein riesengroßer Teddybär ,und sie hat sich auch rührend um ihn gekümmert ,ich aber auch ,und eines Tages habe ich sie gefragt was passiert mit ihm wenn wir uns mal trennen sollten ! und ihre Antwort war ! Warum sollten wir uns jemals trennen wir lieben uns doch und werden Uralt zusammen ! Es war Ende Februar 2009 ,ihre Antwort war wir lieben uns doch und werden Uralt zusammen !!!!!!!!!!!!!!! Ende Februar!!!!! 3 Tage später, sagte sie Abends vorm Fernseher ,ich möchte mich von dir trennen, bitte such dir eine Wohnung ,mir ist die Kinnlade runtergefallen, ich habe nichts mehr verstanden ,aber mein entsetzen hielt sich noch in Grenzen ,es war ja noch nicht zu spät ,natürlich wollte ich mit ihr reden ,aber sie hatte keine Lust ,und 87sagte nur wir brauchen nicht reden ich will nicht mehr ,ich habe einmal erfahren das das so ist bei ihr ,ich kannte ihren ex Mann gut den Vater der Mädels ,er war öfter mal da er wohnte nur über die Strasse um bei seinen Mädels zu sein ,ich konnte ihn gut leiden und habe mich oft mit ihm unterhalten ,eines Abends ging ich mit Kira die letzte Runde ,ich war deprimiert und etwas traurig ,Deutschland hatte gerade das Halbfinale der Fußball WM gegen Italien 2 zu 0 verloren und ich habe f3 ihren Ex getroffen ,wir redeten kurz über Fußball ,und dann wurde das Gespräch tiefgründiger und er erzählte über seine Erfahrungen mit f3 , er sagte das er staunt ,das wir schon so lange zusammen sind, den in der Regel braucht sie so alle 2 Jahre einen neuen Mann ,er sagte ich wünsche dir und euch das es so bleibt aber ich glaube es nicht ,ich kenne sie zu gut ! Erst dachte ich OK der gehörnte ex Mann ,was der schon erzählt ,ich habe mich den nächsten Tag mit ihr darüber unterhalten ,sie hat aber dann nur schlecht über ihn geredet, und ich habe mal so nachgedacht und nach allem was ich wusste ,und was sie mir so selbst erzählt hatte war da was dran ,es gab keinen mit dem sie länger als 2,5 Jahre zusammen war ,es gab jede menge Anzeichen dafür, und ihr ex Mann erzählte mir auch woran man das erkennt wenn es bald soweit ist ,und diese Anzeichen gab es bevor sie an dem Abend zu mir sagte das sie sich trennen wollte ,aber sie hat alles sehr glaubwürdig gesagt ,und das ich Abends aus Haus bin um Taxi zufahren war ihr auch ganz recht! Sie hatte 88eine Freundin die war auf einmal tot krank und sie war im Krankenhaus ,ich kannte die Freundin nicht ,habe sie nie kennengelernt, sie saß stundenlang ,jeden Tag am PC und schrieb angeblich mit Freundinnen ,ich hatte da noch keine Ahnung wie das so im Internett funktioniert und habe ihr alles geglaubt ,sie ging zu Weinachtfeiern ,sie hatte ständig ausreden warum sie aus Haus muss ,ich habe ihr alles geglaubt, aber sie ist sonnst nie aus Haus gegangen, sie ist immer zuhause geblieben ,all das sagte damals ihr ex Mann ,aber ich konnte es mir nicht vorstellen ! Aber an den Abend als sie sagte das sie sich trennen wollte da habe ich mal etwas genauer geschaut und aufgepasst, sie war bei Jappi ,und hat sich mit Männern geschrieben ,ich habe dann so einiges rausgefunden ,und Abends als sie mit ihrem dicken Teddybär die letzte Runde drehte bekam sie eine sms ,von Jörg ich war noch so korrekt und habe sie nicht geöffnet , Jörg hat mir schon gereicht sie bekam ständig den ganzen Abend SMS ,ich habe nie gefragt habe ihr total vertraut und das wusste sie und hat es ausgenutzt !als sie von ihrer Runde zurück kam ,habe ich so erwähnt das sie eine sms bekommen hat, sie schaute nach ,und ich habe auf dumm gefragt ,und wer ist das schon wieder und ihre Antwort war ,ach das war nur eines der Mädels, und ab dem Moment wusste ich es wird ernst, in diesem Moment ist für mich eine Welt zusammengebrochen ,es kamen Gefühle in mir hoch wie ich sie noch nicht kennengelernt hatte es waren Schmerzen, ich 89ging aus Zimmer und sagte nur noch du betrügst mich, ich legte mich aufs Bett ,sie kam 2 Minuten später hinterher setzte sich liebevoll auf meinen Bauch, sie sagte ich möchte nicht das du denkst ich gehe fremd, das ist nicht war ! Für sie wurde es jetzt auch ernst, ich habe gemerkt das sie eigentlich noch nicht so weit war um sich zu trennen ,sie wollte erst einmal Spielchen treiben und das war jetzt vorbei, ich habe dann mit jemanden der was davon versteht ,bei Jappy geschaut und es war erschütternd was sie so alles getrieben hat, für mich war das alles Kinderkram und ich hatte für niemanden Verständnis der dort drin war es wurden Postkärtchen verschickt mit Herzchen drauf und alles so ein Schwachsinn ,das meine Frau dort so etwas machte war unglaublich ,ich habe sie damit konfrontiert und sie war in die Enge gestellt ,es kamen nur dumme ausreden ,und ich habe mich mit dem Gedanken befasst mich auch trennen zu wollen ,ich habe aber drüber nachgedacht und entschieden meine Ehe zu retten und mich mal in Ruhe und ausführlich mit ihr zu unterhalten ,es war klar ich wollte meine Ehe retten ! Ich wartete den nächsten Tag zuhause darauf das sie von Arbeit kommt ,ich hatte noch Trainingssachen an den ich war beim Training gewesen und ein paar mal einen Berg hoch gerannt ,es ging mir körperlich sehr gut ich war in form ,denn ich und der Pole hatten wieder eine Bergtour vor ! Als sie nach hause kam und die Wohnung betrat hatte sie schlechte Laune ,sie legte Wohnungsangebote auf den Tisch und sagte 90das sie für sich schon eine kleine Wohnung in Aussicht hat ! Ich wollte in aller Ruhe mit ihr reden ,aber sie war nicht bereit dazu ,und dann wurde ich laut ,ich habe ihr klar gemacht das man 6 Jahre Ehe nicht so einfach weg schmeißt und vorher erst mal in Ruhe reden sollte aber sie war nicht bereit dazu ,sie wollte nicht reden ,sie sagte nur wetten das du Heute noch ausziehst ,ich wurde immer lauter ich packte sie an den Armen und setzte sie unsanft auf den Stuhl ,ich sah große Angst in ihren Augen ,sie stand auf und rannte weg ich hinterher und habe sie zurück auf den Stuhl gesetzt ,und habe gebrüllt, dann bin ich zum Computerschrank ,habe den Computer rausgezogen und auf die Erde geschmissen und gebrüllt ,und dafür bin ich arbeiten gegangen ,damit du dich mit fremden Männern schreibst ,und ich bin wie ein Irrer darauf rumgesprungen ,in der Zeit hat sie sich das Telefon geschnappt und jemanden angerufen und gesagt ,es ist soweit er wird gewalttätig ,ruf die Polizei ! Ich bin zu ihr hin und habe gebrüllt du rufst die Polizei rede lieber einmal mit mir ,dann ist sie aus der Terrassentür raus gerannt und ich habe mich erstmal hingesetzt und beruhigt , ich habe die Angst in ihren Augen gesehen ,aber ich hätte meiner Frau niemals was angetan ich war extrem laut und habe sie an den Armen gepackt und unsanft auf den Stuhl gesetzt ,aber ich hätte ihr niemals was angetan ich wollte nur reden ,die Polizei zu rufen fand ich etwas überzogen! ich saß da auf meinem Stuhl und habe die Welt nicht mehr 91verstanden ,und 3 Minuten später kamen 6 Polizisten in meine Wohnung gesprungen, sie haben gebrüllt und einen Aufriss gemacht als hätten sie gerade Osamer bin Laden gefasst ,ich habe sie mir alle genau angeschaut , ich hatte auf einmal das Gefühl jeden einzelnen von ihnen den Arsch zu versohlen ,außer einer Polizistin , bei der stellte ich mir in Gedanken vor wie sie einen Verbrecher jagt mit ihren 25 kg Übergewicht und ihrem fetten Arsch der war so groß wie von einem Brauereipferd , absolut lächerlich diese Staatsdienerin! Ich schaute ihr in die Augen und sagte ich kann in ihren Augen lesen und weiß was sie denken ,aber sie liegen falsch ich habe meiner Frau nichts getan und wenn man nach 6 Ehejahren laut wird wenn man rausbekommt das die Frau fremd geht dann halte ich   das für normal ! Und dann wurde ich in der Wohnung verhört ,da war einer von ihnen der sagte ihre Freundin, und ich habe ihm freundlich erklärt das es meine Frau ist, etwas später sprach er wieder von meiner Freundin, und ich wurde bestimmender und lauter und sagte meine Frau, und er machte noch einmal diesen Vopat und dann habe ich ihm unmissverständlich klar gemacht das es meine Frau ist so deutlich das er das Heute noch weiß die anderen wollten gerade durchdrehen da ich sehr deutlich war und ihm auch sagte das er wohl sehr dumm ist oder einfach nur vergesslich ich wurde sehr beleidigend und arrogant und auch hochnäsig aber da gab es einen von ihnen er war der älteste ,er sagte dann ,wann kapierst du es endlich ,das es seine Frau ist! dieser Polizist 92hat von Anfang an gemerkt das das alles hier völlig überzogen war und eigentlich nichts passiert ist ,aber er machte einfach nur seinen Job! Ich bekam 5 Minuten um mir ein paar Sachen zu packen und musste dann meine Ehe Wohnung verlassen ,das ganze heißt häusliche Gewalt und ohne das irgend jemand weiß was passiert ist schmeißen sie dich aus deiner Wohnung ,sie begleiten dich bis vor die Tür und du darfst 2 Wochen deine Wohnung nicht betreten ,und so stand ich ganz alleine vor meiner Haustür nur mit einem Koffer in der Hand in mir kamen Gefühle hoch die waren unbeschreiblich ,es war der 4.3.09! So wohin also, ich ging über die Strasse und klingelte bei ihrem ex er war zu hause und als ich in seiner Tür stand sagte er nur ,nah ist es passiert hat sie dich rausgeschmissen ,man das hat ja länger gedauert als ich je gedacht hätte! Nach einigen Telefonaten ,kam ich dann erst einmal bei dem kleinen Scheißer unter ,ich hatte dort ein eigenes Zimmer ,in dem ich mich verschanzte und nur traurig war ich war traurig

24stunden rund um die Uhr ,in meinem Kopf spielte sich nur Chaos ab ohne Pause , ich konnte keinen klaren Gedanken mehr fassen ,und ich fühlte mich von einmal körperlich schlecht sehr schlecht ,ich versuchte f3 Telefonisch zu erreichen aber immer und immer wieder vergebens ,sie ging nicht ans Telefon ,ich bekam 3 Tage später Post ,es war eine Einstweilige Verfügung ,das ich auch nach 2 Wochen wie normal nicht meine Wohnung betreten darf und einen Mindestabstand zu ihr einhalten muss ,ich 93war total geschockt sie hörte nicht auf ,ich konnte nicht mit ihr reden ,und sie bombardierte mich mit so einem unnötigen scheiß ,ich bekam sogar eine Vorladung bei der Kripo, und was soll ich sagen ich wurde verhört und das beste daran es war eine Kommissarin ,eine Frau ,ich dachte ich sehe nicht richtig als ich das Zimmer betrat ,aber meine sorge war umsonst, ich merkte schnell das sie durchblickte und verstanden hat das eigentlich nix war und auch nichts von meiner Seite zu befürchten ist ,und etwas später erklärte f3 auch das es überzogen war sie hatte halt nur angst , sie war immer so hart und stark aber eigentlich war sie recht sensibel wenn es ernst wurde ,ich weiß das sie Angst hatte das habe ich in ihren Augen gelesen ,ich bin ein sehr sachlicher Mensch und bis ich laut werde muss man lange drum betteln ,aber wenn es dann passiert dann ist es ein Orkan ich werde so laut und ausfallend das die Leute denen es betrifft nur noch die bloße Angst in den Augen steht ! Ich weiß nicht warum das so ist aber ich kann bei Menschen die mir gegenüber stehen in ihren Augen lesen und weiß was sie so ungefähr denken ich kann es einfach sehen ! Kurz danach habe ich Post bekommen von der Staatsanwaltschaft das die Sache erledigt ist ! Ich habe f3 viele Briefe geschrienen ,aber reden war nicht ,keine Chance ,ich habe sehr schnell durch den kleinen Scheißer eine Wohnung gefunden ,es gab viele Sachen zu klären ,das passierte auch aber ich habe kein Wort mit f3 Gewechselt ,es lief alles über eine dritte Person ab ,die ich gar nicht 94kannte, als ich mit Junior und einen kleinen Laster meine Sachen aus der Wohnung holte ,erwartete mich eine Überraschung ,all meine Sachen standen draußen mitten auf dem Bürgersteig ,,es war ein Anblick der sich in meinem Kopf gebrannt hat alle Sachen und Möbel mitten auf dem Bürgersteig ,ich konnte unsere Ehe Wohnung nie wieder betreten , f3 war sehr fair und hat gerecht geteilt ,meine neue Wohnung war im 2.Stock und ich habe gemerkt das ich nichts dort hoch bekamen habe ,all die Sachen brachte Junior ,der mittlerweile ein großer sehr starker Mann geworden war und der kleine Scheißer nach oben ,ich habe kaum was hoch bekommen ich war total fertig und bekam keine Luft ,und hatte keine Kraft ich fühlte mich körperlich beschissen es war eben so , nun saß ich alleine in der Wohnung ,und das war ich nicht gewöhnt ,meine Beziehungen gingen immer so nahtlos in einander über ,so das ich nie alleine war ,ich fühlte mich ,sehr alleine ,schlecht und beschissen hier so ganz alleine ,meine Gedanken drehten sich 24 Stunden nur um f3 ich dachte ich werde verrückt ,ich konnte nie schlafen, und ich hatte nie Hunger ich wusste nicht das man so traurig sein kann ich war so traurig ich hatte echte körperliche Schmerzen, was war nur passiert ,meine kleine Prinzessin war nicht mehr da ,und für mich nicht zu erreichen da konnte ich machen was ich will! Ich fuhr mit dem Auto nur so durch die Gegend und hoffte das ich sie mal durch Zufall sehe ,ich saß im Auto und musste immer die ganze Zeit weinen ,es ging nicht in meinen Kopf ohne darüber zu reden einfach eine Ehe hinschmeißen ohne jegliches Gespräch, was war los in ihrem Kopf ! Ich habe 10Tage nicht geschlafen ich habe kein Auge zugetan ich konnte einfach nicht ich war nervlich so fertig ich war so traurig ,und ich bin dann auch Nachts Taxi gefahren in diesem Zustand ,ich habe nicht gegessen und habe mich immer schlechter gefühlt und war total abgemagert , beim Taxi fahren sah ich immer nur Plätze ,Orte ,wo ich mit f3 war alles hier hat mich daran erinnert überall waren meine Gedanken bei ihr überall lagen irgendwelche Erinnerungen auf der Strasse, hier in dieser Stadt , es war unglaublich mein Gehirn spielte völlig verrückt ,und als ich dann eines Nachts an dem Restaurante vorbei fuhr wo wir das erste Date am Valentinstag hatten da bin ich aus dem Taxi und bin zusammen gebrochen ,was dort passiert ist ,war die Hölle ich würde sagen das war ein Nervenzusammenbruch ,ich lag auf der Strasse und drehte völlig durch ich war dem Wahnsinn nahe ,ich war fertig und mein Leben weiter zuführen ergab in diesem Augenblick keinen Sinn mehr ich wollte nicht mehr meine Gedanken kreisten immer öfter darum nicht mehr zu sein, ich machte dann auch Feierabend und verkroch mich tagelang in mein Bett ! Ich merkte das ich keine Treppen mehr laufen konnte ,kurz vorher bin ich noch Hochhäuser hoch gerannt nur so zum Training ,jetzt habe ich es kaum noch in den 2 Stock geschafft hatte keine Kraft mehr und fühlte mich immer noch beschissen ,aber 96es war für mich klar ich habe nie gegessen und nie geschlafen ,das war der Grund ,Freunde und meine Kinder haben mir gut zugeredet das ich jetzt was für mich machen muss ,und ich nahm Vernunft an und meldete mich in einem Fitnessclub an ,ich fing wieder an zu essen und auch sonst kümmerte ich mich wieder um mich selbst, und f3 habe ich nicht aufgegeben ,ich musste irgendwie mit ihr reden können ! Ich hatte jetzt 8 Wochen nichts von ihr gehört kein Wort konnte ich mit ihr reden ,mit der Frau mit der ich die letzten 6 Jahre fast jeden Tag zusammen war ,und ich habe nicht gewusst das Liebe so weh tun kann ,das eine Trennung solch einen nicht aushaltbaren Schmerz verursachen kann ,und dann klingelte das Telefon und sie war dran ! Sie fühlte sich jetzt bereit mit mir zu reden! Ich zitterte am ganzen Körper ,ich war glücklich ihre Stimme zu hören ,sie war freundlich ,ich entschuldigte mich dafür das ich laut und grob war ,das habe ich schon mehrere male per Brief gemacht ,sie erzählte mir das sie große Angst vor mir hatte und noch hat ,ich habe ihr ruhig und sachlich versucht zu erklären ,das das nicht sein muß und Blödsinn ist ,das ich ihr nie was antun könnte, es wurde ein sehr langes und angenehmes Telefonat ,und wir beschlossen ,wieder zu telefonieren ,sie sagte mir einen Tag und die genaue Uhrzeit ,an der ich wieder anrufen sollte ,ich war glücklich und zufrieden damit und wartete tapfer darauf bis der Tag kam ,ich war schon den ganzen Tag aufgeregt und freute mich a darauf mit ihr reden zu dürfen ,was ich zusagen hatte stand 97schon in meinem Kopf fest und war wohl überlegt ! Das ist bei mir immer so ich habe schon reden im Kopf und versuche dann Menschen zu manipulieren, das ist mir schon oft gelungen und später wird es dann jemanden geben bei dem es mir oft gelingen wird ! wir redeten sehr ruhig und lieb miteinander und dachten sogar darüber nach ,uns zu sehen und die Ehe erst einmal mit zwei Wohnungen fort zu führen ,aber ich glaube das ich der einzige war der darüber nachgedacht hat ,ich glaube sie nicht ,obwohl ich das Gefühl hatte ,das sie es tut ,aber es war wohl nicht so ,da bin ich mir heute sicher ,wir redeten darüber ob ein anderer Mann im Spiel ist so wie ich vermutete ,aber sie beteuerte das dem nicht so ist ,aber ich war mir sicher ,aber sie sagte immer wieder nein ! in der Zeit wo wir miteinander öfters telefonierten haben, habe ich sie einmal beim Taxi fahren gesehen ich hatte einen Fahrgast und fuhr durch die a. Strasse ,dort stand sie und läutete an der Eingangstür wir schauten uns an ,mein Herz pochte wie verrückt ich schaute für einen Moment in ihre schönen grünen Augen und hatte das Bedürfnis sofort anzuhalten aber ich hatte einen Fahrgast ! an diesem Abend haben wir auch telefoniert und ich erzählte ihr was für Gefühle in mir hoch kamen als ich sie nach langer Zeit für 3 Sekunden gesehen habe ,sie sagte das sie zum Geburtstag bei Freunden eingeladen war! wir telefonierten nach oft aber ich konnte reden ,sprechen , alles geben irgendwie kam ich nicht weiter bei ihr einen Treffen stimmte sie nicht zu und überhaupt 98wurde ihr Interesse an mir immer weniger ,und jetzt war es soweit ich musste loslassen es hatte keinen Sinn die Ehe war am Ende aus vorbei das war mir klar ,und klar war mir auch ,das ein anderer Mann im Spiel war ,das war mir einleuchtend ,sie beteuerte immer noch das dem nicht so ist ,aber ich war mir sicher ! Für mich war es eine Frage der Zeit wann sie den neuen offiziell an ihrer Seite hat und nicht mehr versteckte und der Tag kam ,ich habe erfahren das da jemand ist und wir haben auch telefoniert und sie hat es mir gesagt ,es tat weh sehr , sehr weh ich dachte ,das es meinen Körper zerreißt ,aber ich hatte schon vorher eine neue und sie hat abgewartet bis das soweit war ,sie dachte das sie clever ist ,aber nun kommt es der Beweiß das ich recht hatte und sie weiß ja das ich recht hatte auch wenn sie es heute immer noch abstreitet ,he f3 alles OK ,gib es endlich zu ,kein Problem aber dieses Geheimnis nimmst du wohl mit ins Grab oder? der Name des neuen ist Jörg

,ach ha je und wohnen tut er in der a. Strasse na so ein Zufall ! Es gab zwei Möglichkeiten ,mich zusammen reißen, und weiter machen oder mich Umbringen, Umbringen erschien mir für zu früh ich wollte wenigstens noch 50 werden ,! f3 und ich sind Freunde geblieben wir telefonieren heute noch immer ,und es ist immer wieder schön von ihr zuhören ,ich liebe sie immer noch und es vergeht kein Tag an dem ich nicht an sie denken muss ,aber ich habe gelernt damit umzugehen ,aber sie war meine Frau und ich hätte damals alles gegeben um sie nicht zu verlieren alles ,ich 99fühlte einfach nur Liebe für sie ,von Kopf bis Fuß ,sie war die Frau das weiß ich heute noch besser als damals, und da wusste ich es auch schon, sie war die Frau für die ich gestorben wäre ohne mit der Wimper zu zucken ,das ist die Wahrheit! aber dazu gehören zwei und sie wollte nicht mehr ich habe nie erfahren warum das quälte mich lange und noch Heute ,und wenn wir telefonieren ist es schön zu erfahren und zu hören das es ihr gut geht ,sie hat sich verändert ,das muss ich feststellen und ich merke das es mit ihrem Freund alles gut ist ,ich hoffe das sie endlich angekommen ist, ich wünsche es den beiden ,und hoffe das sie so glücklich bleibt ,das freut mich sehr ,alles liebe meine Prinzessin "ich liebe dich für immer " !!!!!!!!!!!!!!!!!! eines ist Fakt und unumstößlich,zu ca 95% ,es gibt wenige Ausnahmen sehr wenige ,aber wenn eine langjährige Beziehung oder Ehe auseinander geht ,ist immer ein anderer oder andere im Spiel es gibt da schon immer einen oder eine ,und wenn auch nicht immer schon Fremd gegangen wurde so ist der Mensch schon im Kopf ,das habe ich festgestellt bei unzähligen Trennungen ,es gibt immer was neues ,man trennt sich nicht nach langer Zeit aus irgend welchen Gründen oder Kleinigkeiten ,aus banalen Gründen ,es gibt da so eine Zeit ca 2 Jahre dann kennt man den Partner,und weiß woran man ist ,und man hat akzeptiert wer er oder sie ist ,der Mensch ist dann zu feige,zu bequem, sich zu trennen ,er hat Angst alleine zu sein ,er nimmt dann einiges in kauf ,auch Finanzielle Dinge spielen eine 100Rolle ,man trennt sich nicht mehr ,außer da ist wer ,dann ist man bereit ,man denkt es wird dann alles besser ,man denkt anders ,man denkt es ist die große Liebe ,man ist bereit ,den ganzen Trennungsscheiß durchzumachen ,weil man meint es wird dann alles besser ,aber erst dann wenn da ein Neuer oder Neue ist vorher ist man nie soweit man ist einfach zu faul das ist eben so,es muß erst was neues her,damit der Beziehungskram weiter gehen kann ,und in der heutigen Zeit, durch Internet ,funkt immer einer dazwischen,es ist das Internet ,ich hasse es ,aber es wird der Tag kommen da mache ich es mir zunutze, der Tag kommt ,aber es ist noch nicht soweit ,aber er kommt ! Wenn man so geliebt hat wie ich dann reagieren viele Menschen immer anders ,der eine kann nie wieder was mit einer Frau Anfangen weil er so wie ich die eine nicht vergessen kann,und dann gibt es welche die reagieren so wie ich ,als es klar war und ich wusste zu 100% ich habe f3 verlohren für immer ,bin ich nach einer gewissen Zeit durchgedreht und Frauen waren nur noch Mittel zum Zweck ,denn ich hatte Bedürfnisse ,und die wollte ich stillen ,mir sind Frauen erst einmal egal gewesen ,es ging nur um Bedürfnisse ,nie wieder eine Frau so wie einige die ich kenne das kam für mich nicht in Frage ,auf gar keinen Fall ,ich lebe ja noch und brauche hin und wieder einen Frauenkörper ,ich hatte Gelüste ,und diese wollte ich auch befriedigen, mich neu zuverlieben schien mir erst einmal weit weg es ging nur um Gelüste ,Liebe nein danke 101kein Bock ,Blödsinn ,Schwachsinn ,es ging sehr schnell! im Taxi ,es ist nicht die Regel und eher sehr sehr selten aber es kommt vor ,und es passierte ,es sprach mich eine Frau an ! Sie war eine Thailänderin ,ich fand sie sehr hübsch ,sie war nicht so zierlich wie man sie so kennt ,eher robust ,aber genau weiß man das noch nicht ,ich sollte es bald wissen ! Meine Augen sind so traurig versuchte sie mir auf englisch zu sagen und so ging das Gespräch los ,sie sprach nur gebrochen Deutsch und wir einigten uns auf englisch !deine Augen sind so traurig ,aber wunderschön, OK, Klingel, Alarm, das war eine Vorlage die konnte ich gebrauchen ,und ich fing sofort an zu flirten ,unser Gespräch wurde intensiver ,und am Zielort angekommen gab sie mir ihre Telefonnummer und bat mich sie anzurufen ,ich versprach das in den nächsten Tagen zu machen ,und dann fuhr ich mit einem breiten grinsen im Gesicht weiter, das tat mir gut so richtig gut ,und ich wusste und war mir sicher das ich anrufen werde ! Ich habe dann angerufen sie war sehr nett und freundlich ,wir redeten auch nicht lange drum rum und haben uns für den nächsten Tag verabredet ,wir trafen uns zum Frühstück im Restaurante ,ich war zuerst dort und habe auf sie gewartet ,und als sie das Restaurante betrat sah ich sie in ganzer Größe ,ich war angenehm überrascht ,sie sah gut aus mit einem kurzen schwarzen Rock und hohen Schuhen ,machten ihre schönen Beine Eindruck auf mich ,sie hat mir gefallen ,sie erzählte mir eine ganze Menge von sich und 102irgendwann fragte sie, ob ich sie zur Arbeit fahren könnte ,ich fragte wo sie hin müsse ,und da ich die Strasse kannte ,willigte ich gleich ein ,im Auto ging die Unterhaltung nett weiter und dann standen wir vor ihrer Arbeit ,sie sah mich erwartungsvoll an ,und wollte eine Reaktion von mir ,ich tat so als wenn mich das nicht interessierte und fragte ob wir uns wiedersehen ,sie sagte sehr gerne ,aber hast du denn nichts zu sagen ,ich ,nein alles OK ,ich rufe dich Morgen an versprochen ,sie sah mich an und meinte du rufst an? Ich ja versprochen ,sie nahm mein Gesicht in ihre schönen Hände und gab mir ganz sanft einen Kuss ! Ich stieg in mein Auto und fuhr los sie stand da und winkte mir hinterher und ich machte mir so meine Gedanken ,es rotierte in meinem Kopf und ich dachte egal die weiß wenigstens wo es lang geht und ich freute mich auf das nächste Treffen mit ihr ,sie war eine Prostituierte !!!!!!!!!!!!!!!!!!!!!! Wie versprochen rief ich sie an ,ich konnte an ihrer Stimme erkennen das sie sich freute ,aber etwas überrascht war ,wir verabredeten uns ,an einem Tag wo sie frei hatte ! Der Tag war da ich wartete an einen Ort den wir ausgemacht haben und schon sah ich sie im Rückspiegel sie sah sehr hübsch aus ,wir begrüssten uns mit einem Kuss auf dem Mund ,sie wollte an einer Tankstelle ,eine Flasche Rotwein kaufen ,und dann zu einen Berg fahren und den Tag genießen ,das machten wir dann auch ,das Wetter war herrlich und sehr sonnig ,als wir den Weg hoch zum Berg gegangen sind ,nahm sie mich 103an die Hand ,es war schön aber ich merkte das ich nicht laufen konnte ich bekam keine Luft ,und fühlte mich nicht wohl ,aber ich habe mich zusammen gerissen und mir nichts anmerken lassen ,es war gut das sie nicht so weit wollte ,und wir setzten uns ziemlich bald ins Gras ,ich machte ihre Flasche auf und sie drehte in der Zeit eine Tüte für sich ! Es dauerte auch nicht lange und wir haben wild rumgeknutscht, und den Tag genossen ,ich brachte sie dann nachhause oder in die nähe ,ich sollte sie vorher absetzen ,wir verabredeten uns fürs nächste mal ,sie wollte mit mir einkaufen ,und für mich kochen ,bei mir zuhause ,na darauf freute ich mich doch schon ,sofort! Ich holte sie ab und wir gingen einkaufen ,wir lachte und alberten die ganze Zeit rum ,und sie hat alles bezahlt ,bei mir zuhause machte sie sich mit meiner Küche vertraut das war nicht schwer denn es gab kaum etwas dort drin ,sie fing sofort an zu kochen und man hat gesehen das sie wusste was sie dort machte ,wir haben dann gemütlich gegessen ,es war absolut lecker ,sie trank wieder Rotwein und eine Tüte hat sie sich auch wieder gedreht ,wir haben geredet und dann habe ich gesehen das nicht nur das Essen lecker ist was sie kochte, ich hatte sie bei unserer ersten Begegnung so auf ca 30-35 Jahre geschätzt, sie war aber 44 ,und jetzt als es losging und ich sie das erste mal nackend sah waren es eher 30 ,sie war sehr erotisch und schön ,und wie angenommen ,sie wusste was sie macht ! Ich war aber nicht im geringsten verliebt ,nein überhaupt 104nicht ,der einzige der verliebt war und das denken übernahm war er! Sie war wirklich sehr nett und mein Englisch wurde immer besser aber tiefgründige Gespräch waren irgendwie nicht möglich ,es blieb alles eher Oberflächlich, und Öde ich habe gemerkt das ich mit der Mentalität nicht so richtig klar komme ,aber erst einmal Füße stillhalten und sehen was so passiert ! Sie rief mich irgendwann an und fragte mich ob ich sie zu einer Party begleite ,es war an einem Sonntag und ich mußte kein Taxi fahren also dachte ich ,kann ja vielleicht nett werden ,sie meinte aber du musst dich etwas netter anziehen ,alles klar kein Problem ! Ich holte sie dann Sonntag ab, und als sie in mein Auto stieg sagte ich nur noch wow ,sie war aufgestrapst vom allerfeinsten ,sie sah super aus ,sie sagte wo es hin geht und ich fuhr los ,dort angekommen ,ging es in einem alten Wohnhaus 4 Treppen hoch und ich merkte wieder das ich nicht in Form war ich japste nach Luft wie ein 80 jähriger ,oben angekommen war ich total fertig ! Die Tür öffnete eine Asiaten ,es war sehr laut ,ich stand in einer völlig abgedrehten Wohnung ,es waren nur Asiaten dort die sich wild gestikulierend unterhielten ,es war völlig überfüllt obwohl die Wohnung Riesen groß war ,es waren nicht nur Thailänder ,wie ich zu erkennen glaubte es waren auch Japaner dabei ,die Thailänderin mischte sich ins Getümmel und ich stand da so alleine rum ,und kam mir völlig deplatziert vor ,es kam dann ein Japaner auf mich zu und unterhielt sich mit mir er sprach recht gut deutsch ,und 105er bot mir eine Tüte an ,ich zog wie verrückt daran ohne zu wissen was es überhaupt ist ,irgendwann kam die Thailänderin zurück ,auch mit einer Tüte und überhaupt waren dort überall Tüten und ich zog überall drann wo sie mir hingehalten wurden ! Die Thailänderin sagte mir das viele Großraumtaxen bestellt werden und wir weiter ziehen zu einer großen Party ,naja ich fand diese eigentlich schon groß und Abgefahren aber gut mal sehen was da so kommt ,ich merkte das ich schon ziemlich glatt war vom Kiffen ! Es drehte sich alles im Kopf ,und es ging los ,die Thailänderin nahm mich an die Hand und ging mit mir und einigen anderen die Treppe runter es standen drei Taxen vor der Tür und Riesen Diskussion ,hin und her und schon saßen wir alle wohl verteil im Taxi als wir losfuhren konnte ich noch erkennen das schon neue in Anflug waren ,es war sehr laut ,und der Fahrer war genervt das konnte ich erkennen ,ich lag schon völlig fertig bei der Thailänderin im Arm die sich im Taxi rührend um meinen

Mund ,mit ihrer Zunge kümmerte ,ich sah ab
und zu aus dem Fenster und konnte erkennen
das wir in den angesagtesten Bezirk in unserer
Stadt fuhren ,es war ein Palawa im Taxi ,wenn
ich der Fahrer gewesen wäre hätte mich das
angekotzt ,aber so fühlte ich mich eigentlich
ganz wohl ,als wir angekommen waren
,stürmten alle aus dem Taxi und wir standen
vor einem großen Gebäude das mir nicht
bekannt war ,es dröhnte laute techno- Musik
aus der großen mit Holzschnitzerei verzierten
Eingangstür 106!wir liefen einen kleinen Gang
entlang die Musik wurde immer lauter ,es
kamen uns abgefahrene asiatische Typen
entgegen ,und von einmal standen wir mitten in
einem stillgelegten Hallenbad! Ich dachte nur
man was ist den hier los ,ich war echt völlig
baff ,ich stand da und beobachtete ganz genau
das Treiben ,es tummelten sich nackte Asiaten
im Wasserbecken ,wovon einige auch ungeniert
Sex hatten ,in einer Ecke sah ich so was wie
Samuraikämpfer die mit ihren Schwertern
rumfuchtelten ,und auf der anderen Seite stand
ein grosses Podest wo wild nach der techno-
Musik getanzt wurde ,die Thailänderin zog mich
wie ein kleines Kind hinter sich her ,sie
begrüßte eine Gruppe Asiaten ganz herzlich
,und schon hatten wir wieder eine Tüte in der
Hand ,dann zog sie mich auf das Podest und wir
fingen wild an zu tanzen ,aber ständig reichte
mir irgend jemand eine Tüte hin ,ich zog an
allem was mir in die Hände kam ,irgend wann
zog die Thailänderin mich in einen Raum wo es
ruhiger war ,dort begrüßte sie einen Mann der

ich glaube Japaner war ,er war völlig abgedreht angezogen ,und alle die mit ihm sprachen hatten den größten Respekt vor ihm ,das konnte man sehr gut erkennen, er hatte lange graue Haare die bis fast zum Hintern reichten ,er trug sie offen ich habe ihn so auf CA 60 Jahre geschätzt und sein auftreten war absolut Souveren ,wir setzten uns an einen kleinen Tisch zu anderen ,und die Thailänderin fing an sich sehr laut und hektisch zu unterhalten ,und dann steckte sie ihre Nase in eine Schachtel die auf dem 107Tisch stand ,sie schob mir die Schachtel rüber und sagte zieh, ich schaute sie mir an ,sie war aus Gold ,keine Ahnung ob es echt war aber der Inhalt war echt und ich sagte yes no Problem ,und ich zog ,dann reichte sie mir wieder eine Tüte rüber und ich sagte nur noch no Problem ,mir war alles egal ,ich blickte so gut wie nicht mehr durch und zog ,sie zog mich durch die Gänge und dann am Wasserbecken vorbei ,wo immer noch wildes treiben herschte ,bei mir spielte sich alles nur noch schemenhaft ab ,und wir standen plötzlich vor einer mit Neonlicht grell beleuchteten Bar ,dahinter drei Männer mit weißen Anzügen ,und die Thailänderin flüsterte einem was ins Ohr und er bereitete zwei Drinks zu ,er machte auf einem Löffel Zuckerstückchen und darauf Tropfen ,er machte das mit einem silbernen Feuerzeug warm ,und dann tat er das in eine Flüssigkeit die aussah wie Wasser ,raus kam eine trübe hellgrüne Brühe die er in zwei Gläser kippte und sie uns hinstellte ,die Thailänderin gab mir ein Glass rüber und sagte trink ,ich sagte na was wohl? no Problem ,es schmeckte eklig ,ich saß danach nur noch in einen Sessel und beobachtete das alles und wenn was in meiner hand landete dann zog ich ,irgendwann kam die Thailänderin und nahm mich an die Hand ,und zog mich hinter sich her ,es war alles nur noch abgehackt, manchmal in Zeitlupe ,ich blickte nicht mehr durch ,ich hatte keine Ahnung mehr was so abging ,ich erkannte nur noch den Ausgang den wir ansteuerten ,und schon standen wir draußen vor der großen Tür ,es fuhr eine 108Taxe vor und sie zog mich dort rein ,ich schmiss mich hinten auf die Rückbank, legte meinen Kopf in ihren Schoß ,und in dem Moment gingen bei mir die Lichter aus ,ich wusste nicht wohin die Reise ging ! Ich machte meine Augen auf ,ich merkte einen heftigen Schmerz in meinem Kopf ,ein stechen und drücken ich glaubte er platzt gleich wo war ich, vorsichtig versuchte ich mich umzuschauen und dann konnte ich meine Digitaluhr von meinem Rekorder erkennen es war 10Uhr2 Minuten ,ich war zuhause in meinem Bett, und ich war froh darüber ,und dachte kurz nach was war denn Gestern noch so passiert wie komme ich hier her in mein Bett ? Ich versucht mich langsam aufzusetzen ,da merkte ich fremde Haut in meinem Bett ,ich schaute vorsichtig rüber und sah die Thailänderin ,ich setzte mich dann richtig auf und sah vor entsetzen ,neben der Thailänderin lag eine ganz kleine zarte Japanerin ,ich habe mich erschrocken und dachte was ist denn losgewesen hier in meiner Wohnung ,ich stieg vorsichtig aus dem Bett und merkte ich war nackend ,ich riskierte noch einen Blick auf die Asiatinnen ,es war kein unangenehmer Anblick der dort war in meinem Bett ,ich schlich aus dem Schlafzimmer und ging über den Flur, ich sah merkwürdige dinge im Flur aber egal erst einmal pinkeln gehen, ich kam ins Bad und habe mich mächtig erschrocken ,meine sehr hellen Bodenfliesen waren voller Blut überall Blut auch in der Badewanne, und an der Toilette ,es war wie in einem Horror Film ,ich war leicht panisch,und dann sah ich das er 109,meiner, genau der, auch voller Blut war und nun konnte ich mir den Rest denken ,nach dem pinkeln bin ich nackend ins Wohnzimmer gelaufen und dachte mich trifft der Schlag was war los heute Nacht ,es lagen hunderte von Gummibärchen auf dem Laminat ,und Rotweinflaschen wo das Auge auch hinsah ,ein Glass war umgefallen und lag auf der Erde und der Rotwein auf dem Laminat es sah aus wie in einem schlechten Film ,ich wusste nicht was passiert war ,keine Ahnung der komplette Filmriss , volle Aschenbecher mit teilweise nicht aufgerauchten Tüten ,und es stank erbärmlich ich riss erst einmal die Balkontür auf ,um zu lüften ,nun wurde es Zeit die Asiatinnen zu wecken ,ich stand vor dem Bett und schaute von oben darauf ,es war ein netter Anblick ,die Japanerin war echt niedlich ! Als die beiden wach wurden merkte man ihnen an das auch sie einen dicken Kopf hatten ,auf die Frage ,was Gestern so alles passierte ,fingen sie an zu lachen ,sie hatten es eilig als sie mitbekamen wie spät es ist ,wir bestellten uns dann ein Taxi und fuhren zu meinem Auto ,sie wollten zur Arbeit ,ich fuhr sie dann dort hin,vor der Tür des Bordells,verabschiedeten wir uns noch sehr innig ! Ich weiß nicht was passiert war,aber ich nehme an das es der Traum so vieler Männer war, aber ich weiß von nichts und deshalb zählt es nicht, ich habe auch gemerkt das die Art und Mentalität der Asiatinnen nichts für mich ist ,es hat mich genervt ,ich habe sie den nächsten Tag angerufen und die Sache beendet, sie war ruhig und gefasst ,es 110war kein Problem für sie ,wir haben uns nie wieder gesehen ,und ich habe erst einmal einen Aidstest machen lassen, und erfuhr später das alles in Ordnung war ! Ich habe sehr viel trainiert aber nur mit Hanteln ,und da ich wusste wie das richtig funktioniert ,sah ich körperlich für mein Alter sehr gut aus ,ich habe öfters versucht meine schlechte Kondition aufzubauen aber in dem Bereich tat sich nichts ich konnte nicht trainieren ,ich bekam einfach keine Luft und so kam ich nicht weiter ,das Hanteltraining strengte mich auch weit mehr an als es früher der Fall war ,wenn ich nachhause kam schlief ich sofort auf dem Sofa ein ! Irgendwie ging es mir Scheiße ,ich merkte das aber ich ignorierte das auch ! Eines Tages beim Training ,ich bin an dem Tag mal Nachmittags gegangen aus irgend einem Grund ,sonst war meine Trainingszeit immer Vormittags, da habe ich eine Frau getroffen die schon kannte ,auch sie hatte ihren Sohn bei f2 in der Tagesgroßpflegestelle, ihr habe ich damals Beachtung geschenkt ich fand sie schon immer sehr hübsch ,sie war für eine gewisse Zeit ,auch eine Freundin von f2,viel hatte ich nicht mit ihr zu tun aber ich kannte sie und so kamen wir natürlich gleich ins Gespräch , mir ist gleich aufgefallen wie alt sie geworden ist ,aber bei mir waren Frauen in meinem Alter alle alt ,nach f3 die so wahnsinnig Jung aussah ,ich wusste das ihr Vater eine große Spedition hatte und sehr Reich war ,wie es ihr so ging wusste ich bis dahin noch nicht ,aber als wir uns unterhalten haben nachte sie keinen Hehl 111daraus das die Firma jetzt ihr und ihren Schwestern gehört ,und das es ihr finanziell nicht gerade schlecht geht ,hat sie mir auch gleich zu verstehen gegeben ,die kleine süße Richy rich ! Wir tauschten unsere Telefonnummern aus und ich sollte wenn ich Lust habe anrufen um zu reden ,ich merkte das sie Probleme mit einem Mann hatte und ich hatte ja auch Liebeskummer wegen f3 ,also wollten ,wir reden ! Das haben wir dann auch getan und das Telefonat hat mir sehr gut getan ,und ihr auch ,sie hatte auch gerade eine Trennung hinter sich ,aber sie wollte ihn wieder haben ! Sie war der Meinung wir könnten Freunde bleiben ,ich hatte nichts dagegen ,mit ihr konnte ich sehr gut lachen ,unser Humor war der gleiche ,aber ich konnte mir auch mehr vorstellen kein Problem ,irgendwie war das in meinem Kopf ! Es dauerte nicht lange und ich war bei ihr zuhause ,sie hatte nichts dagegen das ich sie besuche ,sie zeigte mir gleich ihre ganze Wohnung ,bis ins letzte Detail und da merkte ich wie gut es ihr geht ,es war sehr luxuriös bei ihr alles sehr chick genau wie ihre Kleidung ,sie hatte echt guten Geschmack ,sie hatte Klasse ,und sie gefiel mir von Sec zu Sec besser ,aber ich blieb erst einmal zurückhaltend ,und machte auf verständnisvoll und den Kumpel ,aber in meinem Kopf habe ich sie schon ausgezogen ! Wir lästerten den Abend über unsere Expartner rum ich über ihren Autohändler und sie über f3 ,aber ich weiß das wir es beide nicht so ernst meinten den sie war noch in ihren Autohändler verliebt und ich in 112f3 das war klar aber wir haben uns Mut zugesprochen ! Wir haben uns dann zu einem Spaziergang in den Wald verabredet 2 Tage später ,ich habe schon dort auf dem Parkplatz auf sie gewartet ,ich war aufgeregt ,und dann kam sie angerauscht in ihrem BMW Cobriolet die teure Sonnenbrille auf der Nase ,es war doch ein traumhafter Anblick als sie so auf mich zugefahren kam,ich habe ihr erklärt das ich mir vorstellen kann das wir gute Freunde bleiben ,aber das ich mir auch mehr vorstellen kann ,viel mehr ,aber sie sagte das sie es süß findet und geschmeichelt ist aber ich überhaupt nicht ihr Typ bin ! Das habe ich erst einmal so hingenommen ! Ich habe sie dann wieder beim Training getroffen und danach auf dem Parkplatz gewartet bis sie fertig war ,und sie hatte echt schlechte Laune als sie rauskam, sie sah mich mit ihren riesigen grünen Kulleraugen an ,ihr Gesicht war in diesem Moment sehr böse aggressiv und von oben herab ,und sie sagte,was willst du ,merkst du nicht ,uns trennen Welten ,das passt nicht ,uns trennen einfach Welten ! Das war der Startschuss für mich ,und mir war in diesem Moment klar ,die will ich ! Richy rich du kleine arrogante Ziege ,wir werden sehen ! Ich habe sie zum Essen eingeladen ,sie sagte ja ,sie hat mich mit ihrem BMW abgeholt und ist gleich rechts rüber gerutscht ich durfte fahren ,ich habe auch das Restaurante ausgesucht ,da kannte ich mich aus ,aus der Zeit mit der Pankowerin ,ein sehr guter Italiener sollte es sein ,und dann habe ich beim Essen einen riesigen Schweiß Ausbruch bekommen ,es ging mir nicht so 113gut habe es mir aber nicht anmerken lassen ,ich weiss noch wie sie mich angesehen hat ,es hat ihr nicht gefallen konnte sie nicht drüber lachen ,aber ich habe zu der Zeit oft solche Ausbrüche bekommen ,ich merkte es war ihr peinlich ,und ich bekam immer mehr mit was sie für eine Frau war ,sie war so was von pingelig ,es war extrem !Ordnung, Sauberkeit ,Pflege, das war ihr ein und alles ,ich war da nicht ganz so drauf ,es wude aber noch ein netter Abend ,nach dem Essen bin ich mit ihr einen Berg hochgefahren wir parkten dort und mußten noch einen Weg im dunkelen laufen ich wollte ihr unsere Stadt von oben in dunkelen zeigen ich kannte mich dort gut aus ,ich und der Pole haben dort oft trainiert ,ich hatte sogar Lampen und eine dicke Jacke für Richy rich mit ,sie hackte sich bei mir ein ,es war mir sehr angenehm ,aber wir hörten dann so gerade nur 2 Meter von uns entfernt Wildschweine grunzen ,da bekamen wir Angst und sind umgedreht und schnellen Schrittes zum Auto zurück ,wir haben uns dann totgelacht darüber ,ich hatte noch ein Plätzchen in petto wo wir dann hinfuhren ,wir saßen dort auf einer Bank ,und schauten runter zu den Booten die im Wasser ankerten ,und plötzlich lehnte sie sich mit ihrem Rücken an meiner Vorderseite an ,sie sagte alte Kumpels können ruhig mal so sitzen,in diesem Moment ,merkte ich das sie eine enorme Anziehungskraft auf mich hatte ,es war der Geruch ihrer Haare ihr Geruch selbst ,sie leicht zu spüren war mir sehr angenehm ,und nun wusste ich ,die will ich noch mehr 114als vorher ! Wir verabschiedeten uns normal ,haben dann öfters telefoniert und ,ich habe es geschaft ,und sie überredet das sie ,dann mal einen Abend zu mir kommt ,zum Essen ,und ich wusste und war mir sicher nun wird es schwer für sie ! Sie kam dann auch sehr pünktlich und als sie meine Wohnung betrat konnte sie es nicht fassen wie man so ärmlich ,leben kann und muß ,sie war nicht gerade begeistert,sie hat es nicht verstanden das ich vor kurzem bei null angefangen habe und nicht viel Geld hatte um mir alles neu zu kaufen ,sie hat so vieles nicht verstanden ,es war merkwürdig ,aber sie verstand immer alles nicht ! Ich hatte ein Geschenk für sie gekauft und wollte das sie es auspackt,sie setzte sich auf mein Sofa ,ich hatte Glück das es bei mir sauber war mit der Sauberkeit in der Wohnung war sie zufrieden ,sie packte ihr Geschenk aus und mußte herzlich lachen ,denn Humor hatte sie wirklich ,es waren ein paar Hausschuhe ,eine Zahnbürste,eine Kaffeetasse,und ein Weinglas für sie drin ,was ja alles sagte ! Wir haben schön gegessen und es wurde immer netter ,plötzlich saß sie mir gegenüber auf dem Sofa schaute mich mit den schönsten Augen die ich jemals sah an und sagte zu mir ! Als ich sagte ,du bist nicht mein Typ habe ich gelogen ,ich finde dich sehr hübsch mit deinen blauen Augen und ich kann mir auch alles vorstellen ,und nun möchte ich wissen ob ich dich riechen und schmecken kann Blauauge, lass es uns machen sofort ! Ich war sehr sehr doll aufgeregt , habe es mir aber nicht anmerken lassen und wir haben es 115getan ,wir haben es die ganze Nacht getan ,und es war eine traumhafte Nacht ! Sie hat auch gleich bei mir geschlafen und hat ihre Zahnbürste gebraucht die in ihrem Päckchen war ,ich habe ihr dann ein schönes Frühstück gemacht ,und sie ist dann nachause gefahren ,und sie wusste dann das sie mich riechen und schmecken kann,und ich wusste nach dieser Nacht das es noch keine Frau in meinem Leben gab die eine solche sexuelle Anziehungskraft auf mich hatte ,es war wunderschön mit ihr ,sie hatte enorme Anziehungskraft auf mich ! Wir haben uns dann eine Woche später wieder bei ihr getroffen und es war klar wir wollten wieder eine Nacht miteinander verbringen ,ich bin dann hingefahren ,sie öffnete die Tür sie hatte Zöpfe und sah echt süß damit aus ,aber ich habe gleich gemerkt das was nicht stimmt ,und sie sagte wir müssen reden ,ja gut ,sie sagte das gestern Abend der Autohändler vorbei kam um zu reden und sie haben beschlossen ,es noch einmal zu versuchen ,und sie haben die Nacht zusammen verbracht ! Meine Antwort war nur kurz und trocken ,ich sagte ,und was ändert das an unsere Nacht Heute ,sie sah mich an und mußte lachen ,und es wurde wieder eine fantastische Nacht ! Obwohl wir uns super verstanden und uns stundenlang totlachten und der Sex wunderschön war ,sollte es jetzt schon vorbei sein ,ich fuhr den nächsten Morgen nachhause und es war klar die Sache ist beendet ,ich war etwas geknickt aber nur etwas ! Aber wir telefonierten weiter miteinander und der Autohändler 116machte sau blöde Fehler und es hat nicht funktioniert ,mit den beiden es war schnell wieder vorbei und Richy rich und ich trafen uns wieder,aber jetzt ging es los ich habe sie richtig kennengelernt ,wenn es was werden soll mit uns beiden sagte sie müsse ich dies und das und jenes ändern die Liste nahm kein Ende es wurde immer mehr ,sie ließ die Prinzessin und den Chef raushängen ,aber einiges davon war mir mega egal und ich änderte es sehr schnell ,wir trafen uns aber immer heimlisch es durfte keiner was erfahren ,sie hat sich dafür geschämt das sie mit einem armen Taxifahrer zusammen war ,es war ihr peinlich ,ich hatte nichts zu suchen in dieser Ehrenwerten Familie ,es war schon verletzend was sie so alles von sich gegeben hat ,aber ganz ehrlich es war mir egal es war mir schnuppe ,ich wollte nur ab und zu eine Nacht mit ihr verbringen alles weitere würde sich schon finden ! Wir trafen uns weiter immer dann wenn ihre Tochter beim Vater war ,ja sie hatte noch eine Tochter und sie war sogar noch nicht annähernd so alt wie man bei ihr annehmen sollte ,sie hatte auch einen Sohn der war aber schon groß und lebte in seiner Wohnung ! Und eines Tages fuhr ich zu ihr ich hatte ihre Lieblingsschokolade dabei ,als sie die Tür öffnete hiel ich mir diese vors Gesicht und sagte die ist für uns und das hier ist für dich ich nahm die Schokolade runter und hatte meinen Vollbart abrasiert der störte sie schon von Anfang an ! Die Reaktion darauf war von ihrer Seite aus überschwänglich gerade zu verrückt sie schmiss mich aufs 117Sofa und sagte mir ständig wie toll ich aussehe sie hat mich halb vergewaltigt es war nicht normal und sie sagte das sie mich jetzt ihrer Tochter vorstellen kann und überhaupt bin ich jetzt ihr Freund ,aha he es war doch nur ein Bart mehr nicht ,ich wusste es schon vorher aber ab jetzt war es klar sie war die oberflächlichste Frau die ich je kennengelernt habe, und es wurde noch viel besser mit ihr ! Ich lernte dann ihre Tochter kennen und auch ihre Schwestern ,die alle sehr nett waren ,die einzige die Scheiße war ,das war richy rich ,sie war so Scheiße das mußte ich jetzt spüren ! Eines Abends waren wir bei mir verabredet und sie kam viel zu spät ,als sie meine Wohnung betrat sah ich ihr schon im Gesicht ihre schlechte Laune an ,und sie fackelte auch nicht lange und machte gleich Schluss mit mir ,die Gründe dafür ,ich bin nicht der richtige ,ich wäre zu Arm und sie müßte sich mit mir schämen ,mit einem einfachen Taxifahrer das geht nicht sie beendet jetzt diese Sache sie ist zu gut für mich ! Dann verließ sie meine Wohnung und ich stand erst einmal etwas geschockt da ,ich war traurig ,ich habe das nicht verstanden ,sie war immer gut drauf und wir hatten viel Spaß zusammen ,solch eine Laune kannte ich gar nicht bei ihr ,aber ich sollte sie noch besser kennenlernen ,die feine richy rich ! Ich hatte sie bis zu diesem Abend echt lieb gehabt und unsere Nächte waren immer etwas besonderes ,aber gut dann ist es eben vorbei ! Es dauerte aber nicht lange und sie hat sich wieder gemeldet ,mit einer sms dort stand nur Hallo ,und ich habe sie dann 118angerufen ,sie tat so als wenn nichts passiert sei ,und schon haben wir uns wieder getroffen und die Nacht zusammen verbracht ,das dauerte so ca 2 Wochen und dann mußte ich wieder ihr Gesicht ertragen und dann wusste ich auch was passiert ,es war extrem, in ihrem Gesicht konnte ich alles lesen ,sie war wie ein offenes Buch für mich ,sie sagte dann so einige Dinge wie du bist ein Ranztyp und sie hat mich immer beleidigt und dann sagte sie ich empfinde nichts bitte verlasse meine Wohnung ,ich war dann immer sehr ruhig und bin dann ganz lieb gegangen hatte keinen Bock auf Stress ,ich wusste nach dem was mit f3 passiert ist das es Stress für mich wegen einer Frau nicht mehr geben wird ,also zog ich ab ,und dachte das es jetzt endgültig erledigt ist ! Aber irgendwann kam wieder die berühmte sms und ich ganz brav wie ich nun mal bin habe gleich angerufen ,sie sagte dann meist ich wollte nur hören wie es dir geht ,denn du tust mir ja auch leid ,das war für mich der Startschuss ,ich konnte sie manipulieren mit Worten ich habe ihr einen Knopf an die Backe gefaselt ,sie war zulenken ,ich konnte machen was ich wollte mit ihr am Ende landeten wir doch wieder im Bett ,sie konnte mir geistig nicht das Wasser reichen sie hat sich von mir manipulieren lassen und hat es nicht einmal gemerkt ,ich brauchte sie bloß am Telefon haben das war gleichbedeutend mit, ich habe sie auch bald im Bett ! Und schon verbrachten wir wieder die Nacht zusammen,und dann war sie immer sehr süß ,und sagte immer ich weiß nicht warum ich das mache ,denn du bist der 119richtige ! Na klar innerlich habe ich nur gelacht,und Morgens beim Frühstück fing sie dann an Pläne für die Zukunft zu machen ,manchmal dachte ich aber nur zu Anfang sie meint es ernst,und dann habe ich überlegt ob ich überhaupt Lust dazu habe ,und das Ergebnis war im das selbe, nein danke ! Es ging dann immer so 2 Wochen gut und dann wurde sie richtig eklig und böse ihre Beleidigungen nahmen dann kein Ende bis ich dann das Haus verließ ,und nun wusste ich das ich wieder warten muß bis die berühmte sms kommt ! Viele Freunde fragten ob ich noch ganz dicht bin und warum ich das alles mit machte, die Antwort ist ganz einfach ,ich hatte nichts besseres zu tun und sie hatte eben diese enorme sexuelle Anziehungskraft auf mich ,ansonsten konnte ich sie nicht einmal richtig leiden ! Einmal nach dem sie Schluss gemacht hatte bin ich zu ihr hin und wollte mal mit ihr reden ,sie sagte ja ,ich habe mit ihr auf dem Sofa gesessen und eine Rede gehalten ich habe gar nicht mehr aufgehört ,ich habe, und das alles ruhig und sachlich, Dinge gesagt die sie überhaupt nicht verstanden hat sie konnte nicht folgen sie begriff gar nicht was ich sagen wollte ,sie blickte einfach nicht durch ,denn dafür gab es auch einen Grund ! Für mich war klar das ich eine andere Frau brauche und bis ich sie gefunden habe .wollte ich richy rich weiter ausnutzen und manipulieren,ich habe sie immer in den Glauben gelassen ,das ich sie liebe ,und sie wusste das sie nur mit dem Finger schnippsen mußte und ich war für sie da ,aber sie wusste nicht das sie mir egal war 120und ich sie nur solange ausnutzte bis die richtige da ist ,geliebt habe ich sie nie ,dazu war sie einfach zu Scheiße ! Sie war einfach auf einem Höhenflug ,ein Mann musste bei ihr wunderschön sein ,der Körper mußte stimmen ,schlau mußte er sein und Macht und Geld musste auch sein ,das ganze Pogramm ,aber sie hat nie verstanden das so ein Mann sich doch lieber was jüngeres nimmt ,denn bei ihr konnte man doch so an einigen stellen sehen wie alt sie ist ,das hat sie aber nie realistisch gesehen da hatte sie ein Brett vorm Kopf so wie in vielen anderen Dingen auch ! Sie hat die Firma von ihrem Vater geerbt, das war alles und nun hatte sie Geld ,und damit machte sie auch einiges sie hatte irgendwie vom Leben Ahnung ,sie besaß so eine Bauernschläue ,sie war sehr gut fürs Alter abgesichert und konnte sich alles leisten ,sie war ca 30 Jahre bei ihrem Vater, und in der Firma blickte sie auch gut durch obwohl der Kopf in der Firma war wohl ihre Schwester ,sie vertrat diese auch nach außen hin ,das war auch besser so ! ich jedenfalls suchte mir was neues was aber nicht so einfach in meinem Alter war ,ich bediente mich des Internets Single Portale waren angesagt ,und wenn richy rich rief war ich eben zur Stelle denn ich stand ja nun einmal auf Sex ,ich spielte den verliebten und es war alles geritzt ! So ging es weiter ,ich suchte und mit richy rich hatte ich weiter Sex ! Ich hatte dann einige Treffen aus dem Internet ,musste aber schnell feststellen das Bilder und telefonieren nichts mit der Wirklichkeit zu tun hatten ,wenn man sich 121traf sah das alles ganz anders aus die Frauen sahen nie so aus wie auf den Fotos und das Gewicht wurde auch meist um mehrere Kilo überschritten ,es gab da eine die empfing mich gleich mit den Worten ,tut mir leid ich habe in den letzten Wochen so zugenommen ,ich sagte nur ja so ca 30 Kilo kann das sein,und schon war ich wieder weg ,meist war ich dann gefrustet und rief richy rich an ! Und dann sah ich wieder wie wunderschön sie ist ,schade das sie so scheiße war ! Dann gab es da die mit der ich schon stundenlang telefoniert hatte ,beim Treffen sah sie mich an und mich durchfuhr ein Blitz sie war einfach nur hässlich und völlig ungepfleg ein Monster gerade zu ,aber am Telefon beschrieb sie sich als sehr attraktiv ,und die Männer sind verrückt nach ihr ,sie sagte aber nicht die blinden Männer ! Sie sagte, und setzen wir uns hin und trinken einen Kaffee ,ich sagte wir beide sitzen nirgendwo und dann bin ich geflüchtet ,und wohin na klar zu richy rich ! Manchmal lief es eine Zeit lang auch ganz gut ,sie fuhr mit ihrer Tochter in den Urlaub ,das war ungewöhnlich sonst flog sie immer ,und wir machten aus das ich sie für ein paar Tage besuche ,sie waren in so einem Ferienpark ,ich bin dann auch ins Auto geklettert und habe sie in ihrem Ferienhaus besucht und es war sehr sehr schön wir drei kamen super miteinander aus und es waren fantastische 4 Tage ,ich bin dann wieder zurück und ,sie kam dann 3 Tage später auch nachhause ,es ging dann weiter gut aber dann war es wieder soweit ,ich mußte ihr Gesicht ertragen 122mich beleidigen lassen und sie hat es wieder beendet ! Ich machte wie immer den traurigen und habe weiter gesucht, es gab wieder einige Treffen ,es gab auch nette darunter ,ich wusste gleich nein sie ist es nicht trotzdem verbrachte man einen netten lustigen Abend miteinander ! Dann irgendwann schrieb mich eine Frau im Singleportal an sie war mir eigentlich zu jung und sah auf den Bildern super aus ,wir haben dann mal miteinander telefoniert und sie war mir auch noch super symphatisch ,es gab stundenlange Gespräche ,ich wunderte mich ,ich fand mich zu alt für sie obwohl es nur 7 Jahre waren aber ich suchte echt in meinem Alter ,aber sie sagte das sie viel älter aussieht da sie kein gutes Leben hatte ,ich ließ mich breit schlagen und habe mich mit ihr getroffen ,an einem Punkt denn wir ausmachten, ich fuhr mit dem Auto langsam zu diesem Punkt und konnte sie schon von weitem sehen ,sie hatte lange schwarze Haare ,die konnte man nicht übersehen ,sie war klein und sehr schlank ,ich hielt an und sie stieg in meinen Auto ,wir saßen da und haben uns angesehen ,und angelächelt ,sie hatte recht sie sah weit älter aus, tiefe Falten durchfuhren ihr Gesicht sie sah Krank aus ,und ich dachte so ,mein Gott was hast du denn so alles im Leben durchgemacht ,man sah sie, und sah das sie vom Leben gezeichnet war ,sie hatte wunderschöne grüne Augen die ganz traurig dreinblickten ,ich mochte sie vom der ersten Sekunde an ,wir fuhren zu einem Kaffee und setzten uns rein ,wir unterhielten uns ewig ,sie war nett 123,sie war menschlich mein Fall ,ich mochte sie von Minute zu Minute mehr ,als wir das Kaffee verließen ,wollten wir erst einmal eine rauchen ,wir wollten uns dazu ins Auto setzen ,ich machte ihr die Beifahrertür auf und sie stieg ein ,sie beugte sich über den Sitz und zog den Knopf von der Fahrertür hoch damit ich nicht aufschließen musste ,in diesem Moment wusste ich das sie was besonderes war ,mein Auto ist sehr alt und hat keine Zentralverrieglung ! Es gab mal in einem Film eine Szene ,die mir nie wieder aus dem Kopf ging ,diese Szene hinterließ bleibenden Eindruck bei mir ! Ein Mafia Boss hatte einen Jungen er war nicht sein Sohn aber er mochte ihn und hat sich um ihn gekümmert,der Junge hat ein Mädchen kennengelernt ,und erzählte dem Mafiaboss das er ein Date mit ihr hat ,der Boss sagte zu ihm ,das er seinen Wagen haben könne um sie standesgemäß abzuholen ,der Junge freute sich darüber ,und der Boss sagte Junge pass gut auf ,du mußt deiner Freundin die Tür aufschliessen und du wartest bis sie eingestiegen ist dann machst du die Tür zu ,dann gehst du ganz langsam um das Auto zur Fahrertür und beobachtest ob sie sich über den Sitz beugt und den Knopf hoch zieht damit du einsteigen kannst ,wenn sie das tut ist sie die richtige,wenn sie es nicht macht ist sie die falsche , in dem Film tat sie es ! Und seitdem beobachte ich immer ob eine Frau das macht aber es gab da noch keine auf diese Idee ist noch keine gekommen ,richy rich sowieso nicht ,sie war zu fein um in mein Auto zu steigen aber einmal gab es eine 124Situation da mußte es sein sie kam nicht drum rum ,aber den Knopf hat sie nicht hochgezogen, darauf wäre sie nie gekommen ,sie saß und damit war es gut ! Ich und die Braune ,sie war sehr sehr braun, rauchten im Auto eine ich war immer noch fasziniert davon das sie den Knopf hochzog ,wir beschlossen über die Strasse in den Park zu gehen ,als wir in den Park kamen ,nahm ich vorsichtig ihre Hand ,sie hatte ganz kleine süße Hände ,sie zog nicht zurück und so spazierten wir Hand in Hand durch den Park ,dann blieben wir auf einer Brücke stehen und haben ins Wasser geschaut und dort haben wir uns tief in die Augen geschaut und uns geküsst ,ich merkte das ich große Gefühle für sie hatte und vor ihrer Haustür ,haben wir beide beschlossen es miteinander zu versuchen und uns richtig kennenzulernen ,da mit richy rich mal wieder Schluss war hatte ich auch keinerlei Probleme damit !wir lernten uns besser kennen ,trafen uns und telefonierten oft miteinander,sie war kompliziert und ihr Leben war so richtig Scheiße ,sie tat mir leid sie war auch sehr scheu und vorsichtig ,aber ich fühlte tiefe Zuneigung für sie und wollte das ihr Leben jetzt besser wird ich war sehr liebevoll und vorsichtig bei ihr ,bei jedem Treffen ,oder Telefonat kam immer mehr über sie raus ,es war unglaublich was sie so alles durchmachte ,man hätte eigentlich flüchten müssen ,sie war zu kompliziert und fertig ,aber ich hatte einen Narren an ihr gefressen ,sie zog mich an wie ein Magnet ! Sie lebte in einer kleinen Wohnung mit zwei Jungs die 125noch recht klein waren ,sie arbeitete in einem Solarium ,und sie war ganz klar Solarium süchtig das gab sie auch zu ,und sie roch auch immer nach Solarium ,das hat mich aber nicht gestört ,von ihrem ersten Mann den sie verlassen hatte wurde sie durch das ganze Land gejagt er wollte sie unbedingt umbringen ,und hat es einmal auch fast geschaft ,sie hat ein Kind verloren einen Jungen er war 3Jahre alt, ich glaube das schlimmste was einem so passieren kann ,sie hatte schon zwei Schlaganfälle ,und irgendwie war sie auch süchtig nach Kinder ,nach und nach wurden es immer mehr ,zum Schluss waren es dann 10 Kinder ,es lebten noch 9 eines war ja gestorben,und in den letzten zwei Jahren war sie in Thüringen mit ihrem neuen Mann ,doch der entpuppte sich als sehr böser Mensch ,sie wurde von ihm in einen Keller für 2 Jahre eingesperrt, und musst ihm zwei Kinder gebähren das war alles was er wollte er war der Sohn eines sehr einflussreichen Mannes den man auch kennt diese Familie hatte dort in Thüringen viel macht ,aber er war ein sehr geisteskranker Mann ,sie konnte dann flüchten und mußte ihre beiden Kinder dort lassen ,hier in unserer Stadt lebte sie unter falschen Namen ,niemand wusste wie sie wirklich hieß und wo sie wohnte ,und all das hat man ihr auch angesehen ,sie war fertig und dauernd krank sie hatte ein Nervenleiden sie konnte dann oft 3-4 Tage vor Schmerzen kaum reden ,ich habe mich um sie gekümmert so wie es eben ging ansonsten hat hier Sohn viel gemacht und er war erst 12612 Jahre ,es war sehr sehr kompliziert mit ihr ,aber ich mochte sie so gerne ich hatte eben einen Narren an ihr gefressen ,und trotz allem hatten wir eine schöne Zeit ,und trotz des ganzen Stresses war ich glücklich ,aber dann ist es passiert richy rich rief mich an ,sie wollte mich wieder ,ich habe ihr erklärt ,das ich jetzt eine Freundin habe und nicht zurückkommen werde ,dann kam eine Seite von richy rich die ich noch nicht kannte ,sie gab alles sie fing an zu weinen und versprach die tollsten Dinge ,sie würde mich lieben und es wird nie wieder vorkommen ,ich bekomme sofort einen Wohnungsschlüssel und soll bei ihr einziehen , oh je man hat ihr das Spielzeug weggenommen ,sie war außer sich vor Selbstmitleid ,ich habe natürlich mit der Braunen darüber gesprochen und sie sagte ,was ,was ich nie gedacht hätte sie sagte du bist noch nicht fertig mit richy rich ,und mußt jetzt sehen was du willst gehe zu ihr und seh zu ,du mußt wissen das ich es bin und dazu mußt du noch einmal zurück ,ich werde warten wenn du weißt sie ist es nicht ,sondern ich bin es, dann komm zurück ,aber du mußt es probieren sonst wird sie immer zwischen uns stehen , ich machte einen großen Fehler und traf mich mit richy rich sie war überschwänglich vor Freude mich wieder zusehen sie hat mich vor lauter Liebe fast aufgefressen ,es war kurz vor Ostern und ihre Tochter war dann eine Woche weg und ich sollte eine Woche bei ihr leben und sie hatte die tollsten Dinge vor ,ich rief die Braune an um ihr zu sagen das es nichts für 127mich ist ,sie sagte du mußt es noch probieren ,ich verbrachte Ostern mit richy rich ,aber ich habe gemerkt ,das ich nur an die Braune dachte und ich wurde krank ich bekam Fieber und es ging mir nicht gut ,und richy rich sagte zu mir ich solle in meine Wohnung gehen sie möchte einen Gesunden Mann an ihrer Seite , das habe ich auch sofort getan ich hatte sowieso die Schnauze voll ,ich rief die Braune an und sagte ihr es ist vorbei ich will sie und nicht richy rich ,aber die Braune lag im Krankenhaus und hatte einen Schlaganfall , krank wie ich war setze ich mich ins Auto und besuchte sie sofort sie konnte kaum sprechen ich habe sie ewig im Arm gehalten und gestreichelt ,sie sah schlimm aus und sie tat mir unendlich leid ,ich selbst wurde noch mehr krank und bekam eine leichte Lungenentzündung , richy rich rief mich an und wollte wissen wie es mir geht ,sie hat dann gemerkt das es mir nicht gut ging ,ich fragte ob sie mir was bringen könnte ,doch ihre Antwort war nein geht nicht ,wenn du wieder Gesund

bist kannst du dich ja wieder bei mir melden !
Ich rief die Braune an ,aber sie ging nicht ans
Telefon ,ich habe es immer wieder probiert
,aber ohne Erfolg ,es ging mir richtig Scheiße
und ich habe mich mit Tabletten vollgestopft
,und bin dann zur braunen ins Krankenhaus
gefahren es war Ostermontag ,aber sie war
nicht mehr in ihrem Zimmer, ich fragte nach
aber ich bekam keine Auskunft ,eine Schwester
die sich an mich erinnern konnte ,sagte nur
leise zu mir sie ist heute Früh abgeholt worden
von der Familie ,ich habe in 128den nächsten 2
Tagen versucht sie zu erreichen ,aber weder auf
Handy noch auf Festnetz ,ging sie ans Telefon
,es war schon sehr merkwürdig ich hatte kein
gutes Gefühl ich machte mir große Sorgen ,
und ich fuhr bei ihr vorbei aber es öffnete
niemand die Tür ,und am 3.Tag rief ich wieder
an und dann ging jemand ans Telefon ,es war
ihre große Tochter ,ich hatte sie nie
kennengelernt ,aber sie wusste wer ich bin ,und
sie sagte ,Mama ist Ostermontag verstorben
,ich war völlig geschockt ,ich fragte gleich ,kann
ich was für euch tun ,wie geht es den Jungs ,sie
sagte nein ,alles gute für dich aufwiedersehen
,und dann legte sie auf ! Ich vergrub mich ein
paar Tage in meiner Wohnung ich war traurig
,am Boden zerstört ,es waren nur 5 Wochen
aber ich habe die Braune obwohl alles so
kompliziert war ,sehr sehr lieb gehabt ,es tut
mir weh wenn ich darüber nachdenke ,was sie
für ein Leben hatte ,ich kann nur hoffen das ich
es zum Schluss etwas besser für sie gemacht
habe ,sie war eine Frau die sich auch über die

kleinsten Dinge gefreut hat ein Spaziergang im Park war für sie schon etwas besonderes ,ich werde sie nie vergessen ,und eines hat sich so richtig in mein Gehirn gebrannt ,sie hatte den schönsten Popo den ich je sah und sehen werde er war perfekt! Das Leben ging weiter und ich riss mich nach kurzer Pause zusammen und nahm wieder meine Arbeit auf ,und ich bekam sofort Ablenkung ,ich stand am Bahnhof mit meinem Taxi an erster Stelle ,und es kam eine hübsche Frau auf mich zu ,sie hatte eine große Sonnenbrille 129auf ,komisch es war bewölkt und kalt ,aber irgendwie kam sie mir bekannt vor sie hatte auch noch einen großen Schlapphut auf ,man hätte denken können das sie nicht erkannt werden möchte ,sie zog einen kleinen Rollkoffer hinter sich her ,und als es klar war das sie einsteigen wollte ,bin ich rausgesprungen und habe die Heckklappe geöffnet, und ich sagte wie immer freundlich Hi ! Sie sagte hallo ,in dem Moment wusste ich wer sie war ,ich habe sofort ihre Stimme erkannt ,ich öffnete ihre Tür ,aber sie sagte darf ich auch vorne sitzen und dabei schaute sie mir tief in die Augen und sie lächelte mich an ,ich sagte klar ! Sie nannte das Fahrziel ,es war eine weite Fahrt was mich freute ,nicht weil ich ans Geld dachte wie sonst ,sondern weil sie mir sofort syphatisch war ,ich sagte ihr das ich erkenne wer sie ist ,sie lachte laut und meinte na dann kann ich ja meine Brille abnehmen ,sie nahm die Brille ab und schaute wieder mit einem Lächeln in meine Augen ,und sagte wow die sind aber blau ,ich sagte was das habe ich ja noch nie gehört ,war natürlich Quatsch ich habe im laufe meines Lebens gelernt das da was ist mit meinen Augen ,das war mir klar und ihr natürlich auch ,ja klar ,also blöde von mir das überhaupt zu erwähnen ,ich sagte nein nein von so einer bezaubernden Frau wie du es bist höre ich das sehr gerne ,wir standen an einer Ampel und schauten uns an ,ich hielt es für unmöglich aber ich fühlte das da was war bei ihr ,und bei mir na ja ich fand sie schon 25 jahre toll ,sie war sehr bekannt ,fast jeder kannte sie ,wir unterhielten uns sehr 130angeregt ,auch aufs Alter kamen wir zu sprechen ,sie sagte das sie vor kurzem 50 geworden ist und damit so ihre Probleme hatte ,ich sagte das ich auch bald 50 werde und auch meine Probleme damit habe ,wir trösteten uns gegenseitig ! Sie erzählte mir das es bald eine riesen Party für sie gibt und das auch noch im Fernsehen und das sie keine Lust darauf hatte ,ich sagte dann hau doch einfach ab,kannst mich ja mitnehmen,sie schaute wieder rüber und sagte keine schlechte Idee könnte ich mir vorstellen ,ich sagte verscheisser mich nicht ,und sie sagte das mache ich nicht ,aber das geht nicht mehr zu spät ! Wir redeten weiter über Gott und die Welt ,ich habe mit ihr geflirtet und sie stieg darauf ein ,ich dachte was ist hier los ,das kann nicht sein ,mit wem flirte ich hier eigentlich ,und jeder Meter den wir fuhren kotzte mich an ,denn bald würde sie aussteigen ,und ich würde sie nie wieder sehen das ging mir so durch den Kopf ,und nach sehr langer Unterhaltung ,waren wir da ,und ich konnte nicht anders ,sie gefiel mir so gut und ihre Art war genau mein Ding ,und ich sagte das zu ihr was mir im Kopf rum geisterte ,und sie sagte ,und ich glaubte ich höre nicht richtig ,sie sagte genau das habe ich auch die ganze Zeit gedacht ,wir werden uns nie wieder sehen ,also ich dich nicht ,du mich ja aber nur im Fernsehen ,und ich frage mich muß das sein ,ja das muß sein ,tut mir leid ,sie saß da und schaute mich an und dann sagte sie wenn ich dich mal anrufen würde ,könntest du dann in einer halben Stunde zuhause sein ,ich überlegte nicht 131lange ,und sagte ja zu jeder Zeit ! Sie faste meine Wange an und schaute mir wieder tief in die Augen ,sie sagte ich weiß nicht warum aber ich vertraue dir und möchte dich bitten mit niemanden darüber zu sprechen ,aber schreib mir deine Tel Nummer auf ,ich sagte versprochen ,kannst dich auf mich verlassen und notierte meine Nummer auf einen Zettel ,sie steckte ihn sofort in ihre Manteltasche wir stiegen aus ,ich holte den Rollkoffer aus dem Kofferraum ,sie stand vor mir und sagte man bist du groß ,und deine Augen sie lachte dann schaute sich kurz um und gab mir einen Kuss auf die Wange ,sie ging weg ,sie drehte sich um und sagte ich melde mich ,und ich sagte ich bitte drum ,he du bist echt süß ! Und weg war sie ,ich dachte ob sie sich mal meldet, na jeher nicht ,aber man weiß ja nie ,und dann mußte ich richtig laut lachen ,sie hatte nicht bezahlt ,das haben wir vergessen ,aber egal das war es mir wert ! Ich habe niemals jemanden davon erzählt ich habe es versprochen und ich hielt mich daran !

Vergessen konnte ich das ganze nicht und die Braune spukte auch immer in meinem Kopf umher ich habe noch öfter bei ihr zuhause angerufen aber niemanden mehr erreicht ,ich habe nie wieder was von ihrer Familie gehört ! Richy rich hat sich dann mal gemeldet und gefragt wie es mir geht ,ich sagte gut bin wieder Gesund ,und fahre schon längst wieder Taxi ,sie wollte mich sehen na OK ,ich war traurig und aufgewühlt zu gleich aber ich hatte auch lust auf Sex, und so bin ich hin zu ihr sie war mal wieder überschwänglich vor Freude mich 132zu sehen ,sie war nett und lieb zugleich ,wir hatten wieder eine lustige und schöne Nacht ,und Morgens machte sie wieder große Pläne ,ich habe wieder innerlich abgelacht,2Tage später waren wir wieder verabredet wir wollten essen gehen ,als ich zu ihr hoch kam um sie abzuholen ,hatte sie wieder dieses eklige Gesicht drauf und ich wusste was gleich kommt ,sie sagte mir wieder das ich ein niemand bin und der absolute Ranztyp, und es ist jetzt endgültig vorbei, ich sagte nur ,komisch ich hatte eine Frau kennengelernt die ich mochte ,und da hast du mir den Himmel auf Erden versprochen um mich zurück zu bekommen ,und jetzt bin ich wieder der Niemand der Ranztyp ,und sie sagte gehe doch wieder zurück zu deiner Braunen ! In dem Moment wirbelte es nur so rum in meinem Gehirn diese Worte haben mich durchzuckt wie ein Blitz ,und ich habe kurz darüber nachgedacht ihr ins Gesicht zu rotzen ,das hätte mir so richtig gut getan ,aber ich habe sie nur angesehen ,und sagte ,die Braune ist Ostermontag verstorben ,sie schaute mich an und ich konnte wieder in ihrem Gesicht lesen, es war ihr auch egal,ich drehte mich um und ging ! Jetzt hatte ich erst einmal die Schnauze voll von richy rich ,ich hatte keine Lust mehr sie zu sehen ,da mußte ich schon sehr sehr geil sein ! Es war mitten in der Woche ich saß im Taxi ,und es war mal wieder nichts los ,ich war traurig wegen der Braunen und böse wegen richy rich zugleich ,in dem Moment klingelte mein Handy, sie war drann ,die die nicht bezahlt hatte ,ich 133war völlig aufgeregt ,und sagte das hätte ich nicht gedacht das du dich wirklich meldest ,sie sagte ,als ich dein Taxi verließ wusste ich schon das ich es machen werde ,ob ich jetzt zeit hätte fragte sie ,na klar kann in einer halben Stunde zu hause sein ,ich gab ihr meine Adresse und sagte ihr genau was sie dem Taxifahrer sagen soll damit er es findet ,und ich sagte aber bitte diesmal zahlen ,sie hat mit ihrer süßen Art laut gelacht ,und sagte nur ich freue mich ! Ich wie ein Pfeil nach hause gerast ,schnell noch den Staubsauger angeschmissen ,runter unter die Dusche ,und aufgeregt wie ein kleiner Junge auf sie gewartet ,es hat noch etwas gedauert ,aber dann habe ich ein Taxi gehört ,das vor meiner Tür stand ,ich bin auf den Balkon gegangen und sah wie sie aus dem Taxi stieg ,sie war wieder kaum zu erkennen ,und ich rief von oben ,und diesmal bezahlt ,sie lachte wieder ,ich ging zur Tür und drückte den Türöffner ! Als sie meine Wohnung betrat nahm sie mich in den Arm und drückte mich ,das war ein schönes Gefühl ich dachte man die riecht aber lecker und in dem Moment sagte sie es zu mir ,du riechst aber lecker! sie hat erst mal schwer über meine Wohnung gelacht und konnte sich kaum vorstellen so zu leben ,obwohl es bei mir eigentlich normal aussieht ,aber sie lachte und lachte ,sie nahm es mit Humor ,als Wiedergutmachung für das nicht bezahlen ,sagte sie, hätte sie was mitgebracht,und sie holte aus einer Tasche 2 Steaks ,wir haben uns im Taxi über Essen unterhalten und sie wusste das ich Steak liebe ,ich schaute es mir 134genau an ,es war Kobe Steak ,ich dachte nie das ich so etwas je in meinem Leben essen würde, das wohl teuerste Fleisch was es gibt ,wir haben es zusammen zubereitet ,und sie konnte sich kaum beruhigen vor lachen über meine Küche ,wir haben gegessen und uns Stundenlang unterhalten ,sie war super ,genau mein Fall ,sie war nicht dumm ,sie war lustig ,eigentlich waren wir schon albern,sie war sehr schön ,und ich mochte sie von der ersten Sekunde an ,wir haben auch darüber gesprochen was das hier soll ,sie ließ keinen Zweifel daran das, das nicht mehr ist als ein Abenteuer und sie sagte immer wieder das es blöd sei was wir hier machen ,ich wusste das sie heiraten wollte ,ihren langjährigen Freund ,es war alles klar für mich und ich konnte ihr auch glaubhaft klar machen das ich das weiß ,und das es niemand erfahren würde,ich gab ihr mein Wort , sie hatte noch mehr in ihrer Tasche ,Erdbeeren ,und Weintrauben ,es wurde eine ausgelassene und fantastische Nacht ,als wir zur Sache kamen war ich weit mehr aufgeregt als sonnst ,sie war eine wunderschöne Frau ,wir erfüllten so ziemlich alle Klischees die man kennt ich habe Sahne von ihrem Körper abgeleckt und Weintrauben aus ihrem zauberhaften Bauchnabel genascht ,wir haben rumgealbert und rumgetollt wie die kleinen Kinder ,wir verstanden uns absolut ,und sie sagte öfters ,ich habe so was noch nie gemacht denke nichts falsches von mir ,aber als ich in dein Taxi stieg und dir in deine Augen sah ,hast du mich magisch angezogen ,und ich habe laufend an dich 135gedacht ,da ist was es ist einfach was an dir ! Sie hat dann am frühen Morgen meine Wohnung verlassen ,wir verabschiedeten uns innig ,sie sagte noch auweia was habe ich bloß getan , aber ich glaube ich werde es noch einmal tun ,ich melde mich ,ich sagte ,OK kein Problem ich freue mich drauf ,und vertraue mir einfach ! in den nächsten 10 Tagen bekam ich noch zwei mal einen Anruf von ihr ,einmal hatte ich sogar eine Verabredung mit richy rich ,die habe ich dann sofort mit einer Lüge abgesagt , und bin gleich nachhause gedüst ,wo ich dann auf sie wartete ,es waren noch einmal zwei überschwängliche,lustige ,ausschweifende,erotische Nächte, eigentlich waren wir für einander geschaffen ,,aber dann kam das große Gespräch ,sie erklärte mir ,das das nicht weiter gehen kann ,sie liebt ihren Freund schon seid Jahren ,sie hat soviel zu tun ,es gab tausend Gründe ,die ich auch alle wusste ,es ging einfach nicht mit uns zwei ,wir lebten in verschiedenen Welten ,sie sagte und bevor ich mich noch unsterblich in dich verliebe ,muß ich es beenden ,wir werden uns nicht wiedersehen ,denn es ist schon fast zuspät ,sie erklärte es mir von der ersten Sekunde an ,sie war da offen und ehrlich ,das war sowieso ihre Art ,ich sagte ihr das es schade ist das zwei Menschen die sich so gut verstehen nicht zusammen seien können ,aber das ich es von Anfang an wusste ,und es akzeptiere ,und sie nichts zu befürchten hat ,es bleibt bei mir ,das ich sie bezaubernd finde ,das ich oft an sie denken werde und ihr alles Glück dieser 136Welt wünsche ,als wir uns das letzte mal bei mir verabschiedeten ,sah sie mich an und mußte weinen ,sie sagte nur ist doch alles Scheiße ,wir nahmen uns in den Armen und dann ging sie die Treppe runter ,ohne sich umzudrehen,ich ging auf den Balkon ,und bevor sie ins Taxi stieg ,sah sie nach oben ,lächelte mich an schickte mir einen Kuss hoch ,stieg ein und war weg ,ich war traurig aber es ging, ich wusste es vorher und war drauf eingestellt ,es war super mit ihr ! Sie rief nie mehr an ich habe nichts mehr von ihr gehört ,aber das habe ich auch nicht erwartet ,das war mir einfach klar ,es ist nur komisch manchmal sehe ich sie im Fernsehen ,und dann muß ich immer grinsen ,und an sie denken ! Nun ja das Leben ging mal wieder weiter und ich gab im Internet alles ,ich hatte viele Treffen ,es waren merkwürdige Treffen ,nette Treffen ,unangenehme Treffen, sexuelle Treffen dabei ,es war immer das gleiche ,erst gab es meist keine Antwort, aber wenn ich sie denn zum schreiben überredet hatte ,habe ich es auch geschaft mit ihnen zu telefonieren ,und dann wenn ich wollte habe ich es auch geschaft mich mit ihnen zu treffen,meine Fotos im Internet waren schrecklich und so hatte ich Schwierigkeiten ,das war Absicht ,und bei jedem Treffen ,hörte ich immer das gleiche,du siehst viel besser aus als auf den Fotos ,leider konnte ich das nie zurück geben ,zu 90 % sahen sie nie so aus, immer schlechter ,was mich aber nicht davon abhielt mit ihnen ins Bett zugehen ,es gab da eine die war traumhaft Schön ,sie erzählte immer 137wie Arm sie ist und das ihre 2 Kinder zuhause den Rest des Monats nichts mehr zum essen haben ,wir hatten Sex ich fand sie eigentlich zu Jung und Schön für mich aber was solls ,danach haben wir Lebensmittel eingekauft ,den die Kinder taten mir ja auch leid ,und danach hat sie sich nicht mehr gemeldet ,aber irgendwann rief sie wieder an und hatte die absurdesten Ausreden warum sie sich nicht gemeldet hat ,das klang alles völlig abwegig ,aber gut wir hatten noch einmal Sex und gingen wieder einkauf ,danach hat sie sich wieder nicht gemeldet ,na was solls sie hatte eben einfach nur Hunger ,später meldete sie sich noch einmal bei mir ,aber das wurde mir langsam zu teuer ,ich lehnte dankend ab ,dann gab es da die ,die meinte das sie keinen Mann mehr an sich rann läst ,und sie könnte sich nicht mehr verlieben ,nach dem wir Kaffee trinken waren ,und zu meinem Auto gingen

,nahm sie mich gleich an die Hand und vor ihrer Haustür hat sie mich gleich heiß geküsst ,und dann sagte sie aber Sex geht nicht da sie in ihrer Ehe missbraucht wurde ,da müsse ich noch ein paar Monate Geduld haben ,ja super ich ein paar Monate Geduld ,man ich wollte doch nur eines und noch im Auto war die Sache gegessen By ! Es war immer das gleiche ,schreiben ,telefonieren,treffen ,und wenn es mir angenehm war beim zweiten Treffen Sex ,es war immer so ,da gab es eine die schrieb mir das ich nicht ihr Typ sei ,wir trafen uns trotzdem ohne vorher zu telefonieren ,wir aßen im freien eine Pizza ,ich setze bei jeden Treffen meine Augen ein ,ich achtete sogar 138darauf das ich gegen die Sonne saß dann strahlten sie immer extrem ,sie saß mir gegenüber ,sie war nicht mein Typ aber sie war super nett ,und ich habe gleich in ihren Augen gelesen das sie mich gut fand,sie war verschüchtert ,und ich sagte was ist los mit dir denke ich bin nicht dein Typ ,sie schaute mich schüchtern an ,und sagte doch entschuldige bitte ,das ich das gesagt habe ,wir gingen noch spazieren ,sie traf sich unheimlich oft mit Männer ,sie war echt Profi ,sie hatte so eine Art drauf die ich mochte und dann setzten wir uns, sie bot mir einen Kaugummi an ,sie war halt Profi ,und schon haben wir geknutscht,einen Tag später hatten wir Sex ,sie hatte da was mit ihrer Zunge drauf was mich verrückt machte ,aber es gab 3 Punkte die mich an ihr abgeschreckt haben ,sie hatte gleich Übernachtungssachen bei und erkundigte sich bei mir ,wie sie von mir zur

Arbeit kommen würde , ihre Figur gefiel mir nicht sie war nackend zu dick und wenn sie gekommen ist ,kam bei ihr eine Wasser Fontäne da unten raus und alles war nass und ich sah aus als wenn ich aus der Dusche komme ,war nicht mein Ding ! Aber sie war echt lieb und nett !und dann gab es noch die wo über dem Bett Peitsche und Handschellen hingen ,und sie wollte mich langsam an die Sache ran führen ,auch nicht mein Ding! Ja und zwischen durch gab es immer wieder richy rich ,sie machte jetzt so ca jede Woche einmal Schluss ,sie machte sich einfach nur lächerlich ! Zu dieser Zeit meines wildesten Treibens ,bekam ich ein Anruf ,es war mein Freund der Ossi ,er fing 139nach dem Mauerfall bei uns an zu arbeiten in unserer Firma wo ich so lange war ,wir hatten dort eine schöne abgefahrene Zeit und wir blieben auch nachdem ich diese verlassen hatte gute Freunde, er ist 10 Jahre jünger als ich und damit hat er mich meist aufgezogen ,er lernte irgendwann eine Frau kennen die er mir sofort vorstellte,er war bis über beide Ohren verliebt ,sie hatte ein Haus und der Ossi zog dort ein ,zu der Zeit kannten wir uns schon über zehn Jahre und ab dem Zeitpunkt war er nicht mehr zu erreichen ,wir trafen uns ab und zu ,aber sehr selten was ich zu der Zeit sehr schade fand ,ich konnte anrufen wann ich wollte er ging nie ans Telefon ich hatte keine Chance es hat nie geklappt ,wie es ihm geht erfuhr ich von meinem Freund dem Polen denn sie haben immer noch zusammengearbeitet ,ich war schon langsam sauer auf den Ossi ,aber immer wenn wir uns doch einmal sahen oder sprachen konnte ich ihm nicht böse sein ,wir hatten irgendwie eine besondere Freundschaft, unsere Gespräche waren tiefsinnig und er wusste alles über mich ,der einzige Mensch dem ich alles absolut alles erzählte und anvertraute ! Der Ossi war am Telefon völlig aussersich ,er war total durcheinander ,er he ich muß hier weg die Frau macht mich fertig bevor was passiert muß ich hier weg ,ich muß einfach hier raus ,er war traurig und völlig am Ende ,darf ich bei dir wohnen solange bis ich eine eigene Wohnung habe ? Für mich keine Frage ,brauchte ich nicht drüber nachdenken ,ich sagte ja klar kannst das kleine Zimmer haben 140,aber du brauchst was zum schlafen in mein Bett kommst du nicht ,ist nur für Frauen ! Er kam dann auch und hatte ein Luftbett dabei ,er tat mir sehr leid ,denn er liebte diese Frau aber nach allem was er so erzählt hat ging es einfach nicht mehr keine Chance es war vorbei ,er mußte jetzt seinen eigenen Weg gehen ,das war eindeutig und klar ! Er zog also in meine kleine Kammer mit seinem Luftbett und ein paar Plastiktüten ,ich habe versucht für ihn da zu sein und ihm zu zuhören ,aber da ich Nachts arbeite und meist wenn er von Arbeit kam selbst weg mußte war ich wohl nicht so eine große Hilfe ,aber schon am ersten Morgen haben wir voll abgelacht ,er sagt he Alter komm mal in mein Luxuszimmer ,und was sah ich da ,er lag mit seinem Luftbett mitten auf der Erde ,es war keine Luft mehr drin ,der bekloppte Ossi hat geraucht, und ihm ist die Kippe runtergefallen und schon lag er auf dem Fußboden , dann muste er los ein neues Luftbett besorgen und er brachte gleich einen Brandschutz Überzug mit ! Er war der erste der richy rich kennengelernt hat,er kam von Arbeit und richy rich hat mich in ihrem cabrio offen nachhause gefahren , und vor der Haustür haben wir uns getroffen ,von meinen Freunden kannte niemand richy rich ,sie dachten schon ich habe sie erfunden,sie sagte immer deine Freunde interessieren mich nicht,an diesen Ranztypen habe ich kein Interesse ! Der Ossi sagte nur wow die ist aber hübsch ,und ich ja ja aber die ist auch nicht ganz dicht,das weisst du doch ,du kennst doch alle Geschichten ! Dem Ossi ging 141es nicht gut ,aber er mußte oft über mich lachen ,er kam oft aus dem Bett und sah mich auf dem Sofa sitzen das Laptop in der Hand die Brille auf der Nase und am schatten ,dann schaute ich über den Brillenrand zu ihm rüber und sagte ,he ich muß weg ,ein Date ,er sagte immer he Alter wie machst du das nur ,ich keine Ahnung klappt halt und schon stand ich unter der Dusche ,fertig noch schön Parfüm rauf ,er hat nur gelacht und sagte immer Alter ich will Morgen alle Einzelheiten hören ,ich na klar wir sehen uns bis dann by !wenn wir uns dann das nächste mal sahen in meiner kleinen Wohnung ,bekam er ohne Aufforderung seinen Bericht ! Zu der Zeit als er im Luxuszimmer bei mir hauste war auch die Fußball WM ,der Ossi hat null Ahnung vom Fußball ,und ich war Gott ,ich habe ihm großzügerweise trotzdem erlaubt ,die deutschen Spiele mit mir zusammen anzusehen ,aber er hatte den Mund zuhalten ,er backte dann immer eine Pizza für uns ,die dickste und schwerste der Welt ,geschmeckt hat sie auch noch super ,es hat geklappt wärend das Spiel lief war nichts von ihm zuhören ,so sollte es sein und als er dann auszog war er auch ein kleiner Fußball Experte ! Das mit dem zusammenleben hat super funktioniert ,es gab keinerlei Reibereien ,es war teilweise echt niedlich ,wenn ich Nachts von Arbeit kam stand meine Kaffeetasse unter der Maschine ein neuer Pad war drin Wasser gefüllt ,und ich brauchte nurnoch auf den Knopf drücken ! Ich kann mich an einen Tag erinnern da waren hier in dieser Stadt 40 Grad im Schatten ,meine 142Wohnung war so heiß es war nicht mehr auszuhalten wir lagen auf den Sofas ich auf dem Dreier und er auf dem Zweier, ich sagte immer he Ossi es ist so warm ich halte es nicht mehr aus ,er sagte dann nicht bewegen nur nicht bewegen ,ich wieder, es ist so warm und er ,nicht bewegen nur nicht bewegen ,alle Fenster waren auf um Durchzug zu erhalten aber es wehte kein Lüftchen ,kein Hauch nichts ,und auf einmal spürte ich einen winzigen Hauch und sagte ,spürst du den Hauch ,und er sagte, nur nicht gegen reden bitte sei still ! Wir haben den nächsten Tag versucht einen Ventilator zu bekommen keine Chance es waren alle ausverkauft ,aber es war doch so heiß , also haben wir beide einen geklaut ,von wem ? Das schreibe ich besser nicht ! Es dauerte so ca 3 Monate bis er seine eigene Wohnung hatte ,die Wohnung war perfekt er hat jetzt einen Arbeitsweg von 5 Minuten zu

Fuß ,und bis zu mir sind es auch nur ein paar Meter ,es war eine lustige Zeit ,ich habe immer so blöde sprüche geklopft ,ich stand auf dem Balkon wenn er von Arbeit kam und zeigte auf meine Uhr ,he wo bleibst du denn das Essen wird kalt furchtbar kannst du nicht anrufen wenn es später wird,einmal kam er rein und ich sagte komm los wir müssen die Wohnung putzen ,unsere Eltern kommen heute zum Kaffee ,und später haben Freunde gefragt warum wir nicht zusammen weiter gewohnt haben ,dann antworten wir immer ,der Sex war einfach bei uns scheiße ,hat nicht geklappt ! Erst war es komisch ,das noch jemand da war in meiner Single 143Wohnung ,aber später hatte man sich dran gewöhnt ,ich hoffe das ich ihm in der ersten Zeit seiner Trennung etwas helfen konnte ,ich hatte auch das Gefühl das es ihm etwas besser ging ,und er hatte Angst vor dem alleine sein in der neuen Wohnung ,aber da mußte er jetzt durch ,es half nichts er mußte ,es mußte jetzt sein ! An dem Tag als er auszog ,saßen wir beide in meinem Wohnzimmer und haben geredet ,ich sagte he Ossi zum Abschluss noch zwei Dinge ,wenn dein Handy klingelt ,geh ran ,und nicht vergessen ,feuchtes Toilettenpapier hat immer im Haus zu sein ! Ich liebe feuchtes Toilettenpapier, wischen sie sich doch einmal den Hintern ab ,und danach benutzen sie feuchtes Papier sie werden schon sehen ! Seit diesem Tag geht der Ossi ans Telefon ,wir sind teilweise wie die Weiber ,furchtbar! So ich war wieder alleine und konnte auch wieder meine Wohnung benutzen

,für die Damenwelt ,hatte auch wieder so seine Vorteile ! Das Theater mit richy rich ging weiter,zu der Zeit war schon das 15 mal Schluss mit ihr ,es gab Zeiten da hat es super geklappt ,wir fuhren oft zu einem See baden ,und hatten auch immer unseren Spaß ,ich weiß nicht was bei der so los war im Kopf ,von einer Sekunde auf die andere beendete sie die Sache ,sie hatte nur keine Ahnung wie scheiss egal mir das war ,so langsam konnte ich auch kaum noch darüber hinweg sehen wie ungebidet und dumm sie war ,wenn sie Schluss machte und mich immer beleidigte wegen den lächerlichsten Lapalien ,sagte ich nur noch ,du ungebildete Kuh zu ihr ,ihr 144Unwissenheit ,war doch sehr ausgeprägt teilweise nicht zu glauben das es Menschen gibt die so ungebildet sind, sie wuste nichts egal was ,sie wuste es nicht ! Sie hat alle Menschen verurteilt ,die kein Geld hatten ,oder nicht gut gekleidet waren ,gepflegt und sauber und ordentlich sollten alle Menschen sein , für sie war es unvorstellbar das es Menschen gibt ,die nicht so viel wert auf all diese Sachen legen ,das sich nicht alle Frauen von oben bis unten rasieren ,und ihre Wohnung putzen ,so wie sie ,sie hatte einen Putzfimmel ,jeden Sonntag hat sie stundenlang die Wohnung von oben bis unten geputzt,jede kleine Ecke hat sie gesäubert,man konnte sich die größte Mühe geben um irgendwo was nicht ganz sauberes zu entdecken ,keine Chance ihre Wohnung war Steril ,man konnte nicht erkennen das dort jemand lebte ! Sie sah immer von oben herab auf Menschen die nicht so waren wie sie ,und auch Menschen die kein Geld hatten waren ihr von Anfang an gleich unsymphatisch ,ich habe nie wieder einen so intoleranten Menschen kennengelernt ,und in punkto Selbstüberschätzung war sie die Nummer eins ! Es gibt hunderte von Gründen warum es arme Menschen gibt ,warum es Arbeitslose gibt ,warum Menschen keinen super Job haben ,aber sie scheerte alle über einen Kamm ,ihre Meinung war ,die sind alle faul ! Ja darunter sind auch faule Menschen ,aber es gibt auch jede menge von ihnen die nichts für ihre Situation können ,aber egal es sind alles Menschen ! Ich gehe schwer für mein Geld arbeiten ,war ihre Meinung ,das sah ich etwas anders ,sie hatte so ca eine 35 Stundenwoche und das es jede menge Menschen Heut zu Tage gibt die viel mehr arbeiten müssen ,aber nur 10% von ihrem Geld verdienen ,das ging nicht in ihren Kopf ,das überschritt ihren doch so begrenzten Horizont! In der Zeit unseres zusammen seins flog sie auch oft in den Urlaub ,mit ihrer Tochter und vorher hat sie immer Schluss gemacht aber wenn sie wieder da war hat sie sich sofort gemeldet,meist hat sie schon im Urlaub smsen geschrieben , und dann sagte sie immer genau das meine ich ,ich hätte gerne einen Kerl an meiner Seite gehabt ,aber du hast nie Geld ,für so etwas ,! Das klingt jetzt vielleicht blöd ,aber wenn das ihre Meinung war hätte sie mich ja mitnehmen können ,finanziell wäre das kein Problem für sie gewesen ! Ihr Geld hat mich nicht im geringsten interessiert es war mir egal

,es war einzig und allein ihre Sexuelle Anziehungskraft die sie auf mich hatte die war schon sehr extrem ! Ob ich was von ihrem Geld hatte ? Um ehrlich zu sein manchmal ja ,sie brachte oft Sachen für meine Wohnung mit ,damit es bei mir schöner wird und ihr Geschmack war auch uneingeschränkt genau mein Ding ,es war alles sehr hübsch aber meist auch Sachen aus ihrem Keller die ihr im Wege standen, aber egal ich konnte es ja gut gebrauchen ,es waren aber auch neue Sachen dabei ,sie selbst hat ihre Wohnung täglich neu gestaltet ,sie fand immer was zum umstellen und sie hat nur gekauft sie hat gekauft ohne Ende ,da gab es kein Ende ! Aber wenn ich unsere 146Geldbeutel vergleiche ,hat sich das alles die Waage gehalten ,ich hatte auch oft Überraschungen für sie dabei ,teilweise tat das meinem Geldbeutel richtig weh ! Es war wieder einmal soweit Richy rich flog für drei Wochen in den Urlaub ,und ich hörte das übliche Gelaber ,ich muss wieder alleine fahren du hast kein Geld du bist nicht der richtige und ,bla, bla, bla ,sie merkte gar nicht das ich nicht mehr hinhörte ,ich wusste doch, wenn sie wieder kommt möchte sie sowieso Sex ,und so machte sie dann kurz vor ihrem Urlaub wieder Schluss mit mir, es war das 16 mal ,und es war mir so egal, sie weg, ich wieder ins Internett und alles gegeben ! Es dauerte nicht lange und ich hatte wieder eine an der Angel ,auch sie wollte aufgrund meiner Bilder nicht mit mir schreiben je schweige telefonieren, aber wie immer als ich sie endlich am Telefon hatte ,da hatte ich sie auch bei einem Date ,wir wollten uns in einem Kaffee treffen das wir beide kannte ,na gut habe mich fertig gemacht und dann das berühmte Parfüm noch aufgelegt und schon bin ich los gedüst ,als ich am Kaffee angekommen war ,stieg ich aus dem Auto und wollte mich gegenüber auf eine Treppe setzen und erst einmal schauen ,aber zu spät ,ich hörte eine Frau von der anderen Straßenseite rufen hallo junger Mann nicht hinsetzen sondern rüber kommen ,ich sah über die Strasse und schon habe ich sie entdeckt ,es war eine kleine dralle süße Frau mit kurzen roten Haaren ,sie hatte eine große Sonnenbrille auf ,und sie lachte laut über die Strasse ,sie schien wohl eine 147Frohnatur zu sein ,es waren 10 Meter zwischen uns ,aber trotz dieses Abstandes war sie mir gleich sehr Sympathisch, wir begrüßten uns nett, und setzen uns an einem Tisch in die Sonne und ich achtete natürlich darauf das ich gegen die Sonne saß ,damit wieder meine Augen leuchten ,ich bat sie ihre Sonnenbrille abzunehmen um ihre Augen zu sehen ,sie lies sich nicht lange bitten und erfüllte mir diesen Wunsch ,ich sah sehr schöne grüne Augen ,zu der Zeit mussten es grüne Augen sein darauf achtete ich in den Single Börsen, ich stand einfach drauf, auf grüne Augen ,es lag vielleicht auch daran das f3 grüne Augen hatte ,Richy rich und die Braune hatten auch grüne Augen ,wir haben uns gleich richtig gut verstanden ,und beim erzählen hat sie mich immer gleich angefasst und oft gegen die Schulter geschlagen ,sie war ein richtiger kleiner

Wirbelwind ,die kleine Dralle ! Mir sind natürlich gleich ihre Hände aufgefallen ,das erste wo ich hin sehe ,sie waren schön ihre Hände mochte ich auch sofort ! Wir beide haben das ganze Kaffee unterhalten, die Leute schauten schon zu uns rüber und fingen an zu tuscheln , wir haben dann gezahlt und beschlossen noch in dem Wald spazieren zu gehen ,wir sind mit ihrem Auto gefahren ,ich liebe es im Auto rechts vorne zu sitzen und zu beobachten wie andere Leute besonders Frauen fahren ,sie war eine kleine hektische Raserin ,aber sie fuhr ganz gut ,aber sie zappelte auf ihrem Sitz hin und her ,sah richtig süß aus ! mit ihr ging alles sehr schnell ich fand sogar zu schnell ,im Wald 148liefen wir gleich Hand in Hand das war normal, wir setzten uns auf einem Baumstamm und fingen an zu knutschen ,das war für mich auch normal, aber sie spielte sofort an meiner Nudel rum und hörte gar nicht mehr auf und das war selbst für mich nicht normal ,aber ich habe es genossen ,und wurde mächtig geil und hatte nur noch eines im Kopf ,wir sind dann zurück gefahren und haben hinter meinem Auto geparkt ,wir saßen noch sehr lange in ihrem Auto ,es war tag hell draußen und sie konnte es nicht lassen an ihm rumzuspielen ,es liefen Leute über die Strasse die das sogar gesehen haben ,war mir aber egal ,aber es war schon merkwürdig das sie das machte ,wir haben uns dann verabschiedet und wollten Abends noch telefonieren ,als ich ihr Auto verließ und nach vorne zu meinem ging merkte ich das meine ganze Hose nass war ! Abends haben wir dann telefoniert ,und sie hat sich hundert mal dafür entschuldigt ,das sie ohne Pause an meine Nudel rumgespielt hat ,sie meinte ich weiß nicht was mit mir los war ,es tut mir so leid ,und sie versicherte mir das sie das nicht immer machte, ich habe ihr geglaubt ! Ich wollte das sie mich den nächsten Tag bei mir zuhause besucht ,und gab alles um sie zu überreden ,ich habe es dann auch geschafft ,sie hatte den nächsten Tag frei und wir beschlossen das sie zum Frühstück zu mir kommt ,ich hatte nur eines im Kopf ,ich wollte das sie sich weiter um meine Nudel kümmert aber die Jeans sollte nicht mehr dazwischen sein ! Ich stand auf dem Balkon und wartete auf sie ich wusste das sie gleich 149kommen wird ,wir wohnten sehr weit auseinander ,aber es war eine gut Strecke zum fahren man musste nicht quer durch die Stadt sondern Landstraße und Autobahn es ging eigentlich recht zügig ,und schon kam sie mit ihrem roten Flitzer um die Ecke ,ich begrüßte sie schon von oben mit einem dummen Spruch wie immer ,sie brachte Frühstück mit ,sie machte mir klar das es heute kein Sex geben wird ,sie macht so etwas nicht sofort ,na da hatte ich aber im Wald ein anderes Gefühl ,na gut wir haben geredet und ich habe ihr ein paar Bilder aus meinem Leben gezeigt ,das übliche halt ,ich habe aber nicht locker gelassen ,und mit allen Tricks gearbeitet ,sie war ja selbst schuld ,hätte im Wald nicht so rangehen sollen ,und Schlussendlich habe ich es dann auch geschafft ,sie war wild und ist durch das ganze Bett gesprungen ,sie hatte ein Mega

Temperament ,sie faste mich nicht mit Samt Handschuhen an ,und ihn auch nicht ,sie war wirklich eine kleine Dralle ,aber feste ich hatte nichts auszusetzen ,ich fand sie sehr hübsch und erotisch ! Und der Sex war super es hat ein Riesen Spaß gemacht ,sie war so wild das er mir richtig weh tat danach ,aber das war OK so kein Problem ,es war echt geil mit ihr ,wir haben dann noch den ganzen Tag miteinander verbracht ,sie hatte aber zwei Eigenarten an sich ,sie war in einer Stunde 10 mal beleidigt ,aber nur so ein paar Sekunden und dann war es wieder gut und die andere Sache war ,das sie ständig mein Gesicht ableckte ,ich habe ihr sehr schnell gesagt das ich das nicht mag aber sie hat 150nicht damit aufgehört ,wenn ich nicht aufpasste ,kam blitzschnell ihre Zunge raus und fuhr mir durch das Gesicht ,ich kann das nicht leiden ,ist mir eklig ! Wir trafen uns den nächsten Tag wieder bei mir und wenn sie wieder weg war rief sie noch einmal an und fragte und tut er weh ,ich ja tut er ,und sie ja so soll es sein ,ich musst dann lachen ,und am Sonntag sollte ich sie bei ihr besuchen sie wollte für mich kochen ,da bin ich auch immer gespannt drauf wie eine Frau kocht das ist keine Vorraussetzung für mich aber gut kochen mag ich ,genau wie essen ! Ich freute mich sehr auf Sonntag ,ich mochte die kleine Dralle sehr und konnte mir vorstellen das es was wird ,wenn sie doch bloß ihren Lappen aus meinem Gesicht halten könnte ! Also fuhr ich los und auf dem Weg besorgte ich einen großen Rosenstrauch ,was bei mir bedeutet das ich mir das vorstellen kann mit dieser Frau eine Beziehung ein zu gehen! Sie wohnte in einer sehr schönen Gegend und hatte eine sehr hübsche kleine Wohnung ,ich fühlte mich sofort bei ihr wohl ,und das Essen was sie kochte hat mir so was von lecker geschmeckt ,am liebsten hätte ich mir den Bauch so richtig voll geschlagen ,aber ich musste mich ja noch bewegen können und es ist auch peinlich ,wenn eine Frau gleich sieht was ich für riesige Massen vertilgen kann ! Über die Blumen hat sie sich sehr gefreut das habe ich gemerkt ,auch bei ihr haben wir Fotos angeschaut ,ich sah auch Bilder von ihrem Exmann ,er war mir schon auf den Fotos unsympathisch und ich sagte nur immer das Backpfeifen Gesicht ,und sie 151musste darüber lachen, aber auch beim Fotos schauen auf ihrer Terrasse blieb die Zunge nicht fern von meinem Gesicht ,ich sagte es noch öfter, das ich das nicht mag ,aber der Lappen kam immer wieder raus ! Wir verbrachten noch einige Tage zusammen und dann ,wollte sie in den Urlaub ,zu ihrer Familie 1 Woche Nordsee ,das war schon seit längerem geplant ,und sie tat das denn auch ,wir telefonierten oft ,aber genau zu dieser Zeit meldete sich Richy rich wieder bei mir ,es war kurz davor das sie aus dem Urlaub kam und sie plante schon wieder vor denn sie wollte Sex bei ihrer Ankunft und so bekam ich smsen ohne Ende von ihr, und ich fing schon mit smsen an mich wieder mit ihr einzulassen ,es war wie verhext ! Was war das nur, obwohl ich sie gar nicht mehr leiden konnte und mich tausend

Sachen an ihr störten, konnte ich die Sache nicht beenden ,es lag wohl daran das sie echt lieb sein konnte und wir immer was zu lachen hatten ,aber ich wusste doch das sie einfach nur Scheiße war ,aber sie war wieder da und ich habe sie sofort besucht ,sie hatte beste Laune ,und sie machte gleich wieder Pläne ,das nächste mal sollte ich mitkommen ,ich musste innerlich natürlich wieder lachen ,es war immer das selbe Gesülze ! Und die süße Dralle kam wieder zurück und freute sich mich wiederzusehen ,und ich hatte ein schlechtes Gewissen ,und als sie zuhause ankam ,rief sie mich gleich an und fragte ob ich Abends noch bei ihr vorbei schaue ,und ohne weiter darüber nachzudenken sprudelte nur Scheiße aus meinem Mund ,Richy rich hat 152mich schon wieder verhext ,und ich machte gleich am Telefon mit der Drallen Schluss, sie hat die Welt nicht mehr verstanden und hat mich ganz böse beschimpft sie hörte gar nicht mehr auf zu meckern ,ich war für sie das allerletzte , sie hat mich beleidigt auf das übelste man, man ,das tat mir doch auch weh ,ich bin doch sensibel ! Es dauerte vielleicht 2 Tage dann habe ich es bereut ,ich konnte mir vorstellen das die süße Dralle vielleicht die richtige gewesen wäre ,aber sie war nicht die Frau bei der ich jetzt wieder ankommen konnte ,ich habe mal leicht angetastet aber ihre Reaktion war eindeutig ,sie schimpfte gleich wieder los und so musste ich die Sache abbrechen ,schade es hätte vielleicht gut gehen können mit ihr und wenn sie ihren Lappen für immer aus meinem Gesicht genommen hätte ,wer weiß wie lange das gut gegangen wäre ,ich musste sie vergessen ,das habe ich versaut! Ich habe sie nie wieder gesehen ! Inzwischen war mit Richy rich zum 17 mal Schluss ,habe nicht einmal darüber nachgedacht war mir so Wurst ,es ging bei mir im Internet weiter es folgten ein paar belanglose Treffen nichts aufregendes ,aber ich hatte mal wieder Lust auf eine Frau ,und sieh an es kam die berühmte sms von Richy rich ,da ich echt so richtig Lust hatte ,ging ich sofort darauf ein ! Und der Scheiß ging wieder los unglaublich aber war ,es war wieder Friede Freude Eierkuchen ,sie erzählte wieder ihren üblichen Scheißdreck ,ich dachte immer nur, man halt doch die klappe und mach das was du am besten kannst ! 153Ihre beste Freundin ,die ich nie kennengelert hatte ,machte mit ihrem reichen Schnösel eine Grillparty ,und sie wollte mich endlich kennenlernen ,ich sollte also mitgehen ,und ich stellte mich darauf ein ,aber irgendwie sprach Richy rich nicht mit mir darüber und dann bekam sie einen Anruf ,von ihrer Freundin und ich bekam mit das sie immer nur sagte ja ich und ich und ich komme dann so um 18 Uhr ,als das Telefonat beendet war fragte ich einmal so nach ob ich den nun mitgehen würde ,und sie sagte ,jetzt sehr gut lesen bitte jetzt kommt es das was alles aber auch alles über Richy rich aussagt ,es ist nicht zu glauben aber sie sagte zu mir und das mit einem Gesicht zum reinschlagen ! Nein ich gehe alleine du gehst mal schön Taxi fahren ,du bist zur Zeit nicht so braun wie sonst und dein schönes Hemd ist in der Reinigung ,und wenn du meine Freundin das erste mal triffst muss alles perfekt sein so geht das nicht !in diesem Moment wusste ich sofort was zu tun ist wir fuhren zu ihr nach hause und haben uns auf ihr Sofa gesetzt und dann fing ich an und ich hörte nicht mehr auf meine Rede war besser und länger als die Neujahrs Ansprache des Bundespräsidenten ! Ich erklärte ihr das ich es bin, der sich schämen müsste das er mit ihr zusammen ist ,das Geld was sie von Papa hat kann nicht drüber hinweg täuschen das sie ein dumme völlig ungebildete Kuh ist und sie sich nicht mit meinen Freunden unterhalten könne weil sie ihnen nicht folgen könnte ,es ist niemand dabei der sich fürs putzen und ausschließlich für das sinnlose Geld ausgeben ,aus Frust 154darüber weil man merkt wie dumm und unterbelichtet man doch ist, interessiert ! Ich lies viele Beispiele folgen ,es geht damit los das sie nicht ein Wort Englisch verstanden hat obwohl sie es in der Schule hatte, die sie aber nur 8 Jahre besucht hatte ,sie wusste nicht einmal was Hetero sexuell ist obwohl sie es selbst war geschweige von Metrosexuell ,sie wusste nicht wer Barack Obama ist obwohl er zu dieser Zeit der wohl bekannteste Mensch der Erde war sie kannte weder unsere Bundeskanzlerin noch unseren Bundespräsidenten und das wir einen Außenminister hatten war ihr noch nie zu Ohren gekommen ,sie wusste einfach nichts sie hatte von nichts Ahnung ,sie schaute niemals Nachrichten oder las irgend eine Zeitung sie wusste nicht was los war auf unserem Planeten sie wusste nicht einmal das die Erde ein Planet ist ,und wenn sie in den Urlaub flog konnte sie mir nicht auf einem Globus zeigen wo das ist , Hauptsache das Hotel hatte 5 Sterne, sie kannte nicht den Unterschied von einem Tiger und einem Leopard ,sie kaufte einmal ein Gemälde für das Esszimmer und erzählte mir immer von zwei Tigern der eine steht der andere lag unter dem Bauch des anderen ,und als ich dann gespannt das Gemälde sehen wollte und sah sagte ich nur he du ungebildete Kuh wir müssen mal in den Zoo gehen und nicht nur zum Shoppen , das sind keine Tiger das sind Leoparden , Tiger sind gestreift und sie antwortete gestreift hätte ja auch hier nicht her gepasst ! Ich erklärte ihr bei meiner Rede das sie der Mensch ist ,der sich schämen 155sollte ,weil er so furchtbar dumm ist und sie kein Recht hat über andere zu urteilen ,das stehe ihr nicht zu dazu sei sie zu dumm ,und sie soll sich ihr Geld in den Hintern und in ihre Muschi stecken ! Natürlich hatte sie nicht einmal die hälfte von dem verstanden was ich sagte ,aber sie hat doch gemerkt das ich nicht mehr viel von ihr hielt und machte natürlich mit einem entsetzten Blick Schluss ,aber das war egal ich hätte es 1 Minute später getan, das war mir Sonnenklar ,wir redeten kurz vernünftig und es war absolut klar und deutlich das unsere chaotische Beziehung hier und heute und genau jetzt beendet war das war unumstößlich ,das wussten wir beide ,es war nach 16 Monaten aus und vorbei es war einfach zu Ende ! In den nächsten Tagen war ich echt deprimiert ,aber nicht wegen Richy rich das war mir egal ,nein es war nicht mehr lange bis zu meinem 50. Geburtstag ,und so saß ich oft zu hause und habe über mein Leben nachgedacht und das was da raus kam war eher deprimierend ,ich blickte zurück auf mein Leben ,zwei gescheiterte Ehen und wenn ich an meine Rente dachte wurde mir sowieso kotzübel ,durch das ganze Theater mit f2 konnte ich nicht mehr viel einzahlen ,und ich musste zu der Zeit viel an f3 denken ,ich habe sie einfach nur vermisst ,ich fand alles nur deprimierend einfach zum kotzen und gesundheitlich ,war alles beim alten ich konnte immer noch keine zwei Treppen laufen so sehr ich mich auch beim Training bemühte ich hatte keine Luft und in meinem Kopf war es immer nur am zischen ,mir war 156oft schwindlig und ich war nach jeder Kraftanstrengung sofort Müde und schlief sofort ein ,aber ich habe es immer noch ignoriert ,und mein altes Auto musste auch noch zum Tüv ! Zu der Zeit hatte ich nicht einmal Lust im Internet zu stöbern ich hatte keinen bock auf Frauen und so machte ich was neues ,ich sucht dort in dem Portal zwei Frauen raus die mir an hand ihre Bilder optimal gefielen ,zwei wo ich mir sicher war das sie sowieso nicht antworten ,aber egal ich fand die Bilder schön eine war sogar fast 2 Jahre älter als ich ,aber ich wusste auch aus Erfahrung das Bilder immer täuschen immer ,ich schrieb einer von beiden ,die Frau in meiner altersklasse die mir an hand der Bilder am besten gefiel ,einfach so drauf los ,ich schrieb nett und freundlich und ließ keinen Zweifel daran das ich sie sehr hübsch fand ,ich gab alles ! Aber wie erwartet kam keine Antwort ,das ist aber normal ,da darf man sich nicht drüber aufregen ,oder dann die Frau belästigen ,wie es viele Männer gibt die das dann machen ,also hatte sie kein Interesse ,ich dachte nur schade ! 2 Tage später hatte ich Post ,sie war es und ich habe ganz gespannt geöffnet ,und es war keine Abfuhr ,und sehr nett geschrieben ,sie bat mich ein paar Fragen zu beantworten bei der Rubrik 100 Fragen, OK das war sie mir wert und ich machte mich an die Arbeit und als ich fertig war schrieb ich ihr ,und dann hatte ich ihr Interesse geweckt ,wir schrieben noch 2-3 mal hin und her und dann machten wir ein Telefonat aus ,Tag ,Uhrzeit alles war klar ,ich hatte ihre Nummer ! An dem Tag als unser 157Gespräch stattfinden sollte ,war ich mit dem Polen und dem Ossi bei ihnen in der Werkstatt um mein altes Auto Tüv fertig zu machen ,es dauerte länger als geplant ,und ich ging auf den Parkplatz um sie anzurufen und zu sagen das es etwas später wird ,ich hatte ein komisches Gefühl ich war echt Profi ,aber bei ihr hatte ich Bammel ,aber ich tat es natürlich ,ich rief an und es dauerte 3 Sekunden und sie war dran ,ihre Stimme war wunderschön wohlklingend und ich sagte ihr das es etwas später wird ,sie meinte kein Problem ,lass dir Zeit ,ich bin noch eine weile wach ,sie war mir vom ersten Buchstaben an sympathisch ,und ich freute mich auf später ,ich rannte in die Werkstatt wo ich begeistert davon berichtete wie angenehm sympathisch und nett sie war ! Ich gab alles und schruppte mir meine Hände sauber ,ohne zu duschen fuhr ich mit meinem frisch reparierten Auto nach hause ,rannte die Treppen hoch ,ganz schnell einen Kaffee gekocht Aschenbecher platziert ,gemütlich hingelegt ,kurz durchgeatmet ,und dann ihre Nummer gewählt ,mein Herz pochte ich war aufgeregt wie nie zu vor bei einem Telefonat, und schon hatte ich sie am Apparat ,wir telefonierten fast drei Stunden ,es war ein nettes tiefsinniges teilweise recht lustiges Gespräch ,und wir waren uns sympathisch das konnte man spüren ,wir wollten uns gleich für den nächsten Tag verabreden ,aber sie war schon ausgebucht ,sie wollte mit ihrem Chef zu einem Klassikkonzert ,was mir schon einmal gefiel ,den auch ich liebe Klassik unter vielem anderem ,wir waren 158schon fast soweit uns spät Abends nach dem Konzert noch zu sehen ,haben es dann aber auf einen Tag später verschoben ,wir machten Uhrzeit und Ort klar ,dann haben wir uns verabschiedet ,und ich glaube sie war genauso gespannt auf mich wie ich auf sie ! Den nächsten Tag war ich schon aufgeregt ,das war ich nie das war nicht normal ,sonst ging ich ein Date immer sehr locker an ,aber bei ihr war es anders ,ich fand die Fotos so schön und ihre Stimme und Art waren mir so angenehm ,wenn sie nur die hälfte von dem versprach was ich so dachte dann wird es ein netter Abend , am nächsten Tag Nachmittags klingelte mein Telefon ,sie war dran ,ich war im ersten Moment geschockt und sagte gleich zu ihr ,bitte , bitte nicht absagen für heute Abend ich freue mich doch darauf ,und sie fing an zulachen mit ihrer süßen Art und sagte nein, nein ,sie wollte mir nur sagen wo genau sie stehen wird damit es keine Missverständnisse geben wird ,dann erzählte sie noch kurz von dem Konzert Gestern und wir beendeten das Gespräch ! Ich machte mich fertig noch ein letzter Blick in den Spiegel ob alles OK ist, und dann rechtzeitig losgedüst ! Dort angekommen ,war es viel zu Früh und ich fuhr so in der Gegend umher ,ich parkte kurz und rief den Ossi an ,ich erzählte ihm das ich völlig aufgeregt bin ,er wusste das es nicht normal ist und beruhigte mich he Alter bleib locker ,ist doch nichts neues bei dir ,ich sagte das ich das Gefühl habe das was Außergewöhnliches passiert ,ich sagte hoffe nur das sie in etwa so aussieht wie auf den Bildern ,aber 159wahrscheinlich haut das wie meist nicht hin und ich werde wieder enttäuscht von dannen ziehen ! Es war soweit die Zeit war da ich dachte egal es kommt wie es kommt ,ich fuhr ihre Strassen entlang und näherte mich den Punkt wo sie stehen sollte ,und da sah ich sie an der Ecke stehen ,eine große schlanke Frau ,mit einem langen Rock an ,ich sah sie von hinten und als ich auf ihre Höhe war sah sie mich und ich sie, ich habe gewunken und sie hat mich angelächelt ! Es war Abends und es war schon dunkel ,ich fuhr in eine Einfahrt 5 Meter von ihr weg und hielt an ,sie lief über die Strasse ,an meiner Kühlerhaube vorbei und lächelte ins Auto ,ich sprang raus und schon standen wir uns gegenüber ich schaute über das Dach zu Beifahrertür ,sie schaute über das Dach zur Fahrertür ,und wir schauten uns an und fingen beide an zu lachen ! Für mich war es ein Gerücht es war Quatsch ,ich glaubte nicht daran ! Aber so etwas gab es doch ! Knall ,Bum ,Donner, Zisch ,Peng , Rumps ! Es war bei mir Liebe auf den ersten Blick ! Wir standen noch eine ganze weil da schauten uns an und lachten nur ,ihre Lache war die süßeste die ich je gehört hatte ihr Gesicht war ein absoluter Traum ,sie war so verdammt schön das es mir andauert den Atem nahm ,ich war verzaubert von der ersten Sekunde an ,ich wollte sie ,nie in meinem Leben wollte ich etwas noch mehr ,sie war der absolute Traum sie war zu 100% mein Geschmack ,ich war so begeistert das ich es nicht verbergen konnte ,und musste es ihr sofort sagen ,ich weiß zu früh aber ich 160konnte nicht anders ,sie sah 20 Jahre jünger aus ,als sie wirklich war ,nun gut es war dunkel ,was mich ärgerte da sie nicht meine Augen sehen konnte ,das war doch meine Waffe ,aber gut ,sie sagte wollen wir los und ich sagte wir können auch die ganze Nacht hier stehenbleiben und uns nur ansehen ,und schon hörte ich ihre süße Lache wieder! Wir fuhren zum Chinesen ,wir hatten Hunger es waren nur 5 Minuten mit dem Auto ,ich musste sie dauernd ansehen ,ich konnte den Blick nicht von ihr lassen! Wir haben dann gemütlich gegessen und uns angeregt unterhalten ,und nach dem Essen fragte sie ob wir spazieren gehen wollen ,ja klar obwohl ich wusste das mich das sehr anstrengen wird aber sie wird es nicht merken da ich mich zusammenreißen werde ! So nach ca 300 Metern nahm ich vorsichtig ihre Hand ,mein Gott war das ein Gefühl ,und sie zog nicht weg ,wir setzten uns dann auf eine Bank und ich dachte jetzt oder nie ,und ich drehte mich zu ihr schaute in ihre traumhaft schönen rehbraunen Augen und küsste sie und dann haben wir geknutscht, ich küsste den schönsten wohl geformten sanftesten Mund der Welt ,und ich küsste dauernd ihre Hände die fand ich bezaubernd ! Wir sind dann in eine Cocktailbar ,eingekehrt und tranken etwas und wir haben nur geknutscht ,wir haben geknutscht bis wir raus mussten ,weil sie zumachen wollten ! Vor ihrer Haustür im Auto klingelte mitten in der Nacht mein Handy ,das bedeutete nur eines es war die Pankowerin aus den USA ,ich erzählte ihr das ich keine Zeit habe, da ich in 161meinem Auto sitze , mit einer bezaubernden Frau und wir beendeten das Gespräch ! Sie sagte immer hör auf du übertreibst ,aber sie wusste auch nicht das es ehrlich meine Gedanken waren ,ich übertrieb nicht, aber ich weise darauf hin es war den ganzen Abend dunkel egal wo wir waren ! Wir verabredeten uns für 2 Tage später in einen riesigen Park , wir verabschiedeten uns heiß und innig ,es war sehr Spät oder auch Früh es war so etwa 4 Uhr Morgens und sie musste zur Arbeit ! Dann fuhr ich nachhause ein Weg von etwa 30 Minuten ,und ich dachte jede Sekunde an sie! Den nächsten Tag musste ich ohne sie überstehen ,und ich bekam eine sms

,aber nicht von ihr sondern von Richy rich da stand genau ,und hast du zu deinem Geburtstag was vor oder bist du alleine und ich muss mir Sorgen um dich machen ? Sie dachte ich bin traurig weil sie sich nach unserer Trennung nicht mehr meldete ! Ich antwortete ! Nein alles klar ich mache eine kleine Party im .... ,einem Billiarde Kaffee bei uns im Bezirk ,es geht mir gut danke bis dann ! ich glaube das war nicht das was sie hören wollte ! Ich habe natürlich den ganzen Tag an Morgen gedacht und mich gefreut wie ein kleiner Junge ,an Richy rich habe ich keinen Gedanken verschwendet !den nächsten Tag freute ich mich auf den Spaziergang im Park mit ihr und fuhr mit allerbester Laune los ,obwohl ich mir Sorgen machte ,ob ich lange laufen kann, erst einmal Scheiß egal ,ich wartete vor dem Eingang auf sie ,das Wetter war wunderschön ein herrlicher Herbsttag ,ich 162war gespannt wie sie mich begrüßen wird ,und dann kam sie , sie begrüßte mich mit einem Kuss auf den Mund ,und schon war ich wieder verzaubert ,jetzt konnte ich sehen das sie keine 30 mehr war ,aber trotzdem sah sie 10 Jahre jünger aus als sie wirklich war ,sie hatte eine Armeehose an und sie war kaum geschminkt ,ihre Haare hatten einen roten Schimmer bei dem hellen Sonnenlicht und sie waren nicht so gestylt wie Vorgestern ,sie kam gerade von Training sie hatte Brötchen und Kuchen dabei und eine Flasche Wasser ,wir gingen Hand in Hand einen Berg hoch ich merkte wie mich das anstrengte und ich schnaufte und japste nach Luft versuchte aber es mir nicht anmerken zu lassen ,danke jetzt setzten wir uns hin um zu essen ,ja das tat gut ! Ich schaute sie mir genau an so im Tageslicht ,sie war traumhaft ich war bis über beide Ohren verliebt ,wir gingen dann weiter spazieren ,es war sehr, sehr schön dort ,aber ich hätte auch mit ihr auf der Müllkippe spazieren gehen können ,es hätte mir gefallen ,wir legten uns auf eine Metall Liege und schmusten ewig rum ,ich dachte das muss das Paradies hier sein ,als wir den Park drei Stunden später verließen ,brachte ich sie zu ihrem Auto und wir verabredeten uns für 2 Tage später ,bei ihr zu Hause ! Sie wollte für mich kochen ! Ich war wieder völlig aufgeregt als ich mich auf den Weg zu ihr machte ,ich hielt unterwegs an und kaufte einen schönen Blumenstrauß ,als ich bei ihr eintrat zeigte sie mir erst einmal ihre Wohnung ,ich fühlte mich sofort wohl bei ihr ,sie hatte echt einen guten Geschmack ,sie 163freute sich sehr über den Blumenstrauß ,und stellte ihn sofort ins Wasser ,es war noch sehr Früh ,und wir hatten noch sehr lange Zeit für uns ,es war der Tag vor meinem Geburtstag ,ich habe ihr sehr genau beim kochen zugesehen, es war so süß wie sie das Essen genau nach Rezept zubereitete ,als wir dann aßen ,bin ich zu ihr rüber und habe sie geküsst weil es so lecker war ,was ich ihr natürlich gleich sagen wollte ! Wir gingen dann spazieren ,sie wollte mir die Gegend zeigen und wir gingen in eine Gartenkolonie die mir irgendwie bekannt vor kam ! Und dann wusste ich woher ,es war die Kolonie in der

Knautschlackoma ihren Garten damals hatte ,wir beide suchten den Weg und fanden ihn auch ,und wir fanden auch genau den Garten ,es kamen viele Kindheit Erinnerungen in mir hoch ,auf dem Rückweg pausierten wir auf einem Kinderspielplatz und haben beide geschaukelt ,und wunderschön rumgeschmust! Bei ihr wieder zuhause hat sie mich gefragt ob ich bis null Uhr bleibe und wir beide auf meinen 50.zigsten anstoßen ich war sofort einverstanden ! Wir sprachen über Gott und die Welt und auch über Sex ,und sie sagte das ich da noch etwas warten müsste ,da sie so etwas nicht gleich macht ,für mich war das kein Problem bei ihr hätte ich auch noch sehr lange gewartet ,und dann schmusten wir ewig herum ,es wurde immer intensiver und ich immer heißer und ich wurde immer direkter ,ich habe öfters gefragt ob das was mit uns beiden wird ,sie war sich irgendwie noch nicht sicher und sagte immer nur wie 164Kaiser franz na schauen wir mal ,das machte mich immer etwas unsicher ,wir knutschten und schmusten liebevoll herum aber sie wusste es noch nicht ,hm kam mir komisch vor unser Geschmuse wurde immer heftiger und intensiver und plötzlich sagte sie na gut mache ich dir ein Geburtstaggeschenk ,und dann zogen wir uns aus und es ging richtig los ,vor mir lag Nackt die schönste Frau die ich je gesehen habe ,ich hatte sofort das Bedürfnis jeden Millimeter ihres Traumkörpers abzuküssen ,was ich dann auch tat ,ich hatte Gefühle die unbeschreiblich waren ,wir liebten uns so zärtlich ,auf dem Sofa auf dem Teppich ,ich konnte nicht genug von ihr bekommen ,ich wollte jeden Zentimeter erkunden ,wir streichelten und schmusten Stundenlang ,es war sehr ungewohnt für mich ich hatte noch nie eine Frau die so groß war das kannte ich nicht ,aber ich war dankbar für jeden Millimeter an ihr ,ich konnte noch so genau hinschauen ,es gab nicht ein kleines winziges Stückchen an ihr das ich nicht Perfekt fand ,ich konnte nicht genug von ihr bekommen ,ich genoss jeden Moment und ich genoss alles was sie mit mir machte es war einfach nur wunderschön ,es war schön auch nur die kleinste Regung und Bewegung zu sehen die sie machte ,jede Berührung von ihr ließ mich in den siebenten Himmel fahren ,ich wusste nicht das man solch tiefe Empfindungen für eine Frau spüren kann ,beim Sex ,es war für mich kein Sex mehr es war die Offenbahrung es war der Sinn des Lebens, sie war Perfekt ,ich wusste in diesem Moment ,das ich nie 165wieder von einer anderen Frau berührt werden möchte ,ich konnte mir das nicht mehr vorstellen ,der Sex im Zusammenspiel mit ihrem Körper und meinen Gefühlen und Empfindungen, machte mich verrückt und brachte mich um meinen Verstand ,es war klar sie war f4 ! Und genau ab diesem Moment sprach sie anders es hatte sie auch voll erwischt ,sie sagte so wahnsinnig liebe und süße Dinge ,ich hatte sehr lange gelitten egal was ich alles getan hatte aber geliebt habe ich bis zu diesem Moment nur f3 und musste auch jeden verdammten Tag an sie denken ,aber jetzt war es weg ,ich war nicht mehr verliebt ,es war sehr schnell aber ich liebte diese Frau dagegen konnte ich nichts mehr machen das war eindeutig es war einfach klar! Und sie sagte immer mehr liebe Dinge auch sie konnte sich ab jetzt vorstellen ,mit mir weiter durch das Leben zu gehen ,sie wollte es probieren ,auch sie hatte sich in mich verknallt ,herzlich willkommen f4 ! Es war kurz vor 0 Uhr und f4 holte Champagner und 2 Gläser, und ich bekam meine erste sms ,sie war von Richy rich sie wollte die erste sein ,und sie fragte ob sie zu meiner Party Abends kommen solle ,ich antwortete erst einmal nicht ,f4 und ich stießen um 0 Uhr an ,das sie Morgens früh hoch musste war es klar das ich nach Hause fahre ,so gegen 2 Uhr haben wir es geschafft uns zu trennen ,was uns schwer viel ,und wir freuten uns beide auf den Abend und auf unsere Zukunft! Morgens riefen alle möglichen Leute bei mir an ,auch f3 und ich erzählte ihr sofort das ich mich so richtig doll verliebt habe ,sie freute 166sich aufrichtig und ehrlich für mich das habe ich gemerkt ! Es war soweit Richy rich rief mich an um mir persönlich zu gratulieren ,sie wollte Abends zur Party kommen ,und sie hat ein tolles Geschenk für mich ,sie wollte mit mir eine Reise machen in den Süden ,sie wollte mit mir wieder zusammen sein ,sie wollte nur bis zu meinem Geburtstag warten ,um es mir zu sagen ,nun habe ich ihr in aller Ruhe erklärt ,das ich eine Frau kennengelernt habe und völlig verliebt bin und das es ein Uns nicht mehr geben wird ,sie war geschockt und fing an zu weinen ,sie wollte mich überreden ,und sagte das es jetzt alles anders ist sie weiß genau das sie mich liebt und ohne mich nicht mehr sein möchte ,ich habe mich nicht darauf eingelassen ,es war für mich nicht mehr möglich ,ich war verliebt bis über beide Ohren ,das habe ich ihr noch einmal klar gemacht und das Telefonat beendet ! Meine kleine Party war sehr schön und angenehm ,aber ich habe ja kaum was mitbekommen ich und f4 haben nur geschmust ,sie war völlig verrückt nach mir ,und ich nach ihr ,meine Gäste haben schon über uns lachen müssen ,ich war nach langer Zeit wieder glücklich ,ich war verrückt nach f4 sie bedeutete mir alles ! Richy rich gab aber nicht so schnell auf ,sie rief oft bei mir an ,und wenn ich nicht mit f4 zusammen war ging ich auch ans Telefon und sprach mit ihr, sie sagte dann ,habe ich dich jetzt verloren? Ist es zu spät ? Sie erklärte mir das sie das erste mal in ihrem Leben Liebeskummer hat ,ihr waren immer alle Trennungen egal ,aber diesmal hat sie richtige Körperliche 167Schmerzen und sie müsse sich oft übergeben ,wenn sie nur daran denkt das ich mit einer Anderen ins Bett gehe, sie tat mir sehr leid das ist kein Witz ,aber ich habe ihr immer wieder erklärt das ich nicht zurück komme ,das ich f4 liebe und weiter mit ihr durchs Leben gehen werde , es dauerte noch so 3 Wochen sie schrieb Smsen und sie rief mich öfters an und als letzten Ausweg machte sie mir einen Heiratsantrag sie wollte mich sofort Heiraten ,ich weiß noch wie ich sagte na da sei mal vorsichtig ,ich werde nächste Woche von f3 geschieden ,das stimmte auch ! Auch ihren

Antrag habe ich abgelehnt ,und im laufe der nächsten Tage hat sie sich beruhigt es ging ihr dann besser und es kehrte Ruhe ein ,sie meldete sich nicht mehr ! Mit f4 war alles in Ordnung ,wenn ich frei hatte übernachtete ich bei ihr ,oder sie bei mir ,wir sahen uns oft und telefonierten viel ,sie war sehr lieb zu mir sie sagte immer liebe Dinge die mich oft dahin Schmelzen ließen ,es war einfach nur schön mit ihr ,sie kochte oft die schönsten Dinge und auch backen ,war ihr auch nicht fremd , ich fand sie einfach Perfekt ,mit ihr konnte ich Fußball schauen ,es stellte sich immer mehr raus das viele Interessen überein stimmten ,unser Geschmack beim Essen war schon beängstigend nah zusammen ,wir hörten Stundenlang Musik ,auch da hat es gestimmt ,ich konnte auch oft ihre Gedanken lesen ,was sie etwas Unruhig machte ,es hat einfach gestimmt ,und das beste ,ich fand sie so wunderschön ,und wenn ich neben ihr lag und Morgens aufwachte ,und sie so ansah 168,fühlte ich einfach nur Liebe ,und wenn sie dann ihre Augen öffnete und mich ansah ,dann sah sie so süß und bezaubernd aus ,sie hatte einfach schon am frühen Morgen eine süße Fresse ! So es war soweit ich würde heute f3 wiedersehen ,mein Gott war das lange her ,wir hatten Kontakt ,telefonierten ab und an und wir schrieben ab und an ,aber Heute sollte wir uns wiedersehen die Scheidung stand an und noch vor ein paar Wochen wäre ich wohl zusammen gebrochen ,aber jetzt ,ging ich die Sache locker an und ich freute mich einfach nur f3 zu sehen ! Als ich in dem Stockwerk ankam

,wo ich hin musste, trat ich aus dem Fahrstuhl, und suchte den Saal wo es mit f3 beendet werden sollte ,auf dem Flur ganz hinten sah ich f3, wie sie aus dem Fenster schaute, ich näherte mich langsam von hinten an ,und ich sah wie klein und zart sie doch ist ,es war komisch aber alles danach war es nicht mehr ,ich sprach sie an und sie drehte sich um ,wir sahen uns in die Augen ,und haben uns sofort umarmt und lange gedrückt ,so standen wir eine Weile da ,es war wunderschön sie nach so langer Zeit in den Armen zuhalten ,ein schönes Gefühl ! Sie sagte ,na du schau mal ich habe mir die Haare Dark tulep gefärbt ,das ist mir natürlich nicht entgangen ,sie sagte ,mit dieser Farbe hat alles angefangen und so soll es auch enden ! Obwohl ich gerade frisch verliebt war ,muss ich zugeben das große Gefühle in mir hoch kamen ,wir unterhielten uns angeregt und sehr nett ,und haben uns noch öfter in die Arme genommen ,dann kam ihr Rechtsanwalt, sie stellte mich 169ihm vor und wir gingen in den Saal ! Wir saßen beide neben einander ,ich dachte daran wie meine erste Scheidung von statten lief ,ich und f2 saßen 10 Meter auseinander und ich fühlte einfach nur Hass, und jetzt saß ich genau neben f3 und fühlte einfach nur Liebe ! Die Richterin ,stellte die berühmte Frage ,erst ihr dann mir ob ich einverstanden bin das wir Heute geschieden werden und ich antwortete ,da muss ich noch etwas drüber nachdenken ,in dem Moment bekam ich den Ellenbogen von f3 in die Rippen, und ich sagte zur Richterin ,sehen sie so war das in der ganzen Ehe ich durfte nie was sagen ,aber OK ja einverstanden ,f3 lachte laut und sagte na geht doch , auch die Richterin musste lachen ,sie hat bemerkt das sich hier zwei trennen ,die noch gut miteinander klar kommen ,dann noch etwas bla ,bla ,bla von der Richterin und schon waren wir nicht mehr verheiratet ,sie hat sich dann von ihrem Rechtsanwalt verabschiedet ,und dann sind wir Arm in Arm runter zum Ausgang marschiert ,vor der Tür setzten wir uns beide hin und wollten noch eine Zigarette rauchen ,wir unterhielten uns noch eine ganze Weile ,und versprachen uns immer in Kontakt zu bleiben ,dann standen wir auf ,ich hielt ein letztes mal ihre unglaublich schönen Hände in den meinen wir umarmten uns ,sie sagte noch he du musste das sein, ich antwortete nur das war deine Entscheidung ,wir sahen uns ein letztes mal in die Augen ,dann drehte sie sich um und ging ,das war das letzte mal das ich sie gesehen habe ,wir schrieben und telefonierten öfter, aber gesehen habe ich sie 170nie wieder ! Ich ging zu meinem Auto und als ich drin saß ,platzte es aus mir raus ,ich habe geweint , geweint ohne Ende ,dann habe ich mich zusammen gerissen nach vorne geblickt und mich darüber gefreut das ich eine wunderbare tolle Frau an meiner Seite hatte und es kamen Glücksgefühle in mir hoch ich freut mich darauf das ich f4 Heute noch sehen durfte ! Es war eine traurige Scheidung ,und wenn es f4 nicht gegeben hätte wäre ich mit Sicherheit von einem Hochhaus gesprungen ,da bin ich mir sicher ! Abends haben f4 und ich mich darüber gefreut das ich nicht mehr verheiratet war und sind essen gegangen ,wir verbrachten einen schönen Abend miteinander und gingen dann schlafen ! F4 hat bemerkt das es mir nicht immer so richtig gut ging und ich auch öfter Luftprobleme hatte , sie bestand darauf das ich mich richtig gründlich untersuchen lasse ,sie sagte immer meine Gesundheit ist nicht mehr länger nur meine Sache ,da sie mit mir zusammen Alt werden möchte ! Ärzte waren nicht so mein Ding und immer wenn ich dachte das ich vielleicht krank bin ,und einen Arzt aufsuchte stellte sich immer raus das es nicht so schlimm ist ,ja ich war auch schon krank als kleiner Junge lag ich einmal in einer Lungenklinik mit Tbc ,Grippe, Erkältung ,diverse Knochenbrüche ,Nebenhöhlen Vereiterungen ,alles normale Dinge die man halt so im Leben bekommt ,aber ernsthaft krank ,nein , nein das konnte ich mir nicht vorstellen ,die anderen ja aber ich nicht ,wenn ich zum Arzt gehen würde ,dann findet 171der sowieso nichts aufregendes ,hören sie mit dem Rauchen auf das würde dabei rauskommen mehr nicht ,aber f4 gab keine Ruhe mein Luftmangel und mein Husten machten ihr Sorgen ,sie wusste ja nicht das mir auch ständig schwindlig war ,das ich immer kaputt war ,auch nach der kleinsten Anstrengung und das ich immer ein lautes Zischen in meinem Kopf hatte ,ich war doch nicht verrückt ,ich wusste doch wie streng sie bei diesem Thema war ,ich musste manchmal so husten das mir schwarz vor den Augen wurde und ich für eine

Sekunde keinen Durchblick mehr hatte ,und kurz vor der Ohnmacht stand und um Ehrlich zu sein irgendwie hatte ich in der letzten Zeit das Gefühl das ich vielleicht doch krank bin ,denn ich fühlte mich seit dem 4.3.2009 von Tag zu Tag schlechter und so ließ ich mich überreden einen Pneumologen aufzusuchen ,f4 hat für mich einen Termin gemacht ,als ich dort ankam ,saßen dort so viele Menschen und alle waren am husten grauenvoll ,ich fragte wie lange ich warten müsse ,sie sagte kann noch so 2 Stunden dauern ,obwohl ich einen Termin hatte ,ich sagte ab in bin nach Hause gefahren ,f4 war sauer sie verstand bei dem Thema keinen Spaß ,ich machte dann einen neuen Termin bei mir im Krankenhaus ,und ich nahm ihn auch war ,ich wurde gründlich untersucht , alle möglichen Dinge wurden gemacht ,auch ein Ct von meiner Lunge ,und als sie fertig waren ,musste ich rein zu einer Ärztin ,die dann ein Gespräch mit mir führte ! Ich setzte mich hin ,sie sah mich an und sagte oh da habe ich jetzt was 172anderes erwartet ,sie sagte mir das ich nur noch eine Lungenleistung von 50% habe und das ich Asbestose habe oder eine Fibrose genaueres erst nach weiteren Tests ,die dann auch später gemacht wurden ,nun war man sich fast sicher das es eine Asbestose ist , fast sicher ,ich sollte mich nicht mehr erkälten oder Krank werden ,weil dann Asbestfasern sich von meinen Bronchen lösen würden und in die Lunge gelangen ,ich bekam Sprays ,Tabletten und sollte regelmäßig untersucht werden ,das waren üble Nachrichten und f4 machte sich große Sorgen um mich ,aber es sollte sich später herausstellen ,das es eine Fehldiagnose war ,es war dann doch wieder eine Fibrose die meine Lunge geschädigt hatte ,eine die aber nicht vorschreiten sollte ,es war das volle durcheinander ,und weitere Test sollten folgen ! F4 und ich verbrachten dann ein schönes Harmonisches Weihnachtsfest ,wir waren beide ganz alleine ,ich machte meine Ente wie immer auch bei f3 zu Weihnachten und f4 kochte den Rest ,es hat wie immer alles sehr gut geschmeckt ich mochte immer alles ,ausnahmslos von dem was f4 gekocht hat ,einen Feiertag bin ich Taxi gefahren ,weil f4 bei ihrer Mutter war , es war eine glückliche Zeit ,wir liebten uns sehr und dann Silvester haben wir bei ihr verbracht ,es war nach langer Zeit mal wieder ein Silvester wo ich nicht Taxi gefahren bin ,f4 und ich waren alleine zu Hause und später sind wir noch hoch zu ihrer Freundin die bei ihr im Haus wohnte ,die ich übrings sehr gut leiden konnte und echte mochte ! Aber Silvester und 173auch den Tag davor habe ich mich sehr , sehr schlecht gefühlt ,f4 hat es gemerkt aber sie hat nicht gemerkt wie schlecht es mir wirklich ging ! So wir hatten ein neues Jahr und es sollte unser Jahr werden ,ich versprach ihr das alle Krankheitsgeschichten bei mir geklärt werden und ich mich jetzt auch besser um meine Gesundheit kümmern werde ! Wir mussten gleich damit anfangen ,denn f4 wurde krank ,sie hatte eine böse Erkältung ,und sie hat beschlossen das es nicht so gut wäre wenn ich mich anstecken würde und so durfte

ich sie nicht sehen solange bis es ihr besser geht ,wir haben nur telefoniert und hatten Sehnsucht aufeinander ,als wir dann der Meinung waren ,das es zu verantworten ist ,sagte sie gut kannst mich besuchen kommen ,ich hatte schon lange gedrängelt ,aber sie war immer so vernünftig ,und meinte nein noch zu früh ,aber jetzt war es soweit ,ich freute mich wie ein kleiner Junge ,ich war verrückt vor Sehnsucht ,ich machte mich fertig und packte ein paar Sachen zusammen ,um bei ihr im Bett zu übernachten ,ich wusste ja nicht das ich es für lange Zeit nicht mehr machen würde ! Ich fuhr freudestrahlend los ,obwohl es mir nicht gut ging es war in den letzten Tagen schlimm mit mir ,aber das war mir egal ich freute mich und setzte mich in mein Auto und fuhr los, kurz bevor ich dort war rief ich immer an und sagte ich bin in 5 Minuten da ,das machte sie auch immer ,sie sagte dann immer so süß und niedlich ,ich kann den Turm ,sehen ! Ich war da ich kletterte aus dem Auto ,und ich hatte einen Riesen 174Blumenstrauß dabei ,ich schleppte mich den Weg zu ihr hin ,es ging mir nicht gut ,aber egal davon würde sie heute nichts merken ,ich sah ihr Fenster ich sah sie meine Traumfrau im Badezimmer stehen und ich dachte hole den Schlüssel raus und schließe auf ,und ich freute mich ,es war der 19.01.2011!
!! Ich lag auf einer wunderschönen Blumenwiese,ich schaute mich an , an meinem Körper war ein weißes Gewand ,das strahlenste weiß was ich je sah ,es war hell ,die Sonne schien hell in mein

Gesicht und auf meinem Körper ,es war nicht zu hell ich wurde nicht geblendet ,es war nicht zu warm ,es war wohlig warm ,es war perfekt ,es war die absolute Ruhe ,nicht das kleinste Geräusch störte diese Idylle ,ich lag so da , in dieser Ruhe und fühlte ,Glück ,Geborgenheit ,und tiefen Frieden ,mein Körper schien schwerelos zu sein ,ich spürte nicht den geringsten Schmerz ,es war die absolute Leichtigkeit ,nichts schien zu stören ,nichts war von Belastung ,nichts war unangenehm ,es war einfach nur schön ,ich fühlte mich wohl behütet ,ich lag da und genoss diesen traumhaft schönen Augenblick und ich genoss diese perfekt anmutende Landschaft ,so weit das Auge reicht sanfte Hügel ,in einem satten Grün, völlig übersät mit den schönsten Blumen in allen Farben ,und hinten am Horizont sah ich einen tiefblauen Ozean ,der ganz ruhig und friedlich schien und das Wasser war so glatt das sich die Sonne und die Wolken darin spiegelten ,dann fühlte ich eine Leichtigkeit und fing an zu schweben 175,ich stieg auf und fühlte mich frei wie ein Vogel ,ich konnte mich von oben sehen ,ich schaute runter auf meinem Körper ,ich sah wie ich auf der traumhaften Wiese lag und vor Glück ,ein zufriedenes Gesicht machte ,ich hatte das Gefühl meinen mir zur Last gewordenen Körper ,abgeworfen zu haben und fühlte jetzt nur noch Wohlsein , ich schwebte ganz ruhig und sanft über die grünen Hügel in Richtung Sonne ,immer direkt auf die Sonne zu ,und jetzt formten sich die Wolken zu einem Tunnel ,ich schwebte genau dort hinein ,es war als wenn ich durch einen Tunnel aus Zuckerwatte schwebe ,ich schwebte direkt auf ein wunderschönes helles Licht zu ,und je näher ich dem Licht kam ,konnte ich eine Silhouette einer Frau erkennen ,die am Ende auf mich zu warten schien , ich konnte nicht erkennen wer diese Frau war ,ich konnte sie nicht richtig sehen ,aber ich fing an mit ihr zu reden aber ohne Worte , ich sagte wer bist du ,es ist so traumhaft es ist so wunder ,wunderschön wo schwebe ich hin ,sie antwortete ohne ihre Lippen zu bewegen mit der sanftesten, und wohlklingensten Stimme die man sich nur vorstellen kann ,Nirgendwo ,es ist noch nicht so weit ! Ich drehte mich beim schweben um 180 ° und es machte nur noch zisch in einer Sekunde schossen Blitze und helle Streifen an mir vorbei !!!!!!!!!!!!!!! Ich machte meine Augen auf und schaute umher ,mein erster Gedanke war warum , warum nur bin ich aufgewacht ,ich möchte weiter schlafen und weiter diesen perfekten Traum haben ,ich versuchte mich zu sammeln 176,ich schaute völlig verstört umher ,ich lag auf der Erde mitten im Matsch in meinem Kopf rotierte es nur noch ,ich versucht klar zu denken, was war hier los ,ich wusste gar nicht wo ich bin ,ich blickte mich ganz ruhig um ,und sah die komplette Fensterfront ,von f4 und jetzt so langsam dämmerte es bei mir ,jetzt wusste ich wo ich war und warum ich hier war ,ich spürte einen heftigen Schmerz überall am Körper ich sah das ich auf dem Blumenstrauss lag und dachte Scheisse der ist ja völlig kaputt ,ich merkte das mein Gesicht ganz nass ist und faste mit der Hand darüber ,ich schaute meine Hand an und sie war völlig voller Blut von meinem Gesicht ,ich versuchte aufzustehen ,was mir aber nicht gelang auf allen vieren krappelte ich zur Eingangstür und erreichte gerade so die Klingel von f4und drückte drauf ,kurze Zeit später ertönte der Summer ,ich schob die Tür auf und schleppte mich in den Hausflur ,f4 sah um die Ecke und schrie ganz laut auweia was ist den passiert sie rannte mir entgegen und half mir auf die Beine und brachte mich in ihre Wohnung ! F4 kümmerte sich um mich ,sie war total geschockt,ja und ich erstmal ,ich hatte die Bilder im Kopf ,über das was gerade bei mir abgelaufen war ,jetzt merkte ich sehr starke Schmerzen an den Rippen und im Gesicht ,ich konnte mich kaum noch bewegen ,f4 wollte mich sofort ins Krankenhaus bringen ,aber ich sagte nein ich fahre Morgen früh ins Krankenhaus zu meiner Pneumolgin ,Abends als wir ins Bett wollten merkte ich das ich nicht liegen konnte keine Chance ,es ging nicht ,also hat f4 mir auf dem 177Sofa ein Sitzbett gebaut ,und ich habe versucht im sitzen zu schlafen ,was mir nur teilweise gelungen ist ,ich konnte nicht schlafen ,ich hatte Schmerzen und irgendwie war ich total aufgewühlt und sehr traurig ,es war alles so anders in meinem Kopf ! Am Morgen habe ich mich im wahrsten Sinne des Wortes zu meinem Auto geschleppt ,f4 war böse mit mir ,ich bestand darauf alleine zufahren ,und sagte nur ich melde mich dann ,das Auto fahren viel mir mehr als schwer ,und ich war froh das ich es geschafft hatte,ich erzählte an der Annahme ,was passiert war ,und die Schwestern brachten mich sofort in die Notaufnahme ,wo man sich dann um mich gekümmert hat ,es folgten Untersuchungen ohne Ende , Blutentnahme,Ekg,Röntgen,Ct,und ein Ausführliches Gespräch mit dem Arzt der gerade Dienst hatte in der Notaufnahme ,er sagte ich dürfe das Krankenhaus nicht mehr verlassen ,ich musste da bleiben ,der Arzt sagte sie haben 7 gebrochene Rippen ,ein angebrochenes Jochbein ,das sei aber nicht das schlimmste ,denn es ist was mit meinem Herzen nicht in Ordnung ! Er verabreichte mir erst einmal Betablocker! Ich wurde dann auf eine Station gebracht ,wo mich ein sehr netter Arzt empfing und auch sehr nette Schwestern ,der Arzt sagte das er sich im laufe des Tages um mich kümmern werde ,ich rief f4 an ,und sagte ihr das ich das Krankenhais nicht mehr verlassen darf und ich Sachen brauche ! Ich spürte eine sehr unangenehme Traurigkeit ,aber ich dachte auch Ok bleibst du halt 1-2 Tage hier und 178dann ist es alles in Ordnung mit dem Herz ! Es dauerte auch nicht lange und dann kam der sehr nette Arzt zu mir ins Zimmer ,er unterhielt sich sehr lange mit mir er nahm sich richtig Zeit ,wie es weiter geht weiß er nicht ,das muss mit dem Chefarzt der Kardiologie dr dr f besprochen werden ,denn ich hatte einen Herzstillstand von ca 5 - 7 Minuten ,es lief mir kalt den Rücken runter ,und ich spürte wieder diese Traurigkeit ,und jetzt war mir genau klar was ich vor der Tür von f4 erlebt hatte ,und jetzt dachte ich warum nur bist du wieder Wach geworden ?der Arzt,stellte mir noch viele Fragen und das Gespräch wurde immer intensiver ,er streichelte mir über meine Hände und sagte sie brauchen sofort Psychologische Betreuung ,er werde alles in die Wege leiten !mir viel auf das dort im Krankenhaus jeder sehr nett war alle Schwestern und Ärzte ,ich fühlte mich gut aufgehoben ,aber ich war sehr traurig eine Traurigkeit so intensiv wie ich es gar nicht kannte ! Ich rief den Ossi an und erzählte ihm was los war 15 Minuten später war er da und auch f4 war mit meinen Sachen eingetroffen ,beide versuchten mich zu beruhigen ,was ihnen auch gelang ,auch dem kleinen Scheisser habe ich angerufen, erst einmal mußten sie dann wieder gehen es standen eine menge Untersuchungen an ,und ein Langzeit Ekg bekam ich umgeschnallt ,spät Abends kam noch der kleine Scheisser zu Besuch ! Die Nacht wurde sehr komisch und schmerzhaft ,ich bekam andauernd Krämpfe im Rücken die meine gebrochenen Rippen auseinander zogen ,ein Schmerz den 179ich zuvor noch nicht erlebt hatte und ich krümte mich zusammen und schrie die ganze Station wach ,die Schwestern waren damit überfordert und holten den diensthabenden Arzt der Nachts da war ,er verabreichte mir Morphium , was mir aber immer dann wenn ich einen Krampf im Rücken bekam nicht helfen konnte aber ich wurde Müde davon und konnte im sitzen etwas schlafen !

Am Morgen musste ich mein Langzeit Ekg abgeben und ich musste zu einem Herzultraschall ,ich sollte auch auf ein Fahrad ,das klappte aber nicht meine Rippen und die Krämpfe ließen das nicht zu ,ich wurde dann zurück in meinem Zimmer gebracht und etwas später war es dann soweit ,es betraten mehrere Ärzte mein Zimmer ,es war auch der Chef dr dr f dabei ,als erstes mussten sie mit ansehen ,wie ich einen Krampf bekam und mich vor Schmerzen krümmte und laut schrie ,dr dr f gab sofort Anweisungen was zu tun ist und alle Schwestern und Ärzte sprangen er war eine Respektsperson das konnte man sofort erkennen ,aber zu mir war er sehr nett und Fürsorglich ! Er sagte zu mir sie sind ein sehr schwer kranker Mann ,sie haben Herzaussetzer von teilweise bis zu 6 Sekunden , er müsse Morgen früh sofort eine Herzkatheteruntersuchung machen und dann so schnell wie möglich müsse er mir einen Herzschrittmacher verpflanzen ! Auch er streichelte mir meine Hand fing an sich mit mir zu unterhalten und sagte zu dem Arzt auf meiner Station ,der Mann braucht sofort Psychologische Betreuung ,worauf mein Arzt antwortete habe ich schon in die Wege 180geleitet ,dr dr f sagte das ich bei den Eingriffen Wach sein werde ,es müsse dabei mit mir reden ,und er sagte wir werden uns gut verstehen ,vertrauen sie mir ! Es war komisch aber ich habe diesem Mann blind vertraut ,blind ! Aber ich hatte Angst ,ich war noch nie ernsthaft krank ich hatte Angst davor das mir jemand in meinem Herzen rumfummelt und ich das mitbekommen sollte ,aber ich vertraute diesem Mann ! Mein Arzt erklärte mir später den genauen Werdegang ich musste ein paar Papiere unterschreiben ,und am Frühen morgen holten sie mich ab ,ich telefonierte noch mit f4 und sagte ihr wie groß meine Angst ist ,sie versuchte mich zu beruhigen ,sie war einfach nur lieb sie war ein wahrer Engel und sie sagte bleib ruhig ich komme nach der Arbeit ! Eine Schwester und ein Pfleger den ich schon gut kannte bereiteten mich auf dem Tisch gut vor und dann kam er dr dr f ,er redete sehr nett und lieb mit mir ich konnte alles was passierte auf einem Monitor verfolgen , ich merkte genau was er machte ,ich lag wie versteinert auf dem Tisch keine Regung kein Zucken ,ich hatte vorher Angst das ich einen Krampf auf dem Tisch bekomme genau wenn er in meinem Herzen ist ,er sagte nur das wird nicht passieren vertrauen sie mir ,es passierte nicht ,als er fertig war sagte er zu mir das haben sie super gemacht ,ich sagte nur nein sie haben das super gemacht danke ! Sie brachten mich dann wieder rüber auf meine Station und der Ossi war schon , und jetzt kommt ein Phänomen was mich dann auch immer begleitete, ich begrüßte den Ossi 181und stand von meiner Bare auf und ging erst einmal eine rauchen mit ihm , ich erholte mich sofort von allem ,ich war fähig sofort aufzustehen und durch die Gegend zu laufen ,der Ossi sagte bist du bescheuert bleib liegen ,ich immer nur geht schon komm wir rauchen eine ! Der Ossi erlaubte mir aber nur eine halbe ! Es ging dann los ich bekam Besuch von einer Psyschologin einer sehr netten Frau ,die mit mir ein sehr langes Gespräch führte ,und später bekam ich besuch von einem Psychologen ,dr b auch er war super nett und sprach sehr sehr lange mit mir ,er und sie tauschten sich aus ,abends kam ein Arzt zu mir ,es war ein anderer als mein Stationsarzt der hatte Heute frei ,er sagte das ich Morgen früh abgeholt werde und ich eine Kardioversion bekomme mit einem Schluckecho ,er sagte mir aber nicht was das genau ist ,nur das mein Herz zurzeit nicht im Sinus ist und bevor sie mir einen Hezschrittmacher verpflanzen müsse es im Sinus sein was immer das auch heißt im Sinus ! Ich unterschrieb ein paar Papiere wie immer! Am Morgen holten sie mich ab ,ich wurde auf eine andere Station gebracht und in ein ganz leeres und ungemütliches und kaltes Zimmer geschoben dort lag ich dann ganz alleine und ich wusste nicht was jetzt passieren sollte ,ich hatte Angst es war sehr unangenehm hier drin ,dann kamen 2 Schwestern rein ,sie sagten gehen sie bitte noch einmal Wasser lassen ,dann machten sie meinen Oberkörper frei und legten mich ins Bett ,sie schlossen mehrere Ekg Geräte an und steckten mir 182einen Sauerstoffschlauch in meine Nase ,ich fragte was passiert jetzt mit mir ,sie waren erschrocken und fragten wissen sie das nicht ,nein weiß ich nicht ,sie sagten die Kardiologen werden es ihnen erklären ! Jetzt lag ich noch sehr lange alleine in dem Zimmer im Bett und machte mir so meine Gedanken

,das zischen des Sauerstoffes nervte mich und es roch auch merkwürdig ich habe diesen Geruch nie wieder vergessen ,ich hatte Angst und meine Traurigkeit erreichte einen neuen Höhepunkt ,ich lag dort im Bett und musste Weinen ,aber dann ging es los, die Zimmertür öffnete sich ,es wurde laut ,es betraten vier Ärzte und drei Schwestern mein Zimmer ,sie hatten unglaubliche Geräte dabei ,im nu war mein Zimmer voller Geräte der eine Arzt sagte zur Schwester nehmen sie bitte noch die Rückwand vom Bett ab nur für den Fall ! ich sagte he was ist das denn alles , alles nur meinetwegen ,na da wird sich meine Krankenkasse aber freuen ,sie mussten alle lachen ,und ein Arzt sagte ja das ist alles für sie, sie wissen nicht was jetzt passiert ,hm das sollten sie aber wissen ,da hat ihr Arzt sie aber nicht gut informiert ,aber Ok wir erklären es ihnen ! Sie werden diesen Schlauch schlucken ,in dem Moment wo er im Magen ist ,schießen wir sie weg mit einer Kurzzeitnarkose ,wir machen sie dann für ein paar Sekunden Tot, und holen sie dann mit dem Defriebilator zurück ,und dann sollte ihr Herz wieder im Sinus schlagen ,und nun fingen sie an ,der Arzt mit dem Riesen Schlauch sagte ich solle mich auf die rechte Seite drehen ,was mir nicht so schnell gelang 183,und er sagte nun los was dauert da denn so lange ,aber ein anderer Kardiologe ,der mich schon kannte sagte der Herr hat 7 gebrochene Rippen ,darauf der andere Arzt tut mir leid machen sie ganz langsam ,nun lag ich und machte den Mund weit auf ,ich hätte mir bald vor Angst in die Hosen gemacht ,aber ich hatte Glück ,denn die Schwestern hatten mich ja zum Wasser lassen aufs Klo geschickt ! Ich zitterte am ganzen Körper ,er nahm den Schlauch mit der Kamera dran und steckte ihn mir in den Mund langsam schob er ihn immer weiter rein und sagte dann jetzt schlucken und ich schluckte ,und dann rief er laut ,jetzt abdrücken und es gingen sofort bei mir die Lichter aus ! Ich machte meine Augen auf ,und ich spürte einen Schmerz an meinen Rippen und ein heftiges brennen auf der Brust ,ich versuchte mich zu bewegen was mir sehr schwer viel ,ich schaute nach meiner Brust ,sie war total verbrand ,es kam dann eine Schwester rein und sagte sie müssen noch eine Weile liegenbleiben bis ein Arzt nachgesehen hat ob alles Ok ist ,und sie schmierte Brandsalbe auf meine Brust ,ich lag jetzt wieder so alleine im bett rum beobachtete den Monitor an dem ich noch angeschlossen war ,mein Herz tickte ruhig und gleichmäßig und ich merkte wieder diese Traurigkeit in mir drin ich konnte nichts dagegen machen ,ich dachte nur wie schön es wäre wenn f4 bei mir wäre,und mir liefen die Tränen über das Gesicht ! Dann kam ein Arzt rein und sagte alles Ok ihr Herz schlägt wieder im Sinus ,wegen der Verbrennung endschulige ich 184mich aber wir brauchten die volle Ladung es war dr r ,er war mir von der ersten Sekunde an sympathisch ,er führte auch ein offenes Gespräch mit mir und sagte sie brauchen Psychologische Hilfe ,ich sagte habe ich schon,die Schwester macht gleich alles ab und dann werden sie rüber gebracht und ich hoffe wir sehen uns nicht wieder ,aber um ehrlich zu sein befürchte ich leider wir sehen uns wieder ! Er sollte Recht behalten ,dr r und ich lernten uns noch besser kennen ! Auf Station angekommen wartete der Ossi schon ,die Schwestern haben ihm erklärt was mit mir gerade passiert und er wartete geduldig ,und überhaupt erzählten sie dem Ossi alles sogar mein Stationsarzt,sie dachten alle er ist mein kleiner Bruder das dachten immer sehr viele wir sahen uns sehr Ähnlich ,er war eben nur genau 10 Jahre jünger ,er sah mich auf derTrage liegen und wusste nicht so recht was er sagen soll ,aber das nahm ich ihm ab uns fing sofort an zu berichten ,sprang von der Trage und sagte las uns eine paffen gehen und schon lag ich lang ,ich bekam Krämpfe im Rücken und die Rippen rissen wieder auseinander ,und ich schrie laut und lag auf dem Boden und er sagte was soll ich machen ,nix geht gleich wieder ,wir gingen in Richtung Raucherecke draußen vor der Tür, auf dem Weg dort hin klappte ich noch zwei mal zusammen und dann steckten wir uns eine an ! Ich bekam dann Bescheid das ich den nächsten Morgen abgeholt werde und mir der Herzschrittmacher verpflanzt wird ,und schon ging mir wieder die Düse ! F4 185kam dann und ich berichtete was so passiert ist ,es waren dann f4 der Ossi und der Pole da und redeten auf mich ein ,weil mir doch die Düse ging wegen Morgen ,sie hatten alle gut reden ,es waren ja nicht sie die dort liegen mussten ,auch der kleine Scheißer wollte mir die Angst nehmen ,sie kam immer spät Abends weil sie immer solange Arbeitet ,auch der Alte kam mich besuchen ,ein alter Freund aus der Zeit in der Firma ,was soll ich sagen ich liebe den Alten ! Ich hatte auch an diesem Tag zwei Sitzungen bei den Psychologen ,die sich danach wieder Austauschten ! Am Morgen kam dr dr f rein und sagte ,es geht gleich los ,ich soll locker bleiben er macht das schon ,ich sagte nur alles klar sehen uns gleich ich freue mich darauf , er musste laut lachen und verließ mein Zimmer! Ich telefonierte noch schnell mit f4 sie war so lieb und sagte wundervolle Worte ,die mich beruhigen sollten , hat fast geklappt fast ,auch den Ossi rief ich noch an ! Ich saß diesmal mehr als ich lag ,die Schwester und der Pfleger machten mich wieder klar für dr dr f ,aber diesmal bekam ich ein grünes Tuch vor das Gesicht gespannt ,und konnte nicht viel sehen , dr dr f und dr b kamen rein sie waren diesmal zu zweit ,wir machten einen kleinen Plausch er beruhigte mich ,und ich sagte nur noch nun fangen sie schon an in meinem Herzen rum zu Doktern , ich hörte Lateinamerikanische Musik, die mir nicht schlecht gefiel und schon merkte ich wie sie mir die Brust aufschnitten, ich saß ganz ruhig und versuchte mich zu konzentieren , ich merkte alles es war 186unangenehm , aber schmerzlos , ich merkte wie er die Elektroden durch meine Vene ins herz schob und sie dort befestigte , ich merkte genau wie er vorsichtig in meinem herzen arbeitete , ich dachte was für ein Künstler ,nur nicht bewegen , die OP dauert 2,5 Stunden und ich habe mich nicht einmal gerührt ,zum Ende hin sagte dr dr f zu dr b das ist ein sehr schöner Mann also machen wir auch eine schöne Narbe ! Und von einmal ein Schmerz ich sagte auha das habe ich jetzt gemerkt, er , noch einmal dann haben wir es geschaft ,danach sagten sie sich immer nur so zahlen und Buchstaben ,sie stellten den Schrittmacher ein ,ich musste mal und sagte das auch es wurde langsamm knapp und die Schwester holte eine Ente ,ich fragte wie lange noch ,zehn minuten ,ich riss mich zusammen ,ich war fertig und sie befreiten mich ,ich stand auf und marschierte zum Klo ,Ärzte und Schwester he he liegen bleiben wir helfen ihnen ,aber ich war schon fast da , ich hörte wie dr dr f sagte was ist das der kann gleich losmarschieren das habe ich ja noch nie gesehen ,gehen sie bitte hinterher und passen auf ihn auf ,was die Schwester dann auch machte ,plötzlich stand sie hinter mir und sah zu wie ich pinkelte , sie sagte ist alles OK ,ich ja etwas wackelig aber geht schon ,sie sagte nur ach was ! Auf Station angekommen saß der Ossi schon da ,und schaute mich an ,ich he gehen wir eine paffen ,er bist du bekloppt ,nein geht schon ! Die Schwestern und Ärzte verstanden das auch nicht ,sie sagten nun bleiben sie doch mal im Bett ,aber ich hatte Lust umher zu laufen es 187machte mir nichts aus ,es gibt wohl so Menschen ganz wenige nur aber es gibt sie ,die stecken das einfach weg ! Ich bekam einen Anruf von Richy rich ,sie sagte ich könnte es mir nie Verzeihen ,wenn dir was passiert und ich hätte dich nicht mehr gesehen ,ich sagte nur ach so du könntest es dir nicht Verzeihen ,ich war einverstanden und sie kam ,wärend sie da war kam auch der Pole ,der Ossi und der Alte ,und alle lernten Richy rich kennen ! Als sie ging brachte ich sie noch zur Tür ,und sie sagte zu ihr passend und brauchst du Geld ? Ich habe mich um ehrlich zu sein gefreut das sie da war ! Am nächsten Tag hatte ich einen Termin bei beiden Psychologen ,es dauerte lange ,es war ein sehr ausführliches Gespräch ,sie kannten mein ganzes Leben sie wussten von mir alles ,und sie waren sich einig und sagten auch das sie mit einem Prof der Psychologie über meinen Fall diskutiert haben und sie wissen nach allen absprachen auch mit den Kardiologen die Ursache ,warum mein Herz still stand und nicht mehr wollte ,die Diagnose ist unumstößlich ,sie steht fest da gibt es nichts drann zu rütteln ! Sie saßen vor mir schauten mir in die Augen und sagten ,sie haben ein gebrochenes Herz ,ich solle jetzt nicht lachen ,f3 hat ihnen das Herz gebrochen ,ich wollte gar nicht lachen ,mir war sowieso nicht zum lachen ,sie sagten so etwas gibt es und ich sei ein Parade Beispiel dafür ,sie wollten das ich in eine Psychologische Klinik eingewiesen werde ,und das was ich im Leben erlebt habe einfach zuviel ist und nun das Fass überläuft 188,aber sie können mich nicht zwingen ! Ich lehnte dankend ab ! Aber warum mein Herz wieder ansprang wusste niemand ,aber das sollten sie noch rausbekommen ! So f3 hat mir also das Herz gebrochen ,das konnte ich mir gut vorstellen , nach den Gefühlen die nach unserer

Trennung in mir waren ,nach den Schmezen die ich hatte ,nach der Traurigkeit die ich durchleben musste , ich habe mich schon darauf gefreut es f3 zu erzählen wenn wir mal wieder telefonieren würden ! Aber egal ich hatte f4 und sie ließ mich f3 ganz klar vergessen , einen Tag später war f4 noch spät Abends da und es fing an das es mir schlecht ging ,ich lag im Bett ich hatte Panik ,alles fing an zu zittern ich bekam keine Luft mehr,es ging mir Scheiße ,f4 holte eine Schwester und die holte einen Arzt ,sie machten ein Ekg und mussten feststellen das mein Herz wieder aus dem Sinus ist , es war keine schöne Nacht am nächsten Morgen kam dr dr f und sagte ich bekomme Heute eine Kardioversion und solle nichts essen , und schon ging mir wieder die Düse , und schon holten sie mich ab und ich lernte dr r schon etwas besser kennen , auch diesmal bin ich wieder aufgewacht , und war zurück im Sinus ,einen Tag später wurde ich entlassen ,f4 holte mich ab sie brachte meine Sachen ins Auto , ich war traurig das ich weg musste , ich fühlte mich behütet und geschützt im Krankenhaus es war komisch das ich es verlassen musste ,und schon im Auto auf den Weg zu f4 fühlte ich mich fiebrig und bekam einen Husten ,wir mussten sowieso zu einem Arzt der sich um 189mich kümmern sollte ,es war eine Bronchietes , 7 gebrochene Rippen eine frische OP Narbe und dazu einen Riesen Husten mit Auswurf , diese Schmerzen sind echt eine 10 ! Der Arzt gab mir sofort Kodein Hustensaft damit ich das alles schnell loswerde ,er konnte sich vorstellen ,das ich Schmerzen hatte beim husten ,f4 hat sich um alles gekümmert um meine Medikamete um alle Termine , sie baute Abends mein Sitzbett auf dem Sofa ,und bei dem Dauerhusten hielt sie mir einen Spucknapf unter meinen Mund ,und wir hatten auch beide einen besonderen Griff wie sie mich hochbekommt damit ich aufstehen konnte ,ja sie hat mich sogar gewaschen , sie war einfach da und hat alles erledigt ,sie war Tag und Nacht für mich da , obwohl sie in der Woche auch arbeiten musste , und sie sagte sogar noch das sie mich liebt ,sie war unglaublich ! Es ging mir dann schnell besser jedenfalls so das ich mich von alleine bewegen konnte und aufstehen konnte ! Aber ich merkte dann das es mir wieder schlechter ging , es war mein Herz das konnte ich merken , ich zögerte noch ,und ging erst einmal zum Hausarzt , aber ich musste feststellen das er überhaupt keine Ahnung hatte und nur Scheiße von sich gab , es gibt Ärzte die sind schon Ewig Ärzte und haben sich nie fortgebildet , sie wissen nicht mehr Bescheid und sind bei was anderem als Schnupfen überfordert , sie sind nur Ärzte weil das Geld stimmt , und so einen habe ich erwischt ! Ich rate jedem der meint echt doll krank zu sein gleich in ein Krankenhaus zu fahren , dort gibt es immer 190einen Arzt der Ahnung hat ! Viele Leute meckern immer das die alle scheiße bauen ,aber wenn sie was merken das da was sein kann , dann werden sie auch daraufhin untersuchat und das von dem der Garantiert weiß was er macht , ein Hausarzt weiß nicht was er macht und es kann dann schnell zu spät sein ,es gibt natürlich Ausnahmen ich habe mir dann eine junge Hausärztin gesucht die mir im Krankenhaus empfohlen wurde und die hat Ahnung und ist super nett ! Es half nichts der Typ war super scheiße und ich fuhr in die Notaufnahme in meinem Krankenhaus und das Ende war ich musste sofort wieder da bleiben ,weil mein Herz nicht mehr im Sinus war , das kann man hören und auch fühlen am Puls , aber der Hausarzt sagte nur zu mir gehen sie rüber zu Schlecker und holen sie sich Magnesium Tabletten ,dann hören sie auf zu Zittern und die Krämpfe gehen auch weg ! Dr dr f und der Stationsarzt stellten dann fest das er beim Medikamentenplan , die wichtigen Herztabletten vergessen hatte , was ich Schade finde ist das es diese Praxis noch gibt ,und er weiter eine menge Geld verdient ,viele sagten zu mir zeige ihn doch an ,aber das ist nicht mein Ding so bin ich einfach nicht ! Nun lag ich wieder im Krankenhaus und was mussten sie machen na klar eine Kardioversion ,was soll es ich lernte dr r noch besser kennen ,und dann im Zusammenhang mit den Herztabletten sollte es doch klappen , dr dr f war zuversichtlich ! Nach fünf Tagen durfte ich das Krankenhaus wieder verlassen ich ging wieder mit Wehmut zu meinem Auto 191,und ich bleib auch erst einmal zu Hause alleine ,f4 brauchte auch einmal ihre Ruhe ,aber ich merkte meine Traurigkeit ,ich war nur traurig ,es kamen mir ständig die Tränen ich war nicht mehr Glücklich ,es ging mir nur besser wenn f4 bei mir war ,sie ließ meine Traurigkeit für kurze Zeit zur Nebensache werden ,es war irgendwas nicht richtig in meinem Kopf da stimmte was nicht ,es war alles anders da drin ! Ich hatte Angst zu laufen ,viele Menschen waren mir ein Greul das konnte ich nicht ertragen ,und Auto fahren war mir auch nicht geheuer , ich dachte dann immer nur nicht tot umfallen ,und auf dem weg vor f4 ihrer Haustür 192konnte ich nicht lang gehen ich lief dann über den Rasen ,es war alles Scheiße und das ganze Leben erschien mir komisch ! Es dauerte dann auch nicht lange und ich merkte wieder mal was los ist ,also ab in die Notaufnahme ,und sieh an das Herz schlug schon wieder nicht im Sinus ,also musste ich dort bleiben eine gepackte Tasche hatte ich schon immer bereit zu stehen ! Dr dr f ordnete eine erneute Kardioversion an ,und nun so langsam kannte ich dr r schon recht gut ,aber diesmal ging die Version in die Hose ,ich merkte einen großen Schmerz und schreckte hoch ,ich öffnete die Augen und sah das entsetzen der Ärzte und Schwestern ,die mich mit großen Augen ansahen ,ich schrie laut los ,ich bringe Euch um ihr Schweine und schon viel ich wieder um ,als ich Wach wurde konnte ich mich daran erinnern ,und habe es dr r auch erzählt ,er sagte das passiert schon mal selten, aber es 192kann passieren ! Auch der Erfolg war nicht da und das Herz schlug nicht im Sinus ,am Morgen kam dr dr f und sagte das es nicht Erfolgreich war und er wird es Heute wiederholen ,ich wusste das es nicht in Ordnung war ,es Heute gleich zu wiederholen und ich sagte meine Unterschrift bekommen sie nicht ! Er sagte laut alle raus hier ,er schickte sein ganzes Gefolge aus dem Zimmer , und nun waren wir beide alleine , ich sagte das mehrere Doktoren gesagt haben das es kaum noch zu verantworten ist ,es wäre langsam zuviel ,er sagte die sollen sich da raus halten ,wenn sie ihre Arbeit richtig gemacht hätten wäre es nicht passiert ,er hatte ganz gute Argumente dafür es sofort zu wiederholen ,ich hatte gute Argumente es zu lassen ! Er malte mir auf der Brust genau auf wo er die Pads hinhaben möchte ! Jetzt sagte er in einem ruhigen sachlichen Ton , es wird ihnen nichts passieren ,sie sind zu stark ,ich werde Persöhnlich Anwesend sein , ich bitte sie vertrauen sie mir ,ich werde um 13 Uhr drüben auf sie warten ,und ich werde sehen ob sie kommen ,er drehte sich um und ging ! Es begann ein Riesen Tumult ,Schwestern kamen zu mir und sagten gehen sie nicht ,Ärzte sagten gehen sie nicht ,f4 sagte nein, sie kam von Arbeit angeflogen um auf mich einzureden ,der kleine Scheißer hat es mir sogar verboten ,ich hatte noch drei Stunden Zeit , und meine Gedanken drehten durch , ich sagte allen sie sollen mich in Ruhe lassen ,ich musste nachdenken ! Um 13 Uhr stand ich vor dr dr f und sagte zu ihm dann mal los 193Gott ! Ich wachte wieder auf und war im Sinus ! Den nächsten Tag wurde ich entlassen und fuhr wieder voller Wehmut nach Hause ! Kurze Zeit später viel mein Herz wieder aus dem Sinus ,aber jetzt war es so ich bekam eine Kadioversion ,lag noch eine Stunde im Bett und danach bin ich mit meinem Auto nach hause gefahren ,dr dr f hat es erlaubt ,er sagte das ich dazu fähig bin er vertraut mir da einfach ,aber es passierte immer wieder ,und ich wurde weiter richtig untersucht ,und nach der 8.Kadioversion ,wussten sie endlich was bei mir nicht in Ordnung war ! Dr dr f rief mich auf meinem Handy an und fragte ob ich in 20 Minuten im Krankenhaus sein könnte ,er sagte mir wo ich hin kommen solle ,ich fuhr völlig Aufgeregt los und dachte so, was wollen sie ? Ich ging auf die Kadiostation ins Konferenzzimmer ,da saßen alle Ärzte mit denen ich es hier im Krankenhaus je zu tun hatte ! Sie erklärten mir dann das ich einen Funkenflug im Herz habe ,ausgelöst von der Aorta ,da ich Geschwüre in der Aorta habe ,die für Funken sorgen ,die dann auf meinen Sinusknoten treffen und das Herz immer wieder durcheinander brachten , es sei nicht zu operieren , mir würden durch die Unterversorgung von Sauerstoff und Blut nach und nach die Organe ausfallen ,es täte ihnen leid aber sie können mir nicht mehr helfen ! Aber eine gute Nachricht hatten sie noch ,dr dr f hat mit dem Herzspezialisten in unserem Land gesprochen ,er war neugierig auf den Fall und wollte mich kennenlernen und untersuchen ,sie übergaben mich dem 194Deutschen Herzzentrum ,wünschten mir alles gute und hofften das Prof H mir helfen kann ,ich bedankte mich bei ihnen allen für ihre Bemühungen und ihrer Freundlichkeit ,und ging mit einen Termin bei Prof H aus dem Raum ,ich verließ das Krankenhaus in dem ich aus und ein gegangen war ,ich blickte zurück als ich mit dem Auto das Gelände verließ ich blickte zurück und war sehr Traurig irgendwie war es schon mein zuhause ,es tat weh ! Auf dem Weg machte ich mir so meine Gedanken ich war dem Tode Geweiht das ging mir durch den Kopf damit muss man erst einmal klar kommen ,es ging aber, da ich sowieso immer nur traurig war und mir immer mehr wünschte das ich nie mehr Aufgewacht wäre ,hatte ich nicht mehr so eine Angst vor dem Tot ,aber ich war mir auch darüber klar das ich noch einen Grund hatte weiter zu Leben ,es war f4 ,ich liebte f4 so sehr das sich das lohnen sollte weiter zu leben , aber ich musste es wohl nehmen wie es kommt ! So ich musste f4 anrufen und mit ihr reden ! Es war also der Funkenflug der mein Herz noch einmal angetrieben hat ,die Krankheit die ich hatte ,die hat mir noch einmal das Leben gerettet, um es mir dann später zu nehmen ,wow wie verrückt ! F4 sprach mir Mut zu und sagte Prof H wird eine Lösung finden ,aber es waren noch 10 Tage bis zu dem Termin ,F4 und ich hatten im Dezember eine Reise gebucht ,2 Wochen Türkei 5 Sterne mit allem drum und dran ,so langsam hatten wir angst das die Reise jetzt ausfallen würde ,das lag jetzt wohl bei Prof H es wird seine Entscheidung ,und da waren 195wir uns einig ,was er sagt wird gemacht ! Nun saß ich so alleine zu hause ,und mir viel beim Fernsehen immer öfter auf ,und überhaupt in jedem Lied ,es wurde nur von gebrochenen Herzen gesungen andauernd hörte man es überall ,er hat mir mein Herz gebrochen ,das ist etwas was man ständig hört überall an jeder Ecke in jedem Film in jedem Lied ,und ich denke nur die sind doch alle völlig bekloppt ,wissen die überhaupt was sie da von sich geben ,denn wenn einem das Herz gebrochen wurde ,landet man ständig im Krankenhaus ,das ist ein gebrochenes Herz und nicht dieser Mist den sie alle so von sich geben ! Danke f3 !!!!!!

Der Termin und die Untersuchung bei Prof H rückten immer näher ,es ging mir mal so und mal so ,ich wurde mit starken Herzmedikamenten gefüttert ,es waren schon sehr viele ,und dadurch rutschte mein Herz ständig rein und wieder raus aus dem Sinus ,es wechselte fast täglich ,wenn es draußen war ,ging es mir sehr schlecht ich konnte kaum 10 Meter gehen ,wenn es drin war ging es mir viel besser ,ich hatte auch so langsam finanzielle Probleme ,da ich selten Taxi fahren konnte !

Meine gebrochenen Rippen merkte ich auch noch ,ich musste 9 Wochen im sitzen schlafen ,und nach 12 Wochen merkte ich das erste mal Nachts beim umdrehen das ich kein Schmerz mehr verspürte ,sie waren geheilt ,und an so einem Herzschrittmacher muss man sich gewöhnen ,er ist nicht so klein wie viele Menschen glauben, und auch ich dachte er wäre viel kleiner , aber er hat genau die Ausmaße eines 196Zippo Feuerzeuges , und es tut zu Anfang bei jeder Bewegung die man macht weh ,aber irgendwann hat man sich zu 100% daran gewöhnt ! Der Tag war gekommen ich hatte den

Termin bei Prof H ,es ist ein riesiges Krankenhaus und das Deutsche Herzzentrum sieht innen sehr Modern aus ,ich fuhr mit dem Fahrstuhl hoch und lief durch die Gänge zum Büro von Prof H ,ich stand an der Anmeldung ,wo dann die Dame sagte ich möchte bitte noch Platz nehmen ,er wird mich holen ,ich saß da und war aufgeregt und zitterte am ganzen Körper und meine Gedanken spielten verrückt in meinem Kopf ! Es dauerte nicht lange und schon kam er um die Ecke ,und sagte freundlich bitte folgen sie mir , mir viel sofort auf das er sehr groß war ,im Büro begrüßten wir uns und er bat mich Platz zu nehmen , ich saß ihm nun voller Ehrfurcht gegenüber , wir plauschten erst einmal Privat , ich sagt man sie sind ja noch größer als ich , und er sagte ja das ist komisch wenn man in unserer Größe auf jemanden trifft der noch größer ist , wir stellten fest das er noch ein Jahr jünger ist ,und dann sprach er mich auf meine gebrochenen Rippen an ,er sagte das er sich beim Skifahren mal 3 Rippen gebrochen hat , und das es enorme Schmerzen waren die er seinen ärgsten Feind nicht wünscht ! Aber jetzt kam er zur Sache , er hatte alles von mir er wusste genau Bescheid ,er sagte das er mit dr dr f gesprochen hat und das er sämtliche Untersuchungsergebnisse kennt ,er habe alle Röntgenaufnahmen und CTS gesehen , und er sagte das er 8 197Kardioversionen für die absolute Grenze hält ,er sagte nur man da haben sie ja schon eine Menge mit gemacht ! An der Aorta können wir nichts machen zu gefährlich ,aber er hat sich Gedanken gemacht und sagte ,aber ich werde sie operieren , ich werde ihnen Narben in ihre Herzkammer brennen , und so wollen wir erreichen das die Funken nicht mehr auf den Sinusknoten treffen , sondern umgeleitet werden in die Herzkammer zu den Narben , er sagte mir genau wie die OP ablaufen solle ,und sprach immer davon das er dort punktieren wird und dann da punktiert und ich sagte , sie machen hier und dort ein loch in mein Herz rein ,und er ja OK ich mache ein Loch in ihr Herz , hier und dort ,mir wurde ganz schlecht ! Er sagte das er der Meinung ist das es so hinhauen würde ,er sagte aber auch das es wahrscheinlich 2 OPS werden , aber am Ende könnte er mich heilen davon schien er überzeugt zu sein , sie sind zu jung zum sterben sagte er , ich werde ihnen helfen ,ich fragte wann es gemacht werden soll und sagte ihm das ich eine Reise vor hatte ! Er sagte ich müsse wissen wie ich mich fühle wenn mein Herz nicht im Sinus schlägt , aber das mir eigentlich nichts passieren kann ,das ich nicht tot umfallen kann , da ich einen Herzschrittmacher habe , und er es sogar gut findet wenn ich mich nach allem und vor der OP etwas ausruhe ,und bevor die anderen Organe ausfallen haben wir noch reichlich Zeit ,er gab mir sein OK ,wir machten einen Termin klar , es sollte 4 Tage nach dem Urlaub passieren , ich sollte eine Woche im 198Krankenhaus bleiben und danach sollte ich es so einrichten das ich 10 Tage zuhause gepflegt werde ,ich dürfe nicht aufstehen und mich irgendwie anstrengen nur liegen ! Schöne Reise bis dann ,den Rest macht meine Sekretärin! Er war ein sehr netter und hochgradig sympathischer Mann , ich vertraute ihm ! Ich fuhr dann zu f4 um ihr die guten Nachrichten zu übermitteln , sie freute sich riesig darüber , und sagte gleich , die 10 Tage bleibst du bei mir ich kümmere mich um dich ! Sie war ein Traum ,sie war immer lieb zu mir sie kümmerte sich um alles , nie ein böses Wort , immer nett und lieb , und bei ihr hat alles gestimmt , ich fand sie einfach nur perfekt , meine Liebe zu ihr war mehr als riesig sie war extrem und nicht zu überbieten , und ich beschloss ihr im Urlaub einen Heiratsantrag zu machen , das stand für mich fest sie war einfach ein wunderschöner großherziger Engel ! Es waren noch 2 Wochen bis zum Urlaub in meinem Kopf war immer noch alles sehr traurig ,ich konnte nichts dagegen machen ,ich hatte immer ein trauriges Gefühl , ich ließ es f4 nicht so richtig merken , und sie war auch der einzige Mensch , in dessen Gegenwart ich mich besser fühlte , wenn ich alleine war , war es kaum auszuhalten , ich überlegte manchmal ob ich das Angebot der Psychologen in eine Klinik zu gehen annehmen sollte , aber ich wollte der Sache noch eine Chance geben , das mit der Panik und der Angst , ging im laufe der Zeit auch von selbst wieder weg , Autofahren und viele Menschen , machten mir nichts mehr aus , und ich konnte wieder 199den Weg gehen , auf dem es passiert ist es war alles kein Problem mehr , nur das mit dem Traurig sein bekam ich nicht in den Griff ,und genau jetzt wo ich mich

auf unseren Urlaub richtig freute , bemerkte ich
das f4 etwas komisch wurde ,es fing an ,damit
das alles was ich sagte von ihr infrage gestellt
wurde , sie hatte immer was dagegen zu sagen
,immer fing sie irgendwie an leicht mit mir zu
meckern ,das kannte ich nicht von ihr sie war
immer nett und lieb , sie wurde jetzt öfter ,
Ironisch , Laut , Zickig , und unfreundlich mir
gegenüber , es tat mir sehr weh das sie so war
denn ich war immer noch sehr lieb ! Ich war
dann öfter zu hause als sonst , und wenn ich
anrief , ging sie fast nicht mehr an das Telefon ,
ich machte mir Sorgen , was mit ihr los ist ,
denn auch am Telefon , war sie nicht sehr nett
zu mir ,ich sprach sie darauf an ! Sie sagte ,
mach dir keine Sorgen , ich kann mich zur Zeit
selbst nicht leiden , sie hätte zu viel zu tun auf
Arbeit und sie ist irgendwie Ausgebrannt , aber
sie freut sich auf den Urlaub , und sie wird sich
dort wieder erholen , ich hatte Verständnis
dafür und ließ sie in Ruhe , ich wusste ja was
sie durchgemacht hatte , die ganze Sache mit
mir ging ihr sehr nahe , und auf Arbeit war bei
ihr viel zu tun , das wusste ich , ich wollte mich
dann im Urlaub um sie kümmern , und ganz lieb
sein , denn das hatte sie verdient ! Aber
irgendwie wurde sie immer komischer , sie
wurde teilweise richtig eklig , es war kaum
noch zu ertragen , aber ich blieb geduldig , ich
fragte auch ob das noch Sinn für sie macht , mit
mir in den 200Urlaub zu fahren , ihre Antwort
war blöde und nicht zufriedenstellend , ich
dachte darüber nach nicht mit zu Fliegen , der
Meinung war auch der Ossi , dem ich das alles

erzählte , er sagte bleib zu hause ! Für mich war diese Reise sehr Teuer , da ich nicht viel gearbeitet hatte in den letzten Monaten , und sie abzusagen wäre ein leichtes für mich gewesen , wir hatten eine Reiserücktrittsversicherung und ein Artest hätte mir jeder Arzt ausgestellt ! Sie hatte ganz kurz vor dem Urlaub Geburtstag , ich habe ihr 52 rote Rosen mitgebracht , und wir verbrachten das Wochenende zusammen , sie war nicht so lieb und entzückend wie sonst , aber es ging sie war nicht so eklig wie in den letzten Tagen , sie schien sich irgendwie zusammenzureißen ! Einen Abend vor unserem Flug , fuhr ich zu ihr , weil sie näher am Flughafen wohnte , Abends packte sie ihren Koffer , sie war nicht gerade nett aber es ging , wir gingen auch getrennt schlafen , und am Morgen kam ein Taxi uns abholen , sie war wie ich gleich merken musste ein nicht guter Fahrgast , nach 5 Minuten sagte sie zu mir der fährt aber nicht richtig er hätte doch da lang fahren können, ich sagte nur nein der fährt absolut richtig , das macht der jeden Tag der weiß genau wo es lang geht , das kannst du mir glauben ! Im Flugzeug , ging es dann so richtig los , sie war nicht einverstanden mit einer Flugbegleiterin , sie war der Meinung die Dame hat einen zu großen Hintern , und sie fühlte sich von ihr belästigt , sie sagte zu mir ,was ist den das , achten die denn Heut zu Tage nicht mehr da 201drauf ! Madame war Müde und machte ein kurzes Nickerchen , und als sie Wach wurde , erzählte ich ihr das ich was interessante gesehen habe aus dem Fenster , und sie sagte , warum machst du mich dann nicht Wach ? Kurze Zeit später machte Madame wieder ein Nickerchen und ich sah erneut was interessantes aus dem Fenster , aber diesmal machte ich sie Wach , oh mein Gott sie drehte völlig durch , was ich mir nur so einbilde sie Wach zu machen , sie hat doch die Nacht wenig und schlecht geschlafen und wegen so einen Mist mache ich sie Wach , das empfand sie als Frechheit , sie konnte sich die nächsten 15 Minuten gar nicht mehr beruhigen sie war erschüttert , wie konnte ich nur so Böse zu ihr sein ! Ich dachte nur , nah das geht ja gut los mit ihr ! Im Hotel angekommen ,ist war alles sehr schön das Hotel machte einen sehr guten Eindruck , ein netter Mann brachte uns in unser Zimmer , wir mussten in den Fahrstuhl , bis ganz nach oben , es war ein sehr schönes Romantisches Zimmer, mit Dachschrägen ,wir sind dann raus auf den Balkon , und hatten einen Zauberhaften Ausblick ! Links waren die Berge zu sehen , rechts das tief blaue Meer und unter uns war ein großer Swimmingpool , es war schon spät und wir hatten Hunger , es war auch Abendessen Zeit ,und wir machten uns frisch und gingen erst einmal runter ins Restaurante , f4 sah traumhaft schön aus , als wir beide das Restaurante betraten , dachten wir uns trifft der Schlag , wir sahen das größte und leckerste Buffet was wir je sahen , da waren wir uns einig , es 202war alles dort die Auswahl war Grandios , und es schmeckte alles fantastisch , es gab nicht den kleinsten Grund zur Kritik , wir schlugen uns die Bäuche voll , und erkundeten danach das Hotel , was genau unseren Geschmack traf , danach gingen wir auf das Zimmer , wir waren beide müde und gingen ins Bett , es stand ein riesiges Doppelbett in das wir uns legten und ein Einzelbett in dem Zimmer , für Sex waren wir zu müde , wir schliefen auch sofort ein ! Am Morgen gingen wir zum Frühstück was genauso üppig und wohlschmeckend war ! Danach kam f4 auf die super Idee ihre Freundin ,die bei ihr im Haus wohnte , und durch Zufall auch in der Nähe mit ihrer Tochter Urlaub machte , zu besuchen , sie waren den letzten Tag dort und sollten Abends Abreisen , f4 und ihre Freundin telefonierten , und die Freundin riet ihr davon ab , da es eine Clubanlage war und niemand rein darf , aber f4 wusste es natürlich besser und sagte das kriegen wir schon hin , und schon machten wir uns auf den Weg , wir sind mit dem Dollbusch gefahren , mussten umsteigen und noch einen anderen nehmen , ich finde eine tolle Einrichtung diese Dollbusch Busse du kommst überall hin wenn du erst einmal durchgeblickt hast wie es funktioniert dann sind sie Spitze ! Wir haben es geschafft und nach 1,5 Stunden standen wir vor der Clubanlage und durften nicht rein , f4 rief ihre Freundin an die dann nach vorne zum Tor kam , aber auch so durften wir nicht rein , aber f4 konnte nicht aufgeben es war in dem Moment das aller wichtigste für sie , ihre 203Freundin noch kurz zusehen , ich hatte das Gefühl sie würde dafür morden , und so schmiedeten wir den Plan über den Strand heimlich in die Anlage zu gelangen , nur das es alles Clubanlagen waren rechts und links davon und so mussten wir etliche Kilometer die Strasse runter laufen und dann wo es nicht mehr Privatstrand war , den ganzen Weg am Strand zurücklaufen , sie hatte Glück an dem Tag war mein Herz im Sinus , aber ich bin nur hinterher getrottet und sie musste an dauernd warten , auch wenn es im Sinus ist kann ich nicht mehr richtig laufen , ich sah in ihrem Gesicht das ihr das nicht passte , und so rannte sie immer wieder vor , sie war im Vollrausch , sie musste ihre Freundin unter allen Umständen noch sehen da führte kein Weg dran vorbei es musste einfach sein ! Kurz vor dem Strand der Clubanlage , setzte ich mich auf eine liege ich war total fertig , ich sagte kläre das mit deiner Freundin , und sage mir dann Bescheid ,ich wartete dort auf f4 , ich dachte sie kommt gleich zurück , und sagt mir wie wir in die Anlage kommen ich wartete sehr lange , ich lag auf der Liege und ich schlief sogar vor Erschöpfung ein , aber nur kurz , ich saß da so ohne Wasser und mit ganz wenig Geld und wartete auf f4 , nach 2 Stunden bin ich dann aufgestanden und am Strand zurück gelaufen , und rein in den nächsten Bus zurück in unser Hotel ! Weitere 2 Stunden später kam f3 und sie fand das normal , warum ich nicht mehr da war , hat sie gefragt , es gab eine kurze Diskussion , und dann War Abendessen an der Reihe , ich sagte immer nur so nebenbei etwa 10 204mal , du hast mich einfach zurückgelassen ! Nach dem Essen auf unserem

Zimmer sagte sie wie schlecht sie die Nacht davor geschlafen hätte , wenn ich mich umdrehte würde sie immer wach werden und deshalb geht sie ins kleine Bett schlafen ! Bei mir sofort die Alarmglocken an und ich fragte was denn eigentlich so los ist mit ihr und ob sie das alles so in Ordnung findet was sie da macht ? Ihre Antwort war erschütternd , sie machte am 2. Tag im Urlaub mit mir Schluss und sie tat auch noch so als wenn es normal wäre ! Sie lag mit einer Arrogans auf dem Hotelbett und sagte sie macht jetzt Schluss mit mir ,sie sagte du bist es nicht , kaum zu glauben nach dem was sie 7 Monate so von sich gegeben hatte , ich merkte ihr am Gesicht an und wie sie es sagte das sie es verdammt ernst meinte , ich war von einer Sekunde zur anderen völlig geplättet ! Aber ich dachte nach und wusste ich habe noch 2 Wochen das Blatt zu wenden und sie vom Gegenteil zu überzeugen , Kampflos wollte ich sie nicht gehen lassen und so fragte ich mal ganz ruhig und sachlich nach was ihre Beweggründe sind , und warum jetzt genau jetzt in dem Urlaub wo ich mich erholen sollte , warum sie es jetzt macht ! Sie wollte erst nicht darüber reden , aber ich habe nicht aufgegeben und wollte eine Erklärung , und irgendwann gab sie nach und fing an mir zusagen warum ! Ich komme nicht mehr damit klar das du Krank bist und ich glaube auch nicht das du wieder Gesund wirst ,ich bin eine jung gebliebene aktive Frau und kann dich nicht mehr an meiner 205Seite gebrauchen ,ich habe noch vieles vor und das würde mit mir nicht mehr gehen sagte sie ! Und sie meinte das ich zu Arm bin meine Finanzieller Status hat ihr nicht gepasst ! OK ich konnte das verstehen , sie glaubte nicht mehr an mich , sie musste viel mit mir durch machen und war ausgebrand , und das mit dem Finanziellen konnte ich auch verstehen , eine Frau in diesem Alter sucht Finanzielle Unabhängigkeit , alle, wenn eine Frau sagt die selbst Arm ist , das es nicht so ist dann lügt sie ! Aber dann begann sie mich so richtig zu beleidige , ihre Mängelliste wurde jetzt sehr , sehr lang und verletztend ,es waren alles unwichtige und banale Gründe die man schon so nach und nach mit vernünftigen Gesprächen , hätte abschaffen und ausmretzen können , wenn mir eine Frau sagt, dieses und jenes mag ich nicht dann bin ich bemüht dies zu Ändern sofern es mir möglich ist , das finde ich nicht als ein Problem , bei der Frau die ich so liebte wie f4 hätte ich es sehr gerne getan , aber sie bekam ja nicht ihren doch so schönen Mund auf ! Es sprudelte nur so aus ihr raus , es nahm kein Ende ,ich hörte es mir alles an , und dann lag ich nur noch traurig und einsam auf dem Bett , es tat mir sehr weh das alles von der Frau zu hören die man so extrem liebt ! Wir redeten noch die ganze Nacht bis wir dann irgendwann in getrennten Betten einschliefen ! Am Morgen dachte ich darüber nach sofort nach hause zu fliegen , aber das hätte Geld gekostet und das hatte ich nicht , und f4 meinte wir können doch trotzdem zusammen Urlaub machen , ich ließ mich 206darauf ein ! Aber dann lernte ich eine völlig andere f4 kennen ,ich sollte mit ihr

Urlaub machen im selben Zimmer sein wie sie und ich sollte sie nicht berühren dürfen das erschien mir doch sehr abwegig , aber gut was sollte ich sonst machen , ich nahm diese absurde Herausforderung an , wir haben alles zusammen gemacht , wir gingen zusammen zum Essen ,wir gingen zusammen zum Strand und zum Pool, wir fuhren zusammen in die Stadt , und wir gingen zusammen schlafen , aber in getrennten Betten , ich war immer lieb , nett und freundlich zu ihr , was sehr schwer war und nicht immer klappte , denn sie benahm sich teilweise fürchterlich , wir gingen oft Hand in Hand und wir schmusten sogar , aber dann beim schlafen gehen , war nichts , sie sagte dann he was soll das , mache es dir doch nicht so schwer , nimm deine Hände weg bitte , die waren nämlich im Urlaub laufend und ständig an ihr dran, es war so schwer für mich meine Hände weg zu lassen ich sah sie den ganzen Tag im Bikini rumlaufen , sie lief auch ständig nackend durch unser Zimmer , sie stand vor mir und cremte sich ein, von oben bis unten , sie bückte sich andauernd und hielt mir ihren traumhaft schönen , erotischen Popo mitten ins Gesicht , ehrlich mitten ins Gesicht , mir blieb nichts anderes übrig , ich nahm ihn und knutschte ihn ab , sie wehrte sich nicht und ließ das zu , aber nach etwa 5 Minuten , kam es dann wieder , was soll denn das , mache es dir doch nicht so schwer , hör auf damit ! Gleich sagen nein oder den Hintern erst gar nicht in mein Gesicht stecken wäre auch eine 207Variante gewesen , aber da kam sie nicht drauf , sie genoss es so richtig , das ich verrückt wurde , und sie dann nein sagen konnte , das war ihr richtig angenehm ! Ich glaube andere Männer hätten sie erschlagen , da bin ich mir sicher , das was sie dort mit mir veranstaltete war Selige Grausamkeit , aber ich blieb ruhig ! Ich war 7 Monate mit ihr zusammen , sie war ein Traum , ein Engel , einfach nur bezaubernd , immer lieb und nett , aber jetzt kam eine völlig neue Seite zum Vorschein , die ich nicht kannte , wer war das ????? Sie hat Dinge getan und sich benommen das war nicht mehr zu glauben , ich habe sie oft gefragt wer bist du , gib es endlich zu f4 ist zuhause , du bist die böse Zwillingsschwester , ich möchte f4 wieder haben , dann schaute sie mich nur böse an ! Ich war völlig fertig und traurig , aber sie hat es geschafft ,das ich nicht vor Traurigkeit durchdrehte , sie machte es einfacher für mich , wie ? Mit ihrem Benehmen , ich dachte teilweise ich habe es mit einer Irren zu tun ! Sie fing laufend an, an mir rum zu kritisieren , sie mochte es nicht wie ich aß , sie meckerte sogar darüber wie ich stand , auch das konnte sie nicht leiden , sie beleidigte mich ständig , sie war taktlos und teilweise bösartig , und immer wieder stellte ich mir die Frage wer ist das ? Ich ertappte mich dabei wie ich oft dachte , der Urlaub hat ein Ende und dann brauchst du diese Frau nie wieder sehen , aber es gab auch die andere Seite , wo wir uns gut verstanden haben , wo wir Tränen gelacht haben , wo wir im Meer eng umschlungen geschmust haben , es war 208ein Wechselbad der Gefühle , ich hoffte noch , das sie sich wieder einbekommt , aber es konnte von Minute zu Minute wechseln bei ihr ! Wenn mein Herz im Sinus schlug war sie meist böse zu mir , wenn es nicht im Sinus war , hat sie sich um alles gekümmert , am Strand holte sie die Liegen , sie rannte auch immer los Getränke holen , und auch sonst war sie lieb , ich überlegte schon ob ich es nicht mehr sage wenn mein Herz im Sinus schlägt , aber sie kannte sich damit gut aus , sie hätte es gemerkt ! F4 rauchte gerne mal ein Tütchen , so nannte sie das immer und sie sagte das so süß , das ich sie hätte auffressen können dafür , aber ich habe ihr erklärt , das sie auf keinen Fall was mitnehmen darf , die Gesetze in der Türkei sind da doch recht streng , sie sagte nur das es kein Problem für sie ist 2 Wochen im Urlaub kein Tütchen zu rauchen , aber schon am 2. Tag ging das gequengel los , sie wollte ihr Tütchen , ich konnte es nicht mehr hören und sagte ihr aus Erfahrung wie man das im Urlaub macht um was zu bekommen , ich sagte du musst einen vom Hotelpersonal ansprechen, ich sehe genau wer hier mal ein Tütchen raucht , ich zeigte ihr einige ! Aber sie traute sich nicht und ich musste weiter das gequengel ertragen ! Es hat mir gereicht , und ich sagte OK ich besorge dir was , aber nicht rum meckern , das was du hier bekommst ist nicht so gut und sie bescheißen dich sowieso , also wenn du 20 Euro gibst , bekommst du garantiert nur für 10 ! Aber das ist doch egal kannst ja später noch einmal was holen , ja egal kein Problem , ich sprach

210jemanden an wo ich mir sicher war , und sieh an es hat sofort geklappt , es sagte ja , heute Abend kannst du es dort bei mir abholen ! F4 freute sich darüber ,und dann bin ich Abends vor dem Abendessen zu dem Angestellten des Hotels hin und das Gras abgeholt , genau wie ich dachte , es war viel zu wenig und die Qualität ließ sehr zu Wünschen übrig , aber der Angestellte riskierte seinen Job ,ich habe es dann hoch ins Zimmer zu f4 gebracht , und ich dachte sie würde sich freuen darüber , aber weit gefehlt , sie nahm das kleine Tütchen und fing sofort an sich aufzuregen , wie eine Geisteskranke brüllte sie rum , sie schrie mich an , du bist zu dämlich was zu besorgen , du läst dich hier bescheißen , das glaube ich ja nicht sie hörte gar nicht mehr auf zu meckern ! Ich wollte ihr nur einen Gefallen tun , aber diese Reaktion war völlig unangemessen ! Aber ich blieb noch sehr ruhig ! Sie fuhr dann mit dem Fahrstuhl runter zu dem Angestellten und stellte ihn zur Rede , sie sagte das sie es den Hoteldirektor sagen wird , der Angestellte hatte Angst um seinen Job und besorgte ihr noch was von dem Gras ! F4 hat immer eine Flasche Wasser dabei, das muss einfach sein, ohne eine Flasche Wasser in ihren Händen kann sie nicht leben , sie denkt dann immer sie müsse verdursten , wir sind in die Stadt gefahren , im Fahrstuhl sagte sie noch ich muss noch eine Flasche Wasser vom Wagen der Reinigungsfrau nehmen , hat es aber dann vergessen und so saßen wir im Dollbuschbus und dann merkte sie es , sie 210wollte sofort wieder aussteigen , ich

sagte nur wir sind doch gleich in der Stadt dort
kannst du dir eine Flasche Wasser kaufen ,die
Fahrt dauert doch nur 20 Minuten ! Es war zu
spät der Bus fuhr los und genau in diesem
Moment hatte f4 unerträglichen Durst , sie
machte ein Theater , sie tat mir so furchtbar
leid die arme , sie hatte doch so einen Durst ,
und noch 18 Minuten ohne Wasser waren ja
nicht zu überstehen, da war sie sich sicher , sie
meckerte und sie war der Meinung das eine
Flasche Wasser in der Stadt ein Vermögen
kostet , sie hat es dann doch mit dem letzten
Hauch ihres Lebenswillens geschafft , und 10
Meter vom Bus entfernt gab es schon Wasser
1,5 Liter für einen Euro ,sie saugte dann an der
Flasche wie ein Mensch der sich 2 Tage auf
allen vieren durch die Wüste geschleppt hatte,
und dann ein Wasserloch fand !es war mal
wieder soweit f4 sagte zu mir dreh mir doch
mal ein Tütchen,sie rauchte ich habe es im
Urlaub aber immer gedreht , kein Problem
mache ich doch für f4 gerne ! Ich lag da so halb
auf f4 ihrem Bett und drehte das Tütchen auf
dem Nachttisch , ich war gerade fertig da sah
sie das mein Hacken vom Turnschuh leicht ihr
Bett berührte , sie sah mich mit sehr ernster
Mine an und fing dann sofort an zu schreien ,
warum bist du mit deinen dreckigen Turnschuh
auf meinem Bett , ich weiß sowieso nicht
warum du auf meinem Bett liegst , jetzt sind
doch Bakterien in meinem Bett , sie konnte sich
nicht mehr beruhigen sie drehte komplett durch
, sie beleidigte mich aufs übelste , jetzt hat es
mir gereicht 211und ich brüllte zurück , sie sah

mich an , warum bist du denn jetzt so fragte sie dann völlig entsetzt , sie merkte gar nicht was sie so den ganzen Tag von sich gegeben hatte , so etwa alle 10 Beleidigungen wehrte ich mich mal und sagte auch was , sie war dann gleich erschüttert , was ich mir einbilde so mit ihr zu reden ! So nun hatte sie also Angst vor Bakterien auf ihrem Bett ,weil doch mein Hacken ein kleines Stück drauf war ! Sie hatte immer angst vor irgend welchen Krankheiten, das ist mir schon sehr bald aufgefallen , bei dem kleinsten Pickser dachte sie sofort an böse Krankheiten , das fand ich komisch , und bei den ersten malen , wenn sie vor Schmerzen das Gesicht verzogen hat , habe ich innerlich mit dem Kopf geschüttelt , aber nicht lange , denn es hat mich nicht weiter gestört , ich habe gelernt das , es der Kopf ist , alles was dort drin passiert , kannst du kaum steuern ! Aber es war schon teilweise lustig , sie stieß sich im Hotelzimmer den Zeh , großer Aufschrei , schmerzverzehrtes Gesicht und gleich geflucht , so eine Scheiße , jetzt habe ich mir den Zeh gebrochen und das hier in der Türkei , das kostet ein Vermögen hier zum Arzt zu gehen , so ein Mist jetzt kann ich den Rest des Urlaubes nicht mehr laufen , 5 Minuten später , kein Wort mehr , kein Schmerz mehr alles wieder in Ordnung , so etwas nennt man Turbo-Schnellheilung , schon einmal davon gehört ? Sie steht vor dem Spiegel und macht sich fertig zum Abendessen , und plötzlich ein Schmerz , unerträglich , das Gesicht völlig verzerrt , und los geht es , so 212ein Mist , jetzt bekomme ich hier im Urlaub ein Magengeschwür , so eine Scheiße wo soll ich denn jetzt in der Türkei einen Schlauch schlucken , man hätte denken können sie ist dem Tode nahe , und plötzlich völlig unerwartet 5 Minuten später tritt die Turbo- Schnellheilung in kraft , buh noch einmal Glück gehabt ! Sie hat den ganzen Urlaub an mir rum gemäkelt , das hat sie 7 Monate nie gemacht , nicht mit einem Wort , sie hatte nie was an mir auszusetzen , aber dort im Urlaub sprudelte es nur so aus ihrem doch so schönen Mund , meine Ordnung hat sie im Hotezimmer gestört , wenn wir das Zimmer verließen , hat sie groß aufgeräumt und die Betten gemacht , ich sagte zu ihr wenn wir abreisen bekommst du Trinkgeld von den Reinigungsfrauen und nicht umgekehrt , ich sollte beim Essen die Gabel weiter zu Munde führen und gerade sitzen , habe ich dann selbstverständlich getan , nach ein paar Tagen sagte ich zu ihr das mir meine Schulter arg weh tut da ich mit der Gabel immer so einen weiten Weg zurücklegen müsse , einmal auf den weg zu Restaurante meinte ich , he f4 wir müssen noch einmal zurück auf unser Zimmer ich habe meinen Stock für den Rücken vergessen , damit ich Kerzen gerade sitze , sie konnte darüber nicht lachen und sagte dann immer Ironisch , sehr witzig ! Ich sollte auch meine Hand nicht in der Hüfte halten beim stehen , ich sehe dann aus wie ein Proll sagte sie ! Eines Morgens wurde ich wach und merkte wie jemand an meinem Fuß rumfummelt , es war f4 und sie hatte dabei sogar ihre Brille auf , 213und dann du hast dort eine Stelle mit Hornhaut , das ist ja furchtbar , ja so wurde ich schon geweckt ! Sie war live dabei sie hat alles mitangesehen , ich lag andauernd im Krankenhaus , sie haben mir genau 28 Stromschläge verpasst , die Muskeln zerstören , ich konnte mich Monatelang nicht , oder kaum bewegen , trainieren ging gar nicht , aber sie lag neben mir auf der Liege am Strand und fing an , an mir rum zu mekeln , erst waren es meine Beine die ihr nicht passten , und sie erzählte mir von Ex Freunden , was die für schöne Beine hatten , unheimlich taktvoll , dann war es der Rest , und sie piekte mir mit dem Finger in die Hüfte und sagte Michelin Menschchen ! Ich sollte Abends nicht so viel essen damit ich nicht noch dicker werde ! Sie wollte mir sogar vorschreiben wie ich mich zu bräunen habe , sie sagte jetzt musst du aber deine Arme hoch nehmen daunter bist du ganz weiß , das sieht ja unmöglich aus , ich sollte mich natürlich auch eincremen , was ich aber nicht machte das mache ich nie , jeder weiß das ! Sie hatte sagenhafte Angst vor einen Sonnenbrand , Sonnenbrand war gleich Hautkrebs , und deshalb war das Eincremen ein Ritual das man gesehen haben muss , es war ein Muss , es war die Show schlecht hin , es war für jedes Köerperteil eine gewisse Menge vorgeschrieben die peinlich genau einzuhalten war , es gab da eine Stelle am Rücken, dort kam sie nicht ran , egal wie sie sich auch mühte , es klappte nicht , also bat sie mich das zu machen , mir wurde die exakte Menge auf die Hand gegeben und 214dann erteilte sie die genaue

Anweisung , wenn ich auch nur einen Centimeter zu weit nach rechts oder links kam ,brüllte sie sofort los : habe ich schon ! Es war der absolute Knaller ,ich fragte mich jeden einzelnen Tag mehrmals , wer ist das ? Sie war böse , sie war taktlos , sie war teilweise aggressiv , sie beleidigte mich ständig , sie nörgelte an mir rum , und sie war so etwas von arrogant ,ihre Arroganz hatte Ausmahße , wie man sie nur selten im Leben zu sehen bekommt , und das war das beste daran , genau das hat mich nicht gestört , ich fand es schon lustig wie sie sich so im Hotel benommen hatte , ich sah ihr gerne dabei zu und beobachtete das Szenarium ! Ihre Sonnenbrille war defekt , oh je was nun ? Wir gingen runter zu den Einkaufspassagen , wo es Sonnenbrillen in Massen gab , Gräfin betrat das Geschäft und an der Wand hingen etwa grob geschätzt 300 Sonnenbrillen , es kam ein Verkäufer und fragte ob er helfen darf , großer Fehler sehr großer Fehler , aber das sollte er noch merken , er rannte mit einer Sonnenbrille nach der anderen zur Gräfin , die sie sich dann auf ihre Nase setzte und sich im Spiegel begutachtete , dann ein kurzer Blick zu mir und die Brille war durchgefallen , ich machte es mir im Laden auf einen Stuhl gemütlich und sah dem treiben gerne zu , der Verkäufer rannte hin und her , ich nehme an so 100 Brillen hat Gräfin schon auf der Nase , als sie anfing mit dem Verkäufer zu diskutieren, Gräfin hat es geschaft , das der Verkäufer einen Spiegel der im Laden hing ab montierte und ihn in die Sonne stellte , der

Grund dafür 216war , Gräfin wollte nicht schauen ob sie mit den Brillen gut in der Sonne sehen konnte , Gräfin wollte sehen, wie sie in der Sonne mit der Brille aussah das war ihr wichtig ! Geschätzte 100 Brillen später kaufte sie 2. Stück ! Wir waren auf einen großen Markt f4 schaute an einem Stand nach einem T-Shirt sie öffnete die Plastiktüten in denen die T-Shirts verpackt waren, ich musste mich vor sie stellen und sie zog sich obenrum aus und zog das T-Shirt an , ich hatte einen großen Spiegel in der Hand in dem sie sich begutachtete , eine Verkäuferin rannte ständig neue Ware holen , sie packte etwa 30 T-Shirts aus den Verpackungen aus , probierte sie an und schmiss sie dann beiseite , das ging ewig so sie war mit keinem einverstanden und verließ den Stand an dem sie Chaos angerichtet hatte ohne was zu kaufen , dann plötzlich rannten ihr 2 Männer hinterher und wollten sie verprügeln , sie rief ganz laut nach mir und ich musste dazwischengehen , die Männer zogen wütend ab ! Danach wich sie mir nicht mehr von meiner Seite! Vor unserem Hotel gab es einen Laden ,der hatte es ihr angetan ,ein recht großer Laden und sie stöberte nach Kleidern , Hosen , Blusen ,Röcken und plötzlich kam ein junger Mann und fragte ob er helfen könne , ich denke nur nein , nein , geh sofort weg du weißt ja gar nicht auf was du dich da einläßt verschwinde bitte ! Zu spät , sie sagt ja bitte ! Ich sucht mir ein ruhiges Plätzen , das ich auch fand , ein wunderbares Ledersofa , sehr bequem , ich hatte gute Sicht und genoss es dem Verkäufer zu 217zusehen , f4 stand in ihrer Kabiene und zeigte , erklärte , gestikulierte wie ein Dirigent ,und der Verkäufer rannte , sprang , suchte , packte aus , begutachtete sie , so nach einer Stunde ging ich vorbei und sagte zum Verkäufer, der wusste das ich zu ihr gehöre , na mein Freund anstrengend was ? Er sagte zurückhaltend nein ist schon gut , ich sagte he sag die Warheit ich kenne das ,und die Frau doch gut ! Er lachte und machte zu mir puh und verdrehte die Augen , ich lachte laut und setzte mich wieder auf das Sofa für Runde zwei ! Sie kaufte dann 6 Teile und alle waren Glücklich , aber f4 hat sich bei mir noch beschwert ,das ich nicht bei ihr war und bei jedem Teil was sie anzog meinen Kommentar ab gab und ihr sagte wie toll sie darin aus sah , was zweifellos der Fall war ! Es war auch immer etwas Besondres ihr zu , zuschauen wenn sie im Restaurante so am Büffet lang schlenderte , die Nase immer weit nach oben , ich habe immer einen Tisch gesucht und mich ran gesetzt , und gewartet und beobachtet bis sie kommt , es kam öfters vor das ihr der Tisch nicht passte , weniger der Tisch , mehr die Tischnachbarn , es waren einmal Leute aus Sachsen , da stand sie auf und sagte das sie das Gequatsche am frühen Morgen nicht ertragen könnte , und sie sagte solche Sachen auch immer so laut , das es die Betreffenden auch gut hören konnten ! Am Strand vor unserem Hotel war ein Restaurante , zum trinken und zum Mittag essen , dort fühlte sie sich öfters belästigt ! Wenn eine Frau im Bikini , wie viele andere auch zum Tresen ging , sie aber etwas 218fülliger war , meinte sie immer , das sie doch hier Nahrung und Getränke zu sich nimmt , und sich dabei nicht ekeln möchte , sie möchten sich doch bitte was um den fetten Arsch binden ! Ich fand ihre arrogante Art klasse , ich hätte mich darüber tot lachen können ! Es dauerte auch immer etwas , bis f4 den passenden Platz am Strand gefunden hatte , sie wollte nicht gestört werden und schon gar nicht von Kindern , wir lagen so in unseren Liegen am Strand rum , und plötzlich legten sich 2 Frauen mit ihren Kindern in unsere Nähe , sie packte sofort unsere Sachen und zog die Liegen weit weg von den Kindern , so kam es manchmal vor das wir mehrmals am Tag umziehen mussten ! Es war passiert f4 hatte einen Sonnenbrand , ein Drama , natürlich war ich schuldig , ich sah nur eine leichte kaum wahrzunehmende Rötung , aber bei ihr war es ganz kurz vor dem Hautkrebs , wir kamen an den Strand und Schatten war angesagt , dort stand sie nun und suchte ein Schattenplätzchen , sie musterte mit geschultem Auge alle Personen in dessen Nähe sie sich legen müsste, und Plötzlich , da , sagte sie diese Frau sieht nett , ordentlich und sauber aus , dort könnten wir es einmal probieren ! Es war soweit der für mich doch so traurige Urlaub ging zu Ende und ich wusste das nicht so recht was ich davon zu halten hatte , f4 hat mir in 14 Tagen klar gemacht das es nicht weiter geht mit uns , aber in meinem Kopf war das noch nicht aktuell , es war noch nicht angekommen ,ich glaubte das nicht so richtig!aber egal was passieren sollte ,f4 hat 219mir fest versprochen ,das sie weiter für mich da ist und mich auch bei der OP in 5 Tagen unterstützen wird , und mich besuchen würde , sie wusste auch genau das ich sie brauche , sie wusste alles über meine Krankheit , ich habe verstanden das es ihr zu viel wurde , ich habe auch viele andere Gründe verstanden , aber sehr viele auch nicht , aber das sie weiter für mich da ist , gerade kurz vor ,mitten, und nach einer Herz OP da war ich mir sicher , sie war doch mein Engel ! Es war ein komischer Urlaub , alles in allem haben wir das beste daraus gemacht ! Wir haben uns gestritten ,und wir haben nette Gespräche geführt , wir haben uns angebrüllt , und wir haben Tränen gelacht , wir konnten uns nicht leiden,und wir haben uns geliebt! Am letzten Abend beim Essen , haben wir noch so einige Dinge probiert die wir 14 Tage nicht gegessen hatten , die Auswahl war so riesig , das man bei einem Urlaub von 20 Wochen hätte nicht alles probieren können , und wir entdeckten einen Pudding , auf den wir beide total abgefahren sind , da wir mitten in der Nacht abgeholt werden sollten , wollten wir noch in aller Ruhe auf dem Zimmer einen Kaffee trinken und diesen Pudding essen , also schmuggelten wir diese Leckerei aus dem Restaurante und freuten uns darauf , es war noch ein sehr lustiger Abend wir haben gelacht ohne Ende ,aber mir passierte noch ein schwer wiegender Fehler , ich ging runter um nachzuschauen wann der Bus uns abholt und zum Flughafen bringt , ich sagte ihr das wir um 4Uhr Früh abgeholt werden , und wir 220bestellten zu 3 Uhr den Weckdienst , gingen dann in unser Bett , aber schon eine Stunde später wurden wir aus dem Bett geklingelt , man sagte uns, das wir noch 10 Minuten Zeit hätten um unten zu sein , sonst fährt der Bus ohne uns los , dann hätten wir 100 km mit dem Taxi fahren müssen , und wenn das Personal uns zu der abgemachten Zeit geweckt hätte, hätten wir sogar das Flugzeug verpasst , wir hatten Glück es war schon alles fertig gepackt und so waren es nur ein paar hektische Handgriffe und ungewaschen wie wir waren , schaften wir es noch und saßen dann im Bus , f4 hatte keine Zeit sich fertig zu machen , wir haben dann raus bekommen wo der Fehler lag , es war nicht die Abholzeit es war die Abflugzeit die ich gelesen hatte ich hatte nämlich meine Brille oben im Zimmer vergessen , also war ich an dem Chaos schuld , und unseren Pudding den wir mit viel Mühe aus dem Restaurante geschmuggelt hatten blieb unangerührt ! F4 hat nur sehr kurz für ihre Verhältnisse mit mir gemeckert , kurz, heftig , böse und eklig und dann kam ihre Strafe , die Strafe einer sehr bösen Frau , die Strafe einer Herzlosen ! Unsere Rückreise dauerte von Hotel bis zur Haustür von f4 , so etwa 8-9 Stunden ! Sie sprach die ganze Zeit nicht ein einziges Wort mit mir ! Jetzt könnte man denken das ist aber böse und nicht nett , das ist noch gar nichts , sie würdigte mich auch nicht eines Blickes sie hatte 9 Stunden durch mich und an mir vorbei gesehen , nicht ein mal kreuzten sich unsere Blicke nicht ein mal , ich war einfach

Luft für sie , ich war gar 221nicht da , ihre Rückreise fand ohne mich statt ! Nun saß ich so in meinen Gedanken vertieft alleine rum und ich fühlte mich auch sehr alleine ich war sehr traurig , es war wie immer ich war traurig und sehr depressiv , es hatte sich nichts geändert diese unerträgliche Traurigkeit war immer in mir drin seit dem Tag meines Unfalles , nur f4 konnte das teilweise ändern , bei ihr habe ich mich wohl und geborgen gefühlt und konnte mit der Traurigkeit besser umgehen , und ich habe diesen Umstand mit Hilfe meiner und meines Psychologen auch untersuchen lassen , es wurde ein CT von meinem Gehirn angefertigt , da mein Gehirn ja so etwa 7 Minuten ohne Sauerstoff gewesen war, ich konnte auch seit diesem Tag schlechter sehen ! Neurologen werteten dann das Ergebnis aus, das Ergebnis , mein Gehirn ist völlig in Takt , das Sehzentrum ungeschädigt , das ich schlechter sehen konnte lag an den Medikamenten , sie entdeckten nur eine Kleinigkeit an meinem Emotionszentrum , dort war eine ganz kleine Stelle abgestorben ! Sie meinten das könnte der Grund für meine ständige Traurigkeit sein , sie gingen sogar davon aus , aber natürliche sollte ich das weiter beobachten , wenn das der Grund dafür ist dann ist es irreparabel , nicht zu heilen ! Es war wie verhext , ich war immer traurig , immer den Tränen nahe , ich kannte seit dem Tag keine Glücksgefühle mehr , aber ich konnte immer noch , ja sogar mehr als vorher lachen , Lustig kannte ich noch ! Wir haben dann die Rückreise geschaft ,und kamen bei f4 zu hause an ,wir betraten beide 222die Wohnung und ich dachte es gibt erst einmal einen Kaffee , aber weit gefehlt ! Sie rannte wie von der Tarantel gestochen in ihre Wohnung , legte ihren Koffer bei Seite , und stürmte Zielgerichtet in die Küche zur Spüle griff nach ein paar Plastiktüten , fegte in Windeseile durch die Wohnung und packte alles was mir gehörte dort hinein , sie war sehr gründlich und sehr schnell , sie konnte mich nicht früh genug loswerden , zum Schluss drückte sie mir die Tüten in die Hand , kramte wild nach meinem Hausschlüssel , den sie von mir hatte , sagte noch halt rannte in das Bad und kam mit meiner Zahnbürste zurück , schmiss diese noch in eine Tüte mit rein , und machte die Wohnungstür auf , sie sagte komm , sie ging mit mir raus zu meinem Auto , dann gab sie mir einen Kuss auf dem Mund und sagte nur noch Tschüss , das war es ! Nun saß ich im Auto , meine Gedanken spielten verrückt , ich habe es in ihrem Gesicht gesehen , sie meinte das ziemlich ernst , das war mir irgendwie klar , ich dachte zurück an den Urlaub, ich dachte daran , das ich manchmal der Meinung war das es besser ist und ich froh sein könnte wenn das vorbei war , wenn das die neue f4 war dann wollte ich auch nichts mehr mit ihr zu tun haben , ich dachte daran das ich mich den ganzen Urlaub über sie geärgert hatte , aber trotz allem immer verrückt nach ihr war , aber ich glaube das war nicht ich das war Er! ,und wieder denke ich wer war das dort im Urlaub ,was ging da bloß so ab in ihrem Kopf ? Ich fuhr die Strassen entlang Richtung meiner Wohnung und was ich fühlte war 223Liebe ,ich fühlte abgrundtiefe Liebe zu f4 , ich fuhr wie in völliger Abwesenheit und es rollten mir die Tränen über die Wangen ich war traurig sehr traurig ! Noch im Auto rief ich den Ossi an , und als ich zuhause war mit dem Koffer , kam der Ossi sofort , ich erzählte ihm alles was da so im Urlaub abgelaufen war , ich erzählte von jeder einzelnen Beleidigung ich erzählte wie im Rausch ohne Punkt und Komma , und Abends habe ich den kleinen Scheißer besucht und erzählte wieder alles , und danach traf ich mich mit Freunden , und auch mit dem Polen habe ich darüber geredet , und alle sagten mir das gleiche und waren der gleichen Meinung , sie meinten , he sie ist es nicht wert , wenn sie dich im Urlaub wegen deiner Krankheit verlässt dann ist sie es nicht wert , und wenn ich anfing zu jammern , dann kam sofort , sie ist es nicht wert hör auf ! Das ist immer so bei Trennungen oder Weiber Geschichten , es gibt dann immer die Klugen Ratschläge von allen möglichen Leuten , OK sie wollten mir ja nur helfen und ich nehme es niemanden übel , aber was ich empfinde, was in meinem Kopf vorgeht weiß niemand , ich sah das anders , es hatten wohl alle vergessen was f4 für mich alles getan hatte , es haben wohl alle vergessen , wie f4 sich um mich gekümmert hatte , es haben alle vergessen wie lieb diese Frau zu mir war , und den Halt den sie mir gab , in mir war große Liebe für diese Frau , und eine Traurigkeit die ich kaum noch ertragen konnte , ich war fertig am Ende am Boden zerstörrt eigentlich schon

Tot !!!!!!!!!!!!!!!!!!! Ich redete viel mit dem Ossi , es ging darum das es noch 3 Tage bis zu meiner OP waren , er sagte das er sich danach Urlaub nimmt weil sich doch jemand um mich kümmern sollte , ich sollte doch 10 Tage nicht aufstehen und nur liegen , wir planten einen groß Einkauf mit alles da ist und ich meine Wohnung nicht verlassen müsste , er wollte mich ins Krankenhaus fahren und auch wieder nachhause bringen , und sich dann kümmern , es war für ihn eine Selbstverständlichkeit , da ich ja niemanden hatte , geplant war das es f4 macht , und der kleine Scheißer hatte einfach zu viel Arbeit , das wusste ich ! Ich habe f4 oft angerufen , aber sie ging nicht an ihr Telefon , sie nahm den Hörer nicht mehr ab ! Der Ossi machte sich große Sorgen um mich er wusste wie sehr ich f4 geliebt habe , und er merkte auch dass ich nicht mehr richtig anwesend war , ich war in mich selbst vergraben , es ging mir nicht gut ! Aber ich wusste auch das ich f4 bald sehen werde im Krankenhaus , das hatte sie mir versprochen , sie hatte versprochen bei mir zu sein , sie hatte es versprochen ! Ich dachte oft , muss ich das noch haben , es war mir egal es war mir egal was mit mir passiert ! Es war soweit der Ossi holte mich Morgens ab , ich packte meine Tasche, darin war ich schon recht schnell , ich habe in letzter Zeit oft meine Tasche packen müssen , es klingelte , ich griff alles und bin die Treppen runter , und rein in das Auto vom Ossi , jetzt so langsam bekam ich Angst ! Auf der Fahrt ins Krankenhaus sagte der Ossi was zu mir , und was er sagte machte immer 225irgendwie richtig Sinn , er sagte ich fahre dich nicht dort hin damit du dort bist , ich fahre dich dort hin damit du auch rein gehst , ich mache mir Sorgen , aber das Leben geht weiter , du musst auch reingehen , du bist kurz vor dem Gipfel noch einen Schritt , jetzt umkehren macht keinen Sinn mehr , versprich mir bitte das du den letzten Schritt machen wirst , ich gab ihm mein Wort ! Wir waren da, es sah mir in meine traurigen Augen , mach den Schritt los , melde dich ! Ich ging völlig ängstlich die Stufen zum Eingang hoch , ich meldete mich dort wo ich mich melden sollte , ich war oben auf dem Gipfel ! Und sofort gab es Abwechslung , es kam eine Schwester auf mich zu und sagte , warten sie mal kurz , ich glaube sie sind der richtige dafür , ich für was denn ? Ja gleich , und schon war sie weg 2 Minuten später kam sie wieder im Schlepptau einen Mann , er sagte guten Tag , sah mich genau an und sagte dann Perfekt ! Ich dachte nur was ist denn hier los , der Mann sagte das sie einen Film drehen , einen Dokomentarfilm und Lernfilm über das Herz und Herzklrankeiten und ob sie mich bei den Untersuchungen und bei der OP filmen dürften , er sagte sie sind für diese Aufnahmen perfekt geeignet, sie sind total braun , ihre Augen leuchten so schön blau und mein Brustmuskel , den ich zur Zeit eher schlecht fand , hatte es ihm angetan ! Ich willigte ein , ich war beschäftigt , und hatte Ablenkung ! Ich bin erst hoch auf die Station , und brachte meine Sachen weg meldete mich bei den Schwester , die mir dann mein Bett und

Zimmer 226zuwiesen , ich sagte denen was unten bei den Voruntersuchungen mit mir passiert , aber sie wussten schon Bescheid , dann ging ich wieder runter und es ging los mit den Aufnahmen ! Ein normales EKG dauerte ewig , es war interessant wie das so alles ablief , und dann noch ein EKG auf dem Fahrrad , eine Schwester bediente einen Computer und ich musste leicht dabei strampeln , die Schwester und ich sollten uns dabei unterhalten , also redeten wir miteinander , die Schwester war eine bezaubernd anzusehende junge Frau , sie war sehr hübsch und auch sehr nett ! Man merkte gleich das hier im Deutschen Herzzentrum alles Profis waren , es war gut organisiert , und für jede Aufgabe , gab es einen echten Könner , es saß hier jeder Handgriff ! Es war doch alles etwas anders als in meinem Krankenhaus , es war nicht so gemütlich und Persöhnlich dort , es herrschte ein rauerer Ton gegenüber den Patienten , aber es waren Profis , die genau wussten was sie dort machen ! Nun kam eine Untersuchung , die ich gut kannte , ein Schluckecho , sie schieben dir eine große Kamera und den Magen und gehen damit unter dein Herz , es ist nicht wie bei einer Magenspiegelung , die Kamera ist weit größer und es dauert richtig lange , sie vermessen dann dein Herz genau ,du wirst bei dieser Untersuchung , schlafen gelegt , ich kannte das von den Kadioversionen , aber diesmal fragte das Kamerateam , ob es auch ohne schlafen , gehen würde , der Arzt sagte das es möglich sei , aber nicht üblich , ich wurde gefragt ob 227ich es mache , da es weit besser für die Aufnahmen sei ,wenn nicht ich wer sonst ? Bei Menschen die einiges mitmachen müssen gibt es immer 3 Typen von Mensch , die einen bleiben so wie sie waren , merken was, haben auch noch die normale Angst und auch das Schmerzempfinden , bleibt normal , dann gibt es die Wehleidigen,sie kriegen immer mehr Angst vor alles, und es tut ihnen immer alles mehr weh, und sie jammern dann ohne Ende ! Und dann gibt es wenige aber es gibt sie , die merken nicht mehr viel sie werden gegen die Schmerzen resistent ! Ich bin einer von ihnen da habe ich Glück gehabt ,mir war alles egal , ganz zu Anfang hatte ich vor allem Angst was mit mir passieren sollte , es tat auch alles weh , aber im laufe der Zeit , machte mir nichts mehr was aus , Zugänge Spritzen , habe ich nicht mehr gemerkt , ich konnte mit Schmerzen einfach umgehen , ja es tat einiges weh , aber es hat mich nicht interessiert ich musste nicht mehr zucken , ja es pieckst na und , dann pieckst es eben , Schmerzen die ich vorher nicht ertragen konnte machten mir nichts mehr aus , ein normaler Kopfschmerz ist mir völlig egal ! Also sagte ich ,ja ich bleibe wach, nur für euch ihr Pfeifen , sie mussten alle lachen ! Ich wurde dann in einen Raum gerufen , und das Kamera Team ging gleich mit mir rein , es kam ein sehr junger Arzt , er erklärte mir genau wie ich mich verhalten solle und was auf mich zu kommt , und dann sagte er wir beide schaffen das schon , dann drehte er sich um , schaute das Fernsehteam an und sagte zu ihnen

, sehr deutlich und 228bestimmend , macht alles genau klar , achtet auf alles findet den für euch besten Platz , hier wird es keinen Schnitt und keine Wiederholung geben , es gibt nur einen Versuch ! Dann verließ er das Zimmer , ich musste mich dann ausziehen , und 2 Schwestern bereiteten alles vor und es war sofort wieder ein Gesprächsthema da , als ich mich auszog , es war meine Hautfarbe , das kenne ich , es ist immer Thema wenn ich aus dem Urlaub gekommen bin , je älter ich wurde desto schlimmer wurde es , ich bekomme sehr schnell Farbe , nicht wie einige die sehr braun werden , es gibt ja Menschen bei dehnen geht es sehr schnell bei mir war das etwas anders , ich brauche nur durch die Sonne gehen , ich liege einen Tag in der Sonne und Abends sehe ich aus wie andere nach 3 Wochen Karibik , mir fehlen Pickmente die , die UV Strahlen filtern , eigentlich nichts gutes , aber hatte damit nie Probleme , im Gegenteil meine Haut ist für mein Alter noch richtig gut , aber meist Braun! Und wenn ich in der Türkei war ,auch im Frühling wo die Sonne auch da noch nicht richtig knallt , dann bin ich doch sehr dunkel , es gab schon Urlaube da wollten mich Leute fotografieren , weil ich so dunkel werde , und ich werde dann immer angegafft , ich lag einmal mit einer Freundin im Schwimmbad , es war Frühling und ich war nicht braun , ganz normal , wir schwammen und sonnten uns etwa 3-4 Stunden dann gingen wir , im Auto saß sie neben mir und grinste mich immer an , ich sagte was ist den los mit dir , sie sagte dann was ist denn das du bist ja 229völlig braun , richtig dunkelbraun , wie geht denn das ? ich habe es ihr erklärt ! So die beiden Schwestern haben mich und alles andere fertig gemacht und sie konnten sich gar nicht beruhigen wie ich aussah , mein Gott sind sie braun so etwas gibt es doch gar nicht ! Ich , doch gibt es und musste nur lachen , das Kamerateam wurde dann leicht hektisch und machte und wirbelte umher , sie probierten alles mögliche aus , bis sie dann richtig aufbauten, jetzt kam der junge Arzt , er fragte kurz ist alle soweit , können wir loslegen , das Team sagte ja , ich lag auf meiner linken Seite er gab mir ein Mundstück auf das ich fest beißen sollte, mein Mund war dabei weit offen , er stellte seinen Computer und den Bildschirm richtig ein und dann kam er mit dem Riesen Schlauch , er fragte noch kurz sie wissen noch was sie machen sollen ich nickte und schon war das Teil in meinem Mund , ich merkte sofort das der Arzt genau wusste was er da macht , er war wie ich schon gesagt hatte ein Profi , dann sagte er jetzt helfen bitte schlucken sie , und ich schluckte sofort , und schon war der Schlauch in meiner Speiseröhre wo ich ihn dann spürte bis er im Magen war , dort wurde es dann leicht unangenehm ich merkte jede Drehung , und nun fing er an , auf dem Monitor und der Tastatur Ausmessungen zu machen , ich merkte alles , ich merkte auch wie er mein Herz durch den Magen berührte , ich blieb ganz ruhig liegen und atmete durch die Nase , er sprach mit mir und beruhigte mich , aber bei mir war alles OK , es ging mir gut , es war unangenehm aber die Schmerzen 230, waren überhaupt kein Problem , ich merkte nur wie mir der Sabber aus dem Mund lief , das war normal , aber mir sehr unangenehm ! Es war dann soweit , er sagte ich bin soweit fertig und ziehe die Kamera langsam raus , das wird jetzt etwas weh tun , er zog sie dann langsam raus , er hielt dann meine Schulter fest und sagte haben sie absolut super gemacht , ich sagte sie auch danke ! Die Schwestern kamen und machten dann den Sabber weg , ich dachte ganz ehrlich nur , und deshalb so einen Alarm , ich fand es nicht besonders schlimm , das Fernsehteam bedankte sich bei mir , und wollten später noch Aufnahmen machen beim Lungenfunktionstest , sie sagten mir eine genaue Uhrzeit wann ich da sein soll , ich ging dann erst einmal raus vor die Tür um eine zu rauchen und diverse Telefonate zu führen ! Dann bei dem Lungenfunktionstest war wieder diese junge bezaubernd anzusehende Schwester dabei , das Ganze dauerte noch sehr lange und die Werte bei mir waren erschreckend , das Fernsehteam hat sich bei mir dann sehr nett bedankt , und sie sagten das ich sie Morgen bei der OP nicht einmal sehen und bemerken würde , sie wünschten mir viel Glück , und ich bin dann mit dem Fahrstuhl auf meine Station gefahren , habe mich gemeldet und mich in meinem Zimmer eingerichtet, es war schon sehr spät , die Zeit ist nur so verflogen , ich hatte die volle Ablenkung und dachte nicht an die OP oder an f4 , ich sollte jetzt richtig gut essen , was aber nicht ging da das Essen echt Scheiße war , im Gegensatz zu dem 231Büffet in meinem kleinen gemütlichen Krankenhaus war das Abendbrot hier sehr schlecht und nicht Schmackhaft ! Es kam dann ein Arzt in mein Zimmer und erklärte mir was da Morgen abläuft , und wann es etwa so weit ist , er nahm mir dann noch Blut ab und führte ein kurzes Gespräch mit mir , er wünschte mir für die OP viel Glück und ging dann wieder , etwas später kam eine Schwester rein und rasierte mich , es war jetzt schon später Abend und ich versuchte noch f4 anzurufen aber immer vergebens , das habe ich nicht verstanden , sie wusste doch was Morgen passieren wird , ich hätte sehr gerne mit ihr geredet , es gab niemanden mit dem ich jetzt lieber geredet hätte , ich merkte das ich Angst bekam , erst jetzt dachte ich so das erste mal richtig darüber nach was Morgen mit mir passieren sollte , ich war den ganzen Tag abgelenkt von den Filmaufnahmen , aber jetzt bekam ich Angst und fühlte mich einsam und alleine , die Traurigkeit in mir hatte einen neuen Höhepunkt erreicht, ich lag da , in dem Bett und mir kamen die Tränen ich war sehr Traurig , ich versuchte es noch einmal aber f4 ging nicht an das Telefon es war nichts zu machen sie nahm den verdammten Hörer nicht ab ! Ich machte mir den Fernseher an und schaute solange Fern bis ich dann richtig doll müde wurde , meine Gedanken kreisten noch eine Weile durch meinen doch so verwirrten Kopf und dann merkte ich wie ich so langsam in den verdienten Schlaf fiel ! Als ich am frühen

Morgen wach wurde , merkte ich sofort die Aufregung in mir drin , und ich 232hatte Riesigen Hunger , aber ich wusste auch das ich nichts essen durfte , auch auf meinen geliebten Morgenkaffee musste ich verzichten , also zog ich mich an und fuhr mit dem Fahrstuhl nach unten um vor der Eingangstür eine zu rauchen , auch das sollte ich nicht machen , habe ich aber trotzdem getan , es wurden sogar ein paar mehr als eine , denn ich wusste das ich nach der OP nicht aufstehen durfte und rauchen ging dann nicht , also rein mit dem Nikotin ! Es war noch sehr früh am Morgen , jemanden anrufen ging noch nicht , also ging ich ganz langsam und ruhig etwas spazieren , dann noch eine letzte Kippe , und wieder hoch auf die Station , ich bin dann duschen gegangen und habe mich dann ins Bett gelegt , ich probierte noch ein letztes mal f4 anzurufen ohne Erfolg , habe den Fernseher an gemacht , das Handy ausgestellt und mich in das Bett gelegt und darauf gewartet das sie sagen es geht los ! Ich war sehr aufgeregt und ich verspürte eine sehr unangenehme Angst ! Es war gerade was im Fernsehen was mich interessierte , und in diesem Moment kam eine Schwester rein und sagte , gehen sie bitte noch einmal Wasser lassen und machen sich soweit fertig sie werden gleich abgeholt , ich sagte geht jetzt nicht möchte erst die Sendung zu Ende schauen , sie musste laut lachen , so war ich , habe mir vor Angst bald in die Hose gemacht aber immer große Fresse und einen Spruch auf den Lippen ! Nun wurde es Ernst und ich wurde immer aufgeregter , ich machte den Fernseher aus und wartete geduldig auf den Pfleger der mich abholen sollte ! 5Minuten später kam ein junger Mann rein und sagte sind sie fertig ich bringe sie in den OP , er löste die Bremsen von dem Bett und los ging es , er schob mich aus dem Zimmer , er machte das sehr geschickt , das habe ich gemerkt , der Weg schien mir endlos wir haben uns noch nett unterhalte , es ging runter in den Keller , und dann nach gefühlten 30 Minuten stellte er mich vor einer großen grünen Tür ab , wünschte mir alles Gute und verschwandt dann gleich , nun lag ich vor der großen grünen Tür mit der Aufschrifft Kadiologischer OP Raum ! Es gingen mir sehr komische Gedanken durch den Kopf , ich musste an f4 denken , ich dachte wie schön es wäre wenn sie jetzt bei mir stehen würde und mich mit ihrer süßen Art beruhigen würde , ich dachte hoffentlich hat prof h heute ein ruhiges Händchen , ich wurde immer Aufgeregter und meine Angst war auf dem Zenit , und dann ging die grüne Tür auf , und eine Schwester begrüßte mich und sagte ganz locker , na dann wollen wir mal , es kam eine zweite Schwester und zusamm schoben sie mein Bett rein in den OP Raum , genau neben den OP Tisch , es waren 5 OP Schwestern , ich habe sie gezählt , ich schaute mich in diesem Raum genau um das Fernsehteam habe ich wie von ihnen versprochen nicht gesehen , ich fragte bei den Schwestern nach , die eine sagte , die sind dort oben können sie nicht sehen , ich sollte mein OP Nachthemd ausziehen und mich rüber legen auf den Tisch , das tat ich dann auch , und dann war ich völlig Nackt , es war mir sehr unangenehm , 234ich lag dort völlig Nackt vor 5 Schwestern , nein das stimmt nicht ich war nicht völlig Nackt , ich hatte noch meine Sneecker Socken an ! Sie waren alle sehr nett und sprachen lieb mit mir , es war sofort wieder das Hauptthema , meine Farbe hatte es ihnen angetan und sie wollten wissen wie man so braun werden kann ! Nun blieb mir keine Zeit mehr um groß nach zu denken die Schwestern gaben alles , es saß jeder Handgriff , sie brachten über 100 Elektroden an meinen Körper an , sie schnallten mir meine Beine fest , dann schnallten sie mir das Becken fest , eine Schwester kümmerte sich um meinen Kopf , und in diesem Moment wurde ich auch an den Armen festgeschnallt , ich konnte nur noch meinen Kopf bewegen , aber nur kurz , die Schwester an meinem Kopf redete mit mir sehr nett und freundlich und zur selben Zeit spannte sie meinen Kopf in eine dafür vorgesehene Vorrichtung , nun konnte ich nichts mehr bewegen , sie kam mit einem kleinen Draht , es war vorne eine ganz kleine mini Kamera dran , sie sagte die schiebe ich ihnen jetzt durch die Nase in den Magen , wenn ich es sage dann einmal kräftig schlucken bitte ! Sie schob mir die Kamera gekonnt in die Nase mir liefen kurz die Tränen aus den Augen , sie sagte jetzt bitte ich schluckte und merkte genau wo sich die Kamera immer so genau befand , jetzt war sie genau in meinem Magen , ich lag da völlig bewegungsunfähig , sie fummelten an mir rum , ich merkte jetzt wie sie mir auch schon meine Leiste aufschnitten , es war wie in einem bösen , ja sehr bösen Film , ich lag 235da und die Angst kam mir wohl schon aus den Ohren , ich glaube es war die Oberschwester , die sich um meinen Kopf kümmerte , sie sah mir in die Augen und fragte alles OK , ich sagte nicht so wirklich , das ist mir doch alles sehr unangenehm ich fühle mich nicht ganz so gut ich habe Angst ! Sie sagte OK und rief sehr laut nach einem Mann , es kam eine Stimme zurück , ich komme gleich , die Schwester rief laut zurück nein sofort bitte , es kam ein Arzt auf mich zu , ich konnte ihn nicht erkennen er hatte schon seinen Schutz vor dem Mund , er fragte mich was los ist , ich sagte ihm , das ich mich nicht so gut fühle er sagte kann ich verstehen ich werde sie sofort weg schießen , ja weg schießen hat er gesagt , er brachte eine Spritze an meinen Zugang an, er lächelte und sagte man sind sie aber braun , da wird sich prof h aber freuen , er sagt immer braune Menschen sind faule Menschen , schlafen sie gut , ich sah noch ein letztes mal auf die sehr große Uhr die an der Wand hing , das machte ich immer , egal wie aufgeregt ich war ich schaute noch auf die Uhr , es war 10 Uhr 50 , er lächelte noch einmal und drückte ab ! Ich machte meine Augen auf , ich blickte noch nicht so richt durch und da fiel es mir sofort wieder ein , was gewesen war , ich schaute durch die Gegend ich lag noch auf dem OP Tisch , mein Blick ging sofort in Richtung Uhr es war 15 Uhr27 , es kam ein Pfleger in den Raum , begrüßte die Schwestern und dan haben sie mich gemeinsam rüber auf mein Bett geschoben , sie deckten mich zu , eine Schwester schaute mir noch in die Augen , 236und sagte he da sind sie ja wieder , sie streichelte mir über den Kopf und sagte alles Gute für sie , ich sagte nur ganz leise danke für alles ! Der Pfleger schob mich dann durch die Gänge in den Fahrstuhl , und ich merkte wie ich wieder sanft zurück in den Schlaf fiel! Und noch bevor ich im meinem Zimmer angekommen war , machte ich schon wieder die Augen auf , genau in dem Moment als er die Zimmertür öffnete , es stellte mich genau richtig ab ,machte die Bremsen fest , und verließ das Zimmer! Es kam dann eine sehr nette Schwester rein um nach mir zusehen , sie schaute in mein Gesicht und sagte he sie sind ja wach , ich ja klar warum nicht , sie lachte und fragte ob ich was trinken möchte , sie goss mir ein Glas Wasser ein und wollte es mir zu Munde führen , und in dem Moment richtete ich mich auf und nahm ihr das Glass aus der Hand, ich sagte danke und trank , sie sagte nur he ganz langsam , legen sie sich wieder hin , ich nur ,alles OK Schwester mir geht es gut ! Sie lachte und sagte das glauben aber auch nur sie , legen sie sich bitte hin , sie brauchen Ruhe ! Nach kurzer Zeit kam sie wieder und schloss ein EKG Gerät bei mir an , und was ich darauf erkannte , machte mich nicht sehr glücklich , mein Herz war alles ,aber nicht im Sinus , es sprang und holperte umher ,wie ein Knallfrosch in der Silvesternacht ! Ich fühlte mich nicht besonders gut ! Das Gerät sollte jetzt die nächsten 6

Stunden angeschlossen bleiben ! Ich hatte vor der OP alles so auf meinem Nachttisch platziert das ich sofort im liegen an alles ran komme , ich ruhte noch 237eine Stunde und dann griff ich mir mein Handy um zu telefonieren , ich rief den Ossi und den kleinen Scheißer an , auch bei f4 habe ich es versucht , aber sie ging nicht an ihr scheiß Handy ! Jetzt lag ich in meinem Bett und ich konnte den Blick nicht von dem Monitor des Überwachungsgerätes abwenden , es war nicht schön was ich dort sah , und ich dachte so eine Scheiße alles umsonst,und ich wusste was das für mich bedeutet , nun lag ich nur noch deprimiert im Bett rum , und ständig ging der Blick zum Monitor , aber blieb Scheiße ! Die Tür ging auf und der Ossi stand vor mir , er schaute mich ängstlich an er wusste nicht so genau was er sagen sollte ,er bemerkte das ich schwach und fertig war ,aber er fand es auch witzig das ich am rummeckern war , weil das Bild auf dem Monitor nicht meinen Erwartungen entsprach , dann ging die Tür auf und der kleine Scheißer kam rein mit ihrem Freund , meinem Schwiegersohn in Spee , den ich übrings super finde , wir quatschten immer nur dusselig ,und blödes Zeug , er war lustig und mir sehr sympathisch , netter Kerl ! Auch die beide haben gleich bemerkt das es mir nicht gut ging , aber alle drei haben versucht mich zu beruhigen , nun warte doch erst einmal ab was die Ärzte sagen bevor du rummeckerst, vielleicht es ja normal , das sagten sie ständig ! Na gut habe mich beruhigt und dann redeten wir noch eine Weile , es wurde langsam sehr spät und sie verabschiedeten sich dann von mir und gingen ! Es wurde dann Nacht und es ging mir immer Schlechter ich bekam sehr dolle Schmerzen in meinem 238Herzen , mitten drin , es brante mitten im Herz ,es war als wenn jemand einen Schweißbrenner in mein Herz hällt , und auf dem Monitor spielte alles verrückt , die Anzeige spielte völlig verrückt , ich dachte es ist soweit das war es dann , ich lag da und hatte das Gefühl es ist gleich zu Ende , ich dachte nur noch an f4 ich dachte das ich alles darum geben würde wenn sie jetzt bei mir wäre und ich sie noch einmal sehen könnte , es kamen die komischsten Gedanken in meinem Kopf , es liefen merkwürdige Dinge darin ab , ich lag jetzt da und starrte an die Decke , und dachte an f4 , wo ist sie nur ? Und mir liefen die Tränen über mein Schmerzverzehrtes Gesicht ! Die Tür ging auf und es kam eine Schwester und ein Arzt rein , den Arzt hatte ich noch nie gesehen , sie konnten im Arzt und Schwesternzimmer alles sehen , dort waren Monitore , man war in der Klinik 24 Stunden am Tag überwacht , sie redeten mit mir und kümmerten sich um mich , sie sagten das sie Prof h anrufen werden der Arzt verließ dann das Zimmer , und die Schwester blieb bei mir , es war 2Uhr 10 ! Der Arzt kam wieder zurück und setze sich an mein Bett , er schien nervös zu sein , er sagte das er mit prof h gesprochen hat , und ihm meine Daten durchgegeben hat , er sagte das meine Herzschmerzen normal seien , sie haben etwa 200 Brandnarben in ihrem Herzen , und die merken sie jetzt , prof h hat mir eine Anweisung gegeben , was jetzt zu tun ist , sie müssen mir jetzt helfen und völlig entspannt bleiben , die Schwester zog mir mein Nachthemd hoch und der Arzt 239tastete an meinen Rippen links rum , er sagte nicht erschrecken oder durchdrehen , er zog eine Spritze hervor , die Nadel war etwa 10 Zentimeter lang , er sagte zu mir die muss ich ihnen jetzt in ihr Herz injizieren , die Schwester hielt meine Arme fest , bitte bleiben sie ruhig , es ist nicht so schlimm wie es aussieht , entspannen sie sich , ich schaute ihn mit großen ängstlichen Augen an und sagte , alles klar nun machen sie schon, er tastete genau ab , wischte die Stelle ab , und setzte an und stach hinein , ich merkte genau wie die Spritze mein Herz durchbohrte , es war ein Gefühl unbeschreiblich , ich rührte mich nicht kein zucken , nicht die geringste Regung , ich war wie erstarrt ! Es dauerte nicht lange , er zog sie dann ganz vorsichtig wieder raus , er sah mich an und sagte , danke , sie sind ein sehr tapferer Mann ! Ich sagte tapfer , man ich habe mir fast in die Hosen gepinkelt vor Schiss ! Er lächelte mich an und verließ das Zimmer , die Schwester zog das Nachthemd runter und deckte mich wieder zu , sie nahm meine Hand und sagte , versuchen sie zu schlafen es wird ihnen bald besser gehen ! Vor der Tür hörrte ich ganz leise wie der Arzt zu Schwester sagte , puh das war knapp ! Ich lag jetzt da und bemerkte das ich ganz müde wurde , das Bild auf dem Monitor war nicht OK , aber es war etwas besser , der Schmerz wurde auch erträglicher , und ich merkte dann wie mir so langsam die Augen zu fielen , ich schlief ein ! Ich wurde durch ein lautes Geräusch geweckt , es war eine Schwester, guten Morgen rief sie , sah mich und den Monitor an , nah wie 240geht es ihnen ? Ich nehme jetzt das Gerät mit , ich wurde entkabelt , sie brachte an mir das ganz kleine Überwachungsgerät an , egal wo du dich befindest , in dem Schwester und Ärztezimmer sehen sie immer was dein Herz gerade macht ! Und sie können wenn was ist sofort reagieren ! Die Schwester sagte sie dürfen jetzt auch auf die Toilette gehen und sie dürfen Frühstück zu sich nehmen aber ganz ruhig und langsam , ich stand auf und ging pinkeln , es klappte gut , ich bekam meinen Teller mit dem Frühstück und einen Kaffee , danach beschloss ich mein Handy zu nehmen und mal runter zu fahren und vor der Tür eine zu rauchen , ja eine zu rauchen ! Ich taperte am Schwesternzimmer vorbei, und plötzlich halt was wird das denn hörte ich eine Stimme sagen , sie können nicht durch die Gegend laufen , sie sah mich an und lachte , ich sagte doch alles klar es geht mir gut , und sie , sie können laufen , ich , ja klappt gut , sie, hm verstehe ich nicht , aus dem Hintergrund rief eine andere Schwester , der Herr ist doch ein , und dann kam ein Ausdruck den ich nicht kannte , und mir nicht merken konnte und die Schwester die mir gegenüber Stand sagte , wo soll es denn hin gehen , ich sagte raus vor die Tür frische Luft schnappen ! OK wir sehen ja was los ist gehen sie langsam , und wenn was ist kommen sie gleich zurück , ja OK bin gleich wieder da ! Ich ging langsam und vorsichtig Richtung Fahrstuhl , ich merkte den sehr festen Druckverband an meiner Leiste auch meine beiden Eier taten weh , und irgendwie war mir etwas triefelig , aber es ging schon 241und so schlich ich vor mir hin, und erreichte den Ausgang , vor der Tür setzte ich mich auf eine Bank und zündete mir erst einmal eine an ! Ich rief den Ossi an um zu reden , er sagte das er mich am Nachmittag mit dem Polen besuchen kommen wird , ich rief auch den kleinen Scheißer an , auch sie wollte am Nachmittag kommen , und natürlich rief ich f4 an , aber ohne Erfolg, aber ich dachte sie ist bestimmt auf den Weg hierher um mich zu sehen und so blieb ich noch sehr lange auf der Bank sitzen ,und schaute ständig nach links und rechts und ich dachte nur, sie muss doch kommen , sie hat es mir versprochen wo bleibt sie denn nur , dem Ossi und dem kleinen Scheißer habe ich nichts von der Nacht erzählt , von der Nacht als ich beinahe zum zweiten mal mein Leben verlohren hätte, ich wollte sie nicht beunruhigen ! Mit einer tiefen Traurigkeit in mir drin , stand ich von der Bank auf , noch ein letzter Blick nach links und rechts , aber f4 war nicht zu sehen , und dann schlich ich langsam und vorsichtig zurück in mein Zimmer , ich meldete mich bei den Schwestern zurück , nah geht's gut ? Fragte eine von ihnen , ich sagte alles in Ordnung ! Ich ging in mein Bett und machte mir den Fernseher an und döste vor mich hin, es kam dann eine Schwester und machte ein EKG , ich fragte und wie sieht es aus , ach das sagt ihnen ein Arzt, und gleich kommt ein Arzt und macht ihnen den Druckverband ab , es dauerte auch nur 1 Minute dann kam ein Arzt in Windeseile rein und sagte, ziehen sie sich bitte die Unterhose runter , ich bin gleich da , 242und schon fegte er wieder in mein Zimmer, eine Schere in der Hand er rannte an mir vorbei und im laufen schnitt er mit einer gekonnten Handbewegung meinen Druckverband durch , der sofort bei Seite viel , er blieb nicht eine Sekunde stehen , es war alles ein Bewegungsablauf , und schon war er wieder raus , ich brüllte ihm hinterher , und alles in Ordnung , er brüllte zurück ja, ich wieder zurück , sie haben doch gar nicht geschaut, und er , doch ! Ich schaute jetzt selber nach und habe mich erschrocken , es war alles grün und blau , und sogar schwarz , es sah sehr schlimm zwischen meinen Beinen aus , zum fürchten gerade zu ! Ich zog mich dann an und wollte wieder runter , vor die Tür , und auf dem Weg sah ich den Arzt durch die Gegend rennen , ich schaute ihn an und sagte nah Speedy Gonzales , er streckte mir die Zunge raus und schon war er wieder weg ! Und nun saß ich wieder auf meiner Bank , ich genoss die Sonne , es war ein wunderschöner Tag , ich war wieder nur am schauen links , rechts , na wo bleibt sie denn nur , das machte ich so etwa eine Stunde und dann zog ich wieder traurig ab , ich legte mich in mein Bett , und nun wartete ich nur noch darauf das ich Besuch bekomme ! Die Zimmertür ging auf , ganz ruhig , vorsichtig und leise , kamen , der Ossi, der Pole und ein

Freund aus meiner alten Firma den wir alle Fötus nannten , weil er so klein zierlich und süß war rein , mit einem dummen Spruch zeigte ich ihnen gleich das ich voll da war , sie hatten Pizza dabei , die selbstgemachte dicke vom Ossi , wir gingen dann runter vor 243die Tür und setzten uns auf die Wiese, es war richtig was los da draußen es war Samstag ! vor der Tür trafen wir dann gleich den kleinen Scheißer und Schwiegersohn in Spee , es war sehr lustig es herrschte eine gute Stimmung , es war schon fast eine kleine Party dort auf der Wiese ! Mein Herz war nicht im Sinus , das habe ich gemerkt das habe ich immer sofort gemerkt wenn es vor der OP raus sprang das war ein Unterschied wie Tag und Nacht , ich fühlte mich nicht gut , ich fühlte mich eher scheiße , aber ich habe versucht mir das nicht so anmerken zu lassen , ich war jedem sehr dankbar das er oder sie da bei mir waren , und ich fand das immer schön , aber an dem Tag war es mir einfach zu viel , es war schon sehr komisch , aber in dem Zustand in dem ich war wollte ich eigentlich nur einen Menschen sehen , und das war f4 , aber so sehr ich auch nach links oder rechts schaute , sie kam einfach nicht , und sie meldete sich auch nicht , sie war auf der Wiese auch ein Thema bei meinen Besuchern , und der kleine Scheißer erfand sogar einen Spitznamen für sie , sie sagte Miss Schitzo ! Nach zwei Stunden haben sie alle gemerkt das es mir nicht gut geht und das es mir zuviel wurde , und dann sind sie alle abgehauen , und ich bin in mein Bett geschlichen , kurze Zeit später rief der Alte an er war noch auf dem Flughafen , gerade angekommen und wollte gleich wissen was mit mir los war , und dann kam noch ein Arzt und redete mit mir , er sagte das mein Herz nicht so schlägt wie er möchte , ach was es schlug auch nicht so wie 244ich wollte , er meint das wir Morgen noch eine Kardioversion machen müssen , nah da freute ich mich doch jetzt schon drauf ! Es war DFB Pokal Endspiel und ich dachte scheiße das ich nicht Taxi fahren kann , das war in den letzten Jahren immer ein super Taxitag , richtig was los in unserer Stadt ! Ich lag völlig fertig in meinem Bett und schaute das Spiel , es war einseitig und nicht spannend , es hatte mir nicht gefallen ! Danach ging ich wieder vor die Tür und saß auf meiner Bank , ich saß Stunden dort und schaute na was wohl ? Nach rechts und links , es war schon mitten in der Nacht als ich dann zurück auf mein Zimmer schlich , sie kam einfach nicht ! Ich wurde sehr müde und schlief ein ! Ich wurde dann sehr früh wach , ich merkte ein klicken in mir drin und wurde dadurch wach , es war 5Uhr32 , ich merkte es sofort , mein Herz sprang in den Sinusbereich, sie beobachteten mich noch 10 Stunden , es gab ein Abschlussgespräch mit einem Arzt , es war Speedy Gonzales , er war echt nett und wusste auch bei seinem Tempo genau was er tat , er nahm mir noch einmal Blut ab , einen Gurt zum abbinden hat er nicht gebraucht, er zog schnell einen Gummihandschuh aus der Box die in jedem Zimmer hingen , das reichte ihm , er sagte mir wie es weiter geht , und schon durfte mich der

Ossi abholen ! Er brachte mich nach hause und half mir die Treppen hoch er saß noch Stundenlang bei mir und wir redeten , er machte sich weniger Sorgen um mein Herz, er machte sich mehr Sorgen um mich , er wusste genau was in meinem Kopf vorging 245,er wusste wie traurig und enttäuscht ich war, weil f4 nicht da gewesen war, er wusste genau wie sehr ich diese Frau liebte , er wusste einfach alles, und mit solchen Sprüchen wie es alle anderen taten , sie ist es nicht wert , vergiss diese Kuh, die hat doch eine Vollmeise, verschonte er mich ! Nun war ich so ganz alleine zu hause , sie hatten mir Trombose Spritzen mitgegeben , die ich mir alleine geben sollte , immer vor dem Schlafen , ich habe die erste Spritze ausgepackt , und Angst sie mir alleine in den Oberschenkel zu jagen hatte ich nicht eine Sekunde , ich habe sie genommen , reingejagt , abgedrückt und bin schlafen gegangen , es war mir egal , keine Probleme ! Der Ossi rief regelmäßig an , ob ich was brauche , der Alte kam mich besuchen , der kleine Scheißer schaute nach mir , und am dritten Tag , kam der Ossi und der Pole , sie kochten groß und lecker und es wurde ein super Abend , und am dritten Tag hatte ich die Schnauze voll , und ging runter auf die Strasse , ich ging spazieren , ich fühlte mich Körperlich wieder Fit genug für sämtliche Aktivietäten und ich nahm wieder am normalen Leben teil ! Und dann klingelte mal wieder mein Telefon , es war f4 , nah wie geht es dir , ich sagte nur wo warst du, du hattest es mir versprochen wo warst du nur? Ich hatte so eine Ahnung und fragte gleich direkt , gibt es einen neuen Mann in deinem Leben ? Es herschte Totenstille , ich kannte sie , keine Antwort bedeutet bei ihr ja , ich fragte noch einmal genau nach , und sie sagte , ja eine alte Liebe ist wieder aufgeflammt , ich sagte nur na dann hattest 246du ja keine Zeit für mich ! Ich wurde laut und beleidigend, ich war böse und wünschte ihr alles gute für ihre Zukunft , und legte auf ! Eine Minute später habe ich sie angerufen und mich entschuldigt dafür das ich laut und böse wurde und wir haben das Gespräch vernünftig zu Ende gebracht ! Ich war völlig geschockt , ich lag in meiner Wohnung und musste mich erst einmal sammeln , aber ich hatte schon darüber geschrieben , es ist immer jemand anderes in Spiel , auch der Mann war schon vorher in ihrem Kopf wie weit und wann das alles begann wusste ich nicht , aber ich wusste auch wenn sie es abstritt , er war schon in ihem Kopf als sie im Urlaub mit mir Schluss machte da gab es ihn schon das war klar das ist eben so ! ich telefonierte Abends mit ihrer Freundin , die , die in ihrem Haus wohnte , ich rief sie an und sie freute sich mich zu hören , sie sagte sie selbst hätte sich nicht getraut mich anzurufen , aber schön das ich es machte meinte sie ! Ich mochte diese Frau von der ersten Sekunde an sehr gerne sie war mir extrem symphatisch , und ich fand sie auch sehr hübsch und attraktiv mit ihren sehr langen schwarzen Locken ! Sie erzählte mir das sie diesen Mann schon gesehen hat und er ihr unsymphatisch ist , sie sagte mir das sie f4 angesprochen hat wie es mir geht , aber f4 ihr es nicht sagen konnte , weil sie es selber nicht wusste , sie sagte nur zu f4 na dann rufe ihn doch bitte an , was soll denn das ? Und f4 antwortete nur , ach las mich doch mit dem in Ruhe , und fing dann gleich an von ihrem neuen zu schwärmen , und der 247schwarze Lockenkopf sagte nur das verstehe ich nicht warum bist du so böse ? Sie gab wohl keine Antwort , und schwärmte weiter vom neuen , was das für ein toller Typ ist ! Der hübsche Lockenkopf erzählte mir wie f4 mal so über mich gesprochen hatte , sie wollte nie wieder einen anderen Mann anfassen , sie hat ihr gesagt wie sehr sie mich liebt und viele andere sehr schöne Dinge , und nun das , wir verstanden das beide nicht , wir versprachen uns in Kontakt zu bleiben und legten auf ! Jetzt war ich erst recht geschockt ich war echt richtig geschockt ich war fertig mit den Nerven ich war eigentlich am Ende am Boden zerstört ! Und ich war enttäuscht darüber das ich mich in einem Menschen so getäuscht hatte , ich hätte nie gedacht das sie so ist , das wollte nicht in meinem Kopf , ich konnte es nicht kapieren ! Ich lag jetzt zu hause rum und dachte nach , ich dachte lange nach , ich dachte stundenlang nach , ich dachte einfach nur nach , und nach sehr langer Zeit schlief ich endlich ein ! am nächsten Tag klingelte der Paketbote bei mir , es war ein Paket von f4 und in dem Moment hoffte ich auf ein paar nette Zeilen , ich packte ganz gespannt aus , es waren ein paar unwichtige Dinge dort drin , und ein

Briefumschlag mit ihrem Namen und die Adresse darauf , und es war noch ein Zettel dabei , ich war gespannt darauf ihn zu lesen , aber ich dachte ich lese nicht richtig , ich schuldete ihr 100 Euro von der Reise , auf dem Zettel stand , bitte wenn möglich die 100 Euro wenn du kannst reinlegen und den Briefumschlag zu mir schicken , und des weiterem möchte ich jeglichen Kontakt zu dir abbrechen , ich möchte mit dir nichts mehr zu tun haben , bitte akzeptiere das ! Jetzt war ich erst einmal so richtig geschockt , ich war sehr traurig und böse zugleich , und ich dachte wieder sehr lange nach , und wieder sehr , sehr lange und ich merkte es , das Maß voll war , das Fass lief jetzt über , es reichte mir , diesmal wollte ich mir das nicht gefallen lassen , und schlussendlich faste ich einen für mich unumstößlichen Endschluss ! Bei uns im Sportstudio gab es einenMann , er war mir einfach nur unsemphatisch , es gibt Menschen die sind einem auf anhieb einfach nur oll , er war einer von ihnen , er war recht groß und breit , und er hatte eine Glatze ! Eines Nachts beim Taxi fahren , sollte ich in eine Disco jemanden abholen , ich kam gerade dort an und stieg aus dem Taxi , da kam mir schon der Fahrgast entgegen , ich schaute es war der mir doch so unsemphatische Mann mit Glatze , als er kurz vor mir war , stolperte er und fiel , ich sah das er genau mit dem Kopf auf einen Stahlträger fallen würde , blitzschnell reagierte ich und konnte mich dazwischen schieben und fing ihn auf ! Er lag dann so halb in meinen

Armen , schaute mich an und sagte danke , er stieg dann in das Taxi und sagte mir wo er hin möchte , ich merkte das er nicht betrunken war , er ist einfach nur über was gestolpert mehr nicht , wir unterhielten uns dann sehr nett , und als wir am Zielort waren, bedankte er sich noch einmal bei mir , und stieg aus ! Als ich ihn beim nächstenmal beim Training traf , haben 249wir uns sehr lange , nett und intensiv unterhalten , und er war mir dann sehr symphatisch er war sehr nett , unterhaltsam und nicht dumm , wir wurden irgendwie so etwas wie sich nicht oft sehende Freunde , in einem Gespräch über unsere Weibergeschichten bot er mir einmal etwas an , für den Fall sagte er und lachte ! Und nach meiner Entscheidung die ich getroffen hatte , ließ ich mich im Studio blicken um ihn zu treffen und ich traf ihn , wir redeten lange und ich fragte ihn ob das Angebot noch steht , er sagte ja kein Problem , kannst du Morgen haben, bringe ich mit , und du bringst bitte das Geld mit , er war cool er fragte nicht wieso und warum ! Den nächsten Tag trafen wir uns beim Training und danach gingen wir auf den Parkplatz , er machte den Kofferraum auf und zeigte es mir , ich war zufrieden und gab ihm das Geld , wir trafen uns dann Abends auf einem großen Feld mit einem Wald hinten dran um sie auch noch auszuprobieren , ich war leicht nervös , aber er hat mir das genau erklärt , er zeigte mir wie das funktioniert , und es machte sogar Spaß , es war eine Walther PPK Kaliber 6,35 Millimeter !!!!!!!!!!!! Mit Walther fuhr ich dann nach hause , und ich fühlte mich irgendwie stark , den anderen überlegen , wenn ich in ein anderes Auto reinschaute , dachte ich , nah du, wenn ich möchte könnte ich dir den Kopf weg ballern , sie gab mir irgendwie ein Gefühl von Macht und Unbezwingbarkeit , die Pistole mein neuer Freund der Walther ! Zu hause angekommen , schrieb ich f4 eine sms , ich schrieb ihr das ich ihre verschißenen 250100 Euro habe und ich sie aber nicht in einem Briefumschlag zu ihr schicken möchte , da ich mir vorstellen konnte das dann das Geld abhanden kommen könnte , sie schrieb mir zurück , das sie das verstehen könne , aber sie mich auf keinen Fall sehen möchte , und wir suchten per sms nach einer Lösung , einer Lösung die es für mich schon gab , es gab sie in meinem Kopf, ich musste sie nur noch davon überzeugen , es so zu machen wie ich es wollte! Ich hatte es geschafft , sie sagte ja , ich sollte Morgen um 11Uhr bei ihr sein und ihr das Geld ins Fenster rein geben , ich sollte sie anrufen wenn ich da bin , und sie würde es dann ins Fenster nehmen und ich sollte sofort wieder verschwinden , OK kein Problem genau so wird es gemacht , sie war schon per sms sehr unfreundlich zu mir , habe ich nicht verstanden , denn ich hatte ihr doch nie etwas böses getan , ich war immer lieb und nett zu ihr , das hat mich genervt , das sie so war , hat mich einfach nur genervt ! Es war schwer zu verstehen für mich , wenn man weiß wie sie so über mich gesprochen hatte , wenn sie ihrer Freundi erzählte wie sehr sie mich liebt , das sie mich jede Sekunde vermisst die ich nicht bei ihr bin

,es war einfach schwer zu verstehen , das sie jetzt so etwas sagte wie , las mich doch mit dem zufrieden, obwohl ich bis zur letzten Minute nett und lieb zu ihr gewesen bin , aber das sollte sich Morgen ändern , Morgen sollte sich alles ändern , ab Morgen ist alles anders , Morgen beginnt alles neu ! Ich saß also zu hause auf meinem Sofa , ich fühlte wie immer diese tiefe Traurigkeit in mir drin , 251sie wollte einfach nicht mehr raus aus mir , sie war immer da immer , ich war ständig den Tränen nahe , immer aber auch immer traurig , es konnte einem verrückt machen , ich kannte keine Glücksgefühle mehr ! Ich machte mir eine Riesen Portion Nudeln , und stopfte sie dann in mich rein , danach noch eine Tafel Schokolade , und dann lag ich da völlig voll gefressen ich hatte Walther in der Hand , ich spielte mit ihm rum und betrachtete ihn ganz genau , ich fand ihn schön , er hat mir gefallen er lag gut in der Hand , und ich dachte darüber nach ob das alles richtig ist was ich da vor hatte , ja es war richtig , es blieb dabei ich hatte die Schnauze voll , das Maß war erreicht , jetzt war der Zeitpunkt um sich zu wehren , es war der Punkt erreicht um es richtig krachen zu lassen ! Ich lag also auf meinem Sofa ,und meine Gedanken nahmen ihren freien Lauf ! Ich dachte über f1 meiner Mutter nach , warum war sie so zu mir , warum hat sie mich gehasst ? Ich erinnerte mich an den Bernsteinring , an meinem Vater der Nachts in unser Zimmer kam und dann immer mit der Faust in mein Gesicht schlug , was war das mit meiner Mutter ? ich war doch

ein liebes gehorsames Kind , ich habe vor
Angst niemals widersprochen , warum nur war
sie so ? alle Menschen die ich besser bis gut
kennengelernt hatte waren der Meinung , und
die Psychologen sowieso , das so eine Kindheit
Spuren hinterlassen hat , ich sah das völlig
anders , ich fühlte deshalb nie Schmerz , ich
habe mir mein Lebenlang nie Gedanken darüber
gemacht , irgendwie war 252mir das immer
egal , und meine Eltern waren mir auch einfach
nur egal , ich hatte mit meiner Kiindheit keine
Probleme ,es war mir einfach egal und ich habe
nie darüber nachgedacht ! Ich dachte jetzt an
meinen Bruder , an Atze , wie wir uns immer
gegenseitig genannt haben , er verließ unsere
Stadt aus sportlichen Gründen sehr früh , und
wir sahen uns das ganze Leben nicht oft , ja wir
haben uns besucht , aber eher selten , ja wir
haben telefoniert aber auch eher selten , aber
wenn wir uns mal sahen sind wir immer gut
miteinander ausgekommen , und als ich krank
wurde , merkte ich sogar das er etwas Angst
um mich hatte und wir telefonierten fast jeden
Tag , wir waren uns dann so nahe wie nie ! Er
ist so wie er ist , und so sollte er auch bleiben
ich habe ihn mein ganzes Leben , sehr lieb
gehabt , er ist OK so, er ist super ! Ich mußte an
unzählige Stunden im Wasser denken, mir fiel
ein was ich so für Gedanken im Wasser hatte ,
beim Kacheln zählen , so haben wir das immer
genannt , wenn wir beim Training unsere
Bahnen zogen ! Ich musste an die kleine
Quieckstimme denken , und daran wie es immer
weh tat wenn ich erfuhr das sie mal wieder mit

einem anderen knutschte , und ich dachte an f2 , an unserer ersten Begegnung , sie im weißen Indianerkleid , ich dachte daran wie böse diese Ehe endete , aber auch daran wie glücklich wir einmal miteinander waren , ich dachte an unzählige Eifersuchtzenen, und nun musste ich laut lachen , ich dachte an meine ersten Begegnung mit dem kleinen Scheißer, ich 253erinnerte mich daran ,das ich ganz zu Anfang überfordert war mit der ganzen Situation , aber auch wie ich sie in kürzester Zeit in mein Herz geschlossen hatte , und immer sehr stolz auf sie war , sie war immer meine Tochter ohne jeden Zweifel , ich bin ihr dankbar für viele tolle Stunden die wir zusammen verbracht haben , und dafür das sie in meiner Krankheit zu jeder Zeit für mich da war , auch mitten in der Nacht , sie war immer da und hat sich um mich gekümmert , sie ist ein Goldschatz , ich liebe sie über alles! Ich musste an den Tag denken, den Tag als mein Sohn gebohren wurde , Junior , ein besonderer Tag , aufregend und einfach wunderschön ! Ich dachte an den Tag, als ich braun gebrannt und eingeölt vor hunderten von Menschen, nur in Badehose bekleidet auf einer Bühne stand und meine Muskeln präsentierte , ein Tag auf den ich nie stolz war! Ich dachte an den Alten , an unserer ersten Begegnung , in unserer Firma , ich sollte mit ihm zusammen arbeiten und habe sofort gemerkt das er keine Ahnung hatte , und ich ihn so sehr mochte , er wurde in kurzer Zeit mein bester Freund und ich habe 17 Jahre lang seine Arbeit gemacht , dafür hat er mich immer durchgefüttert , mit den besten Leckereien , die seine sehr nette und liebe Frau immer für uns gemacht hatte , der Alte ist der Alte , er ist einfach mein Alter ! Ich musste zurück an Afrika denken ,an eine traumhafte , wunderschöne , abenteuerliche Reise , die nicht mehr zu toppen war und auch nie wurde ! Ich musste an Kenia, denken an das Studio in Mombasa wo ich 254einen Tag trainiert hatte , an den Tropischen Regenwald , an die Sahara, an grünen üppigen Oasen, an traumhaften Wasserfällen , an glasklaren Lagunen in den ich schwamm , an weißen Traumstrände an denen ich mich sonnte, an die alten Maya Städte die ich besuchte , an die Red Rocks , und den Arche Nationalpark in Utah , an den Grand Canyon , an alte Buddah Tempel in Asien , an den Barcadi Strand auf einer Insel in der Karibik, ich dachte an die Skyline von New York bei Nacht ein Anblick der einem den Atem raubte , ich dachte an Rom , Paris , Mailand , an die Everglades in Florida ,an das kitschige Disnay World in Orlando , ich dachte an hohe Berge auf denen ich geklettert war und noch an vieles mehr was ich so gesehen habe auf unseren doch so schönen Planeten ! Ich dachte an Valentinstag , an den Tag wo ich mich in f3 unsterblich verliebt hatte , ich dachte an die nicht mehr zu beschreibende Liebe die ich für diese Frau empfand , ich dachte an ihre Hände und daran wie sie in die Küche kam und sagte , komm , und an Weihnachten mit ihr , und an den Schmerz den sie mir zufügte , an den übermäßig nicht mehr auszuhaltenden Schmerz

, der mir das Herz gebrochen hatte ! Beim denken an f3 merkte ich zu guter letzt nur noch eines , Liebe , ich liebe sie immer noch, und das wird sich auch nie ändern , ich liebe sie !!! Ich dachte an den Polen , an 1000sende von Trainingsstunden die wir zusammen verbrachten , er war immer besser als ich, in allem , nur nicht im Schwimmen das habe ich ihm beigebracht , 255aber das kann er jetzt , ich dachte daran wie er mir in den Arsch treten musste und das sehr oft damit es bei mir vorwärts ging , und ich dachte daran was er für ein netter , ehrlicher und hilfsbereiter Mensch ist , ein guter, ja sehr , sehr guter Freund , den ich über alles mag ! Ich dachte an viele Menschen die man so kennengelernt hatte , an nette an gute und an Enttäuschungen die man mit ihnen erlebt hatte! Ich dachte an den Ossi , wie er unerreichbar für lange Zeit war , nie an sein scheiß Telefon ging , wie er vor meiner Tür stand , wie ein Häufschen Elend , die Zeit bei mir , ich dachte an unzählige Gespräche die wir führten , ich dachte daran wie oft er Recht hatte , daran wie er bei mir auszog und Angst vor der Zukunft hatte , und ich dachte daran und werde es auch nie vergessen , wie er da war , er war immer da , er war einfach für mich da als ich krank wurde ,nach jeder OP , ich war nicht und nie alleine er war da , er ist der beste Mensch den ich je kennengelernt habe , jeder könnte sich glücklich schätzen , so einen Freund zu haben , er ist der beste Freund den ich je hatte , ich liebe ihn , ich liebe ihn einfach , so wie ein Heterosexueller Mann eben einen anderen

Mann lieben kann ! Und dann dachte ich an f4 , an den magischen Moment wo ich ihr das erste Mal begegnet bin , an unsere Blicke über das Autodach , ich dachte an allen schönen Momenten mit ihr ,an das was sie für mich getan hatte, an die Liebe die sie mir gegeben hatte , ich sah sie mit geschlossenen Augen , ich sah ihre Schönheit , ja sie ist die schönste 256Frau , die es gibt für mich , und daran wie schön es war in ihren Armen einzuschlafen , und ich dachte daran das sie zum hübschen Lockenkopf sagte , ach las mich doch mit dem zufrieden , OK das hatte f3 schon erledigt , aber wäre dem nicht so , in diesem Moment wäre mein Herz gebrochen, es tat weh das zu hören , sehr weh , ich merkte wieder meine Traurigkeit , sie ließ mich nicht mehr los und ich merkte wie ich auf dem Sofa langsam und völlig erschöpft einschlief !!!!! Es blendet in meinen Augen , ach ja die Sonne, ich liege ja im Wohnzimmer auf dem Sofa , wie spät ist es ? 10 Uhr , man ich muß Gas geben , erst einmal einen Kaffee , ah tut gut , es wird Zeit wach zu werden ,habe ja was vor , was wichtiges , ich sehe in den Spiegel, wer ist der alte Mann denn da drin ? Ich ziehe mir meine Sachen an,jetzt setze ich mich noch hin und stecke mir eine an , ich sehe Walther auf dem Kaminsims liegen und stecke ihn in die rechte Jackentasche , alles OK? ja alles bestens , schnell rein in die Turnschuhe und runter zum Auto, ich klopfe dem Auto auf sein Dach und sage wie immer HI ! Es geht los ich gebe wie immer richtig Gas , Heute nerven die anderen Autofahre nicht so

257wie sonst, meine Gedanken sind auch wo anders , es geht schnell ich bin fast da , ich rufe f4 an , HI ich bin da kannst ans Fenster kommen , OK mache ich , ich steige aus und gehen den Weg lang , ich komme um die Ecke , ah da schaut sie schon raus , ich bleibe stehen, genau da wo es passierte am 19.1 , sie lächelt mich an , und ich denke sofort wieder 257wie schön sie ist , SIE , nah wie geht es dir ? ICH, danke super , wie geht es dir bist du glücklich ? SIE, was soll das warum fragst du ? ICH ,bist du ? SIE , ja bin ich , warum stehst du da ? ICH , genau hier hätte es zu Ende sein sollen, genau hier , das was danach kam , habe ich nicht mehr gebraucht SIE, ach sage doch so etwas nicht ! Ich ziehe den Umschlag aus meiner Jackentasche , ich sehe sie an , und empfinde Liebe ,ich lasse den Umschlag nach hinten fallen , ich sehe sie noch einmal genau an , mein Gott wie schön sie ist , ich bücke mich und drehe mich dabei um , ich greife in meine rechte Jackentasche , und hole die Pistole raus , ich stecke sie mir in den Mund , ich schmecke das Eisen , und nehme den Geschmack so richtig war , ich stehe auf und drehe mich um , ich sehe Angst , Panik und Entsetzen in ihren Augen , sie ruft laut was machst du den, was soll das ? Jetzt stehe ich da , und ich denke, was machst du eigentlich hier , ist das richtig muß ich das machen, ich überlege und habe Angst , ich vibriere am ganzen Körper ! Ach scheiß was drauf und drücke ab !!!!!!!!!!!!!!!!!!!!!!!!! NACHTRAG : ich weise ausdrücklich darauf hin , das diese Geschichte

258frei erfunden ist , und eventuelle Ähnlichkeiten mit realen Personen rein zufällig und nicht beabsichtigt sind ! des weiteren bedanke ich mich bei der Band Cold Play, für ihre wunderschöne Musik unter der fast ausschließlich das Buch geschrieben wurde !
A.Thierauf

!!!
!!!
!!!
!!!
!!!
!!!..............................
....
....----------

---------   --------------

!!!!!!!11111111111111111111111111111111111
11111111111111111111111111111111111111111
11111111111111111111111111111111111111111
11111111111111111111111111111111111111111
11111111111111111111111111111111111111111
11111111111111111111111111111111111111111
11111111111111111111111111111111111111111
11111111111111111111111111111111111111111
11111111111111111111111111111111111111111
11111111111111111111111111111111111111111
11111111111111111111111111111111111111111
11111111111111111111111111111111111111111
11111111111111111111111111111111111111111
11111111111111111111111111111111111111111

259111111111111111111111111111111111111
11111111111111111111111111111111111111111
11111111111111111111111111111111111111111
11111111111111111111111111111111111111111
11111111111111111111111111111111111111111
11111111222222222222222222222222222222222
22222222222222222222222222222222222222222
22222222222222222222222222222222222222222
22222222222222222222222222222222222222222
22222222222222222222222222222222222222222
22222222222222222222222222222222222222222
22222222222222222222222222222222222222222
22222222222222222222222222222222222222222
22222222222222222222222222222222222222222
22222223333333333333333333333333333333333
33333333333333333333333333333333333333333
33333333333333333333333333333333333333333
33333333333333333333333333333333333333333
33333333333333333333333333333333333333333
33333333333333333333333333333333333333333
33333333333333333333333333333333333333333
33333333333333333333333333333333333333333
33333444444444444444444444444444444444444
44444444444444444444444444444444444444444
44444444444444444444444444444444444444444
44444444444444444444444444444444444444444
44444444444444444444444444444444444444444
44444444444444444444444444444444444444444
44444444444444444444444444444444444444444
44444444444444444444444444444444444444444
44444444444444444444444444444444444444444
44444444444444444444444444444444444444444
44444444444444444444444444444444444444444
44444444444444444444444444444444444555555555

2605555555555555555555555555555555555
56666666666666666666666666666666666666
66666 ENDE AUS SCHLUSS

Herstellung und Verlag:
Books on Demand GmbH, Norderstedt
ISBN: 978-3-8448-0718-9